Knaus

K

Franz Xaver Roth

Böser Mann

Provinzkrimi

Knaus

Der Autor will sich nicht mit fremden Federn schmücken; die Fußballrätsel in diesem Krimi stammen aus folgendem Buch: Arnd Zeigler, *Keiner verliert ungern. Neue Sprüche und Weisheiten der Fußballstars*, Humboldt (Hannover) 2010.

Und damit das klar ist: Alles ist erfunden, nichts ist wirklich. Namen, Orte und Begebenheiten entspringen der blühenden Phantasie des Autors.

FSC
www.fsc.org
MIX
Papier aus verantwortungsvollen Quellen
FSC® C014496

Verlagsgruppe Random House FSC-DEU-0100
Das für dieses Buch verwendete FSC®-zertifizierte Papier *Pamo House* liefert Arctic Paper Mochenwangen GmbH.

1. Auflage

Gesetzt aus der Minion von
Buch-Werkstatt GmbH, Bad Aibling
Druck und Bindung: GGP Media GmbH, Pößneck
ISBN 978-3-8135-0435-4

www.knaus-verlag.de

Hass gehört nicht ins Stadion.
Solche Gefühle soll man gemeinsam
mit seiner Frau daheim
im Wohnzimmer ausleben.

Berti Vogts

Samstag

Luginger saß vor seiner Kneipe auf einer Holzbank und drehte sich eine Zigarette. Aus einer Laune heraus hatte er nach dem Mittagessen seine langen blonden Haare mit einem Haarband zu einem Zopf zusammengebunden, der bis über seine Schultern reichte und locker auf dem schwarzen T-Shirt auflag. Über seinem kräftigen Brustkorb prangte in weißer Schrift *Highway to Hell,* darunter sprang Angus Young mit Gitarre ins Nichts.

Bayern null, Bremen null. Lugingers Gäste saßen gespannt vor einer großen Leinwand und warteten auf das erste Tor. Samstag, zehn vor sieben, Bundesliga live. Wie so oft war das Lokal gut besucht, wenn die Bayern spielten. Durstige Männer und weniger durstige Frauen trafen sich hier, seit das Bezahlfernsehen mit seinem lang gezogenen Wochenendspielplan der Sportschau die wahren Fans abspenstig gemacht hatte.

Moni macht das schon, dachte er, während er mit der Zunge über das Papierchen fuhr, um danach mit einer geübten Bewegung seiner Finger die Zigarette zu schließen. Moni zapft, Moni bedient, Moni kassiert. Seit Urzeiten stand sie hinterm Tresen. Bier, selten Cola oder Wasser, noch seltener Kaffee, mehr oder weniger war's das schon. Seine Gäste mochten, was alle mochten, wenn sie die Luft anhielten, auf die Tische schlugen, mit den Armen ruderten oder lauthals fluchten, weil Klose den Ball mal wieder in aussichtsreicher Position versemmelt hatte.

Entspannt zog er Rauch durch die Lungen. Sonnenstrahlen fielen auf den Kneipeneingang mit dem Zigarettenautomaten und dem hässlichen Mülleimer, den Sammy schon lange hätte abschrauben sollen. Er rutschte ein Stück nach rechts. Sonne mochte er nicht, Sonne war für die anderen, für die, die Bräune liebten und sich monatelang die Klamotten vom Leib rissen, um schöner zu werden.

Luginger sah sommers wie winters gleich aus. Blass, schwarzes T-Shirt, schwarze Jeans, braune Quastenslipper, lange Haare, blaue Augen, kräftiges Kinn, schmale Nase und volle Lippen um einen Mund, den er hauptsächlich zum Rauchen brauchte. Luginger redete nicht viel. Wenn er redete, dann nur, um andere bei Laune zu halten. Er schaute, schwieg und dirigierte Personal und Gäste mit wenigen knappen Bewegungen seines kräftigen Körpers.

Entsetzte Schreie. Dann Murren und Klagelaute.

Müller, dachte Luginger. Junger Bursche, braucht zu viel Zeit, um seine Gräten zu sortieren.

Josef und Edi kamen mit ihren Bieren nach draußen.

»Wie immer«, sagte Luginger und lächelte.

Beide nickten.

»Wird schon«, sagte Luginger.

Edi blinzelte wie blöd. Josef wischte sich Schaum vom Mund, und Luginger drückte seine Zigarette aus.

Josef öffnete einen Knopf an seinem kurzärmeligen Hemd. »Warm heute. Im September abends noch 20 Grad wird's nimmer oft geben.«

Luginger und Edi schwiegen.

Josef betrachtete seinen Bauch. »Da spannt alles. Müsst mit dem Saufen aufhören.«

Edi grinste.

Moni brachte Luginger ein Weißbier.

»Hör mal, Moni, der Josef kriegt heute nix mehr, verstehst.«

»Selbst wenn er noch so bettelt«, ergänzte Edi.

»Selbst wenn der Müller dreimal trifft«, setzte Luginger hinzu.

Josef stöhnte. »Moni, machst mir noch eins.«

»Geht doch«, brummte Edi und klopfte Josef anerkennend auf die Schulter.

Erneut füllte kollektives Stöhnen Lugingers Hammer-Eck.

»Chancen über Chancen«, hörte Luginger Sammy rufen.

»Muss halt rein, die Kugel«, sagte Edi, hob sein Glas und trank einen großen Schluck.

Luginger ging hinein zum Tresen und sah, wie Sammy aus der Küchentür lugte, Faulhuber paffte und Gernots Knie rhythmisch auf und nieder wippte. Während Erika am Bund ihrer engen Jeans herumzupfte, sortierte Heider Kleingeld.

»Sammy, machst mir eine Schnitzelsemmel?«, fragte Heider.

Ein Freistoß der Bremer segelte gefährlich vors Bayerntor. Sammy starrte auf die Leinwand.

»Hey, Bimbo, Heider Hunger, Heider Schnitzelsemmel.«

Faulhuber drehte sich um und knurrte feixend: »Bei Fuß, Heider, bei Fuß. Und sitz.«

Luginger schüttelte den Kopf. Heider grinste. Dann versuchte er es erneut: »Sammy, da passiert nix. Ich hab seit dem Frühstück nix mehr gegessen.«

Sammy war Lugingers Koch. Er kam aus Ghana wie seinerzeit Sammy Kuffour, unter Hitzfeld und Effenberg Innenverteidiger bei den Bayern mit legendären Aussetzern auf dem Platz und unvergessenen Gesangseinlagen nach großen Siegen. Sammy hieß Sammy, weil es so am einfachsten war. Jeder andere Name hätte Lugingers Gäste überfordert.

Ohne den Blick von der Leinwand abzuwenden, ging Sammy auf Heider zu. »Mit oder ohne Knochen?«

Faulhuber klopfte sich auf die Schenkel und gackerte: »Gut gebrüllt, Löwe.«

Heider schaute dämlich. »Mach einfach hin, ja.«

Während Sammy in der Küche verschwand, trug Luginger leere Gläser zur Spüle. Dann nahm er Faulhubers Kippe vom Aschenbecher, drückte sie aus und sagte: »Bernie, kannst auch rausgehen zum Rauchen.«

Niemand außer Luginger nannte Faulhuber Bernie. Sie kannten sich von Kindheit an. Schule, Tischtennis, Fußball, Discos, erste Joints, nach der Bundeswehr hatten sich ihre Wege schließlich getrennt. Bernie ging nach Heidelberg und studierte, Luginger blieb zu Hause. Der eine wurde Zahnarzt, machte Kohle, heiratete eine schicke Braut aus Garmisch und zeugte bildschöne Töchter, der andere übernahm Vaters Kneipe, war meistens pleite, heiratete nie und war froh, dass er seine Kondome direkt aus dem Automaten neben dem Pinkelbecken ziehen konnte. Bernie war 52, Luginger ein Jahr jünger. Bernies Eltern hatte die Apotheke gegenüber dem Rathaus gehört, Lugingers Vater war Metzger gewesen, ehe er das Wirtshaus vom alten Garchinger übernommen hatte. Und seit Bernies Frau aus Gründen, die Luginger bis heute nicht kannte, ausgezogen war, war er Stammgast im Hammer-Eck.

Halbzeit. Gebrummel und Stühlerücken. Die einen nach draußen, die andern zum Klo.

»Gutes Spiel«, bemerkte Faulhuber.

»Stimmt«, sagte Luginger.

»Magst nicht mal die alten Flaschen da oben wegräumen? Southern Comfort trinkt doch kein Mensch mehr.«

»Moni«, rief Luginger, »magst den Southern Comfort mitnehmen? Der Bernie trinkt den nicht mehr.«

Während Moni Gläser füllte, lachte sie Richtung Zapfhahn. »Alles bleibt, wie es ist«, sagte sie. »Es gibt immer Flaschen, die brauchst nur zur Deko. Gell, Heider.«

Erika griff Heider von hinten in seine Dieter-Bohlen-Gedächtnis-Frisur. »Hat ein loses Mundwerk, die Moni«, flötete sie, während Heider ungerührt auf seinem Hocker saß und in seine Schnitzelsemmel biss.

»Beleidigen kann ich mich selbst«, zischelte er kauend.

»Tapfer«, frotzelte Faulhuber.

»Stehvermögen«, ergänzte Luginger.

»Fräulein«, hörte Luginger, »Fräulein, bitte drei Russn und drei Neger.«

Luginger sah ein Pickelgesicht mit Gel im Haar.

»Kennst den?«, fragte Moni.

Luginger schüttelte den Kopf.

»Der Neue bei der Sparkasse«, sagte Moni mehr zu sich als zu Luginger.

»Woher kennst denn den?«, fragte Erika überrascht.

»Darf ich den denn nicht kennen?«

Heider, Faulhuber und Gernot blickten abwechselnd auf Monis schnelle Hände beim Zapfen und in ihr Gesicht.

»Schaut nicht so blöd. Mit eurer Riester-Scheiße kommt ihr nicht weit.«

»Sitzt der bei den Bartsch-Zwillingen?«, fragte Luginger. »Da hinten an dem Ecktisch, da hängt doch die ganze Korona.«

»Riester-Scheiße«, knurrte Heider.

»Riester-Scheiße«, grummelte Faulhuber.

»Machst wirklich drei Neger, Moni?«, fragte Heider.

»Sammy«, rief Faulhuber Richtung Küche, »darf die Moni drei Neger machen?«

Keine Antwort. Moni lächelte und füllte Weißbier in ein Glas mit Cola.

Dann sagte sie: »Sammy wird's verkraften.«

Luginger nickte und beobachtete, wie die meisten Gäste zu ihren Stühlen zurückkehrten.

»Moni, Moni«, stöhnte Heider.

Sammy brachte Fleischpflanzerl aus der Küche.

»Sehen gut aus«, bemerkte Faulhuber.

Sammy zog die Schultern hoch, verschränkte die Arme und blickte zur Leinwand. Ribéry passte auf Kroos, Direktabnahme mit rechts, schöne Flugbahn, technisch einwandfei, doch wieder knapp vorbei. Sammy krümmte sich, Faulhuber schlug beide Hände vors Gesicht, und Gernots Knie zappelte hektisch unterm Barhocker.

Luginger lief an seinen Tischen vorbei und nahm Bestellungen entgegen. Ganz vorne saßen Herbert und Uschi vom Getränkemarkt, daneben der kleine Rolf mit seinem Bruder Mike. Rolf und Mike kamen immer nur zum Fußballschauen, kannten den Knast von innen und schlugen sich mit Gelegenheitsarbeiten durch. Uschi half aus, wenn Moni alles zu viel wurde oder Sammy für ein paar Tage verschwunden war. Seit oben an der Hauptstraße Orterer eine Filiale aufgemacht hatte, lief ihr Getränkemarkt beschissen. Herbert war Privatier. Als seine Mutter im letzten Winter gestorben war, hatte er den elterlichen Hof am Ortsrand von Leuterding verkauft, seinen Job bei Siemens geschmissen und war mit seiner 850er Guzzi quer durch Europa gebrettert. Jetzt machte er nur noch Musik und hielt Uschi bei Laune.

»Füße vom Stuhl«, sagte Luginger zu Mike. »Mein Pick-up ist im Arsch, könntest dich mal drum kümmern?«

Mike nickte.

»Dein Tipp?«, fragte Luginger.

»Eins stolpern die noch rein.«

»So wird's kommen«, sagte der kleine Rolf.

Herbert bestellte zwei Helle und zwei Kaffee. Dann sagte er zu Luginger: »Wär schön, wenn du nächsten Sonntag runter nach Taglaching kommen könntest. Wir spielen da abends um sechs. Im Wirtshaus, das kennst ja.«

Mit wir meinte er die Rockband *Panzermadonna*. Gitarre, Bass, Schlagzeug, Gesang. Drei Jungs Mitte 40 und Uschi als Frontfrau.

»Sommerausklang«, sagte Luginger, und Herbert nickte.

»Hast auch einen Wunsch frei«, sagte Uschi.

»*Proud Mary*«, antwortete Luginger sofort.

Herbert lachte. »Lange oder kurze Fassung?«

»Drei Minuten und sieben Sekunden, genau wie sich's gehört.«

Pfiffe im Stadion, Pfiffe im Hammer-Eck. Müller am Boden, Geschubse am Mittelkreis. Schweinsteigers Zeigefinger bedrohte das Nasenloch des Schiedsrichters.

»Nicht ganz fein, nicht ganz fair«, ulkte Rolf halblaut. Rolf war immer für die anderen. Rolf war Sechziger-Fan.

Uschis Finger trafen seine Rippen. »Mach halblang, Kleiner.« Dann verzog sie ihre Mundwinkel zu einem Grinsen, das seit jeher alle schwach machte.

Luginger schüttete einen Rest Bier in die Yucca, die auf dem

Sims vor dem Fenster neben einem uralten Harley-Davidson-Kalender stand. Darauf lächelte eine Bikinischönheit aus den Sechzigern Richtung Glasscheibe, die so blind war, dass niemand auf die Idee gekommen wäre rauszuschauen.

Uschi busserlte Herbert, und Luginger sagte zu Mike: »Am Montag um elf.«

Gegen halb neun war das Hammer-Eck deutlich leerer. Hüben wie drüben kein Tor, null zu null, und Luginger nahm's genauso gelassen wie seine Gäste.

Während Moni Gläser ins Regal stellte, trotteten Sammy, Gernot, Faulhuber und Erika zum Kicker. Faulhuber durfte verteidigen, Sammy übernahm den Angriff. 8:2, 7:3, 9:1. Freudestrahlend beglückwünschten sich die Sieger.

Luginger servierte Persiko, Erika sortierte ihre blonde Mähne, und Gernot stopfte Bierdeckel unter Kickerbeine.

Persiko gab es nur bei Luginger. Der dunkelrote Likör mit seinem zuckrigen Kirschgeschmack, zu Zeiten internationaler Großtaten des FC Bayern in den Siebzigern ein Muss auf allen Partys, war Monis Geheimwaffe, um echte von unechten Stammgästen zu unterscheiden. Nur wer ein, zwei Persiko ohne Murren überstand, widerfuhr die Ehre, in ihr goldenes Buch aufgenommen zu werden. Dort standen all die, die Schulden hatten, weil sie Schulden haben durften. Vorneweg Heider, dann Gernot, gefolgt von zehn bis 15 weiteren Namen, die fette Deckel hatten, ohne dass Moni sich sorgte, sie könnten eines Tages auf Nimmerwiedersehen verschwinden.

Luginger beobachtete, wie Faulhuber sich die Lippen leckte.

»Grandios«, sagte Erika.

»Eine echte Belastungsprobe«, sagte Gernot und schlug auf sein Knie, das postwendend zu zittern aufhörte.

Alle lachten.

Als Sammy auf Wunsch Faulhubers eine Supertramp-CD in den Player schob, war es schon stockdunkel. Luginger klappte draußen Tische und Bierbänke zusammen, stellte alles an die Hauswand und nahm einen Besen, um die Kippen vor seinem Eingang zusammenzufegen. Dann schaute er auf die Straße und die Nachbarhäuser. Klappe zu, Affe tot, dachte er. Leuterding am Abend. Ruhig, ruhiger, aus die Maus.

Langsam bog ein nagelneuer BMW in die Einfahrt. Geräuschlos senkte sich ein Seitenfenster nach unten.

»Guten Abend«, hörte er eine Frauenstimme sagen. »Sind Sie Herr Luginger?«

Luginger nickte.

»Schön. Kann ich hier stehen bleiben?«

Luginger lächelte.

»Fährt da noch jemand raus heute Abend?«

Luginger hob seinen Zeigefinger und wedelte ein Nein in die Abendstimmung.

Mit einem leisen Klick schloss die Frau ihren Wagen ab. Sommermantel, Handtasche, graue Kurzhaarfrisur.

»Mein Name ist Clara Weibel. Ich bin Polizistin.«

Die Frau zeigte ihren Ausweis.

Luginger nickte.

»Arbeitet bei Ihnen ein Mann namens Sammy?«

Luginger zeigte zur Tür.

»Guten Abend«, sagte Frau Weibel und stellte ihre Handtasche schwungvoll auf einem Hocker neben dem Tresen ab.

»Ich möchte mit Sammy sprechen. So viel ich weiß, arbeitet der Mann hier.«

»Die Frau ist von der Polizei«, sagte Luginger.

»Polizei«, brummte Gernot.

»Könnten Sie Sammy Bescheid sagen?«, bat Frau Weibel.

»Sammy!«, rief Luginger Richtung Küche.

»Moment«, kam es zurück.

Frau Weibels Finger tippten gegen einen Aschenbecher.

»Darf man bei Ihnen rauchen?«

»Nein«, entgegnete Faulhuber bestimmt. »Nur ich. Dann krieg ich geschimpft, und alles ist wieder gut.«

Luginger stellte die Musik leiser.

»Möchten Sie was trinken?«, fragte Moni.

Während Frau Weibel noch überlegte, sagte Gernot: »Wie wär's mit einem Persiko?«

»Persiko!«, antwortete Frau Weibel erstaunt. »Gibt's den noch? Den habe ich bestimmt 30 Jahre lang nicht mehr getrunken.«

»Länger«, sagte Faulhuber. »War sogar mal verboten.«

»Persiko, Wasser und Kaffee«, entschied Frau Weibel. »Haben Sie auch was zu essen?«

»Da müssen Sie Sammy fragen«, sagte Moni. »Irgendwas Kleines können Sie schon haben.«

Schließlich kam Sammy aus der Küche, und Luginger beobachtete, wie die Polizistin seine Erscheinung prüfte. Wie gemalt fürs Bett, wird sie denken, schoss es ihm durch den Kopf, muskulös, jung, schwarz. Ein Klassiker für Dummheiten, die man niemals bereut.

»Sie wollen mich sprechen?«, fragte Sammy.

»Ja. Wahrscheinlich haben Sie es schon gehört. Gestern Nacht hat es einen Verkehrsunfall mit Todesfolge und Fahrerflucht gegeben. Am anderen Ende von Leuterding, im Erlenweg. Herr Fischer wurde überfahren, leider kam jede Hilfe zu spät.«

»Ist zu uns vorgedrungen«, sagte Luginger.

»Kennen Sie Herrn Fischer?«, fragte Frau Weibel Sammy.

»Eigentlich nicht.«

»Eigentlich?«

»Den Namen hab ich schon gehört. Und dass er in der Bürgerinitiative mitmischt.«

»Sind Sie da auch engagiert?«

»Nein.«

»Kennen Sie Frau Fischer?«

»Nein.«

»Der ist doch Lehrer hier am Gymnasium«, sagte Faulhuber. »Und seine Frau hat das kleine Reisebüro in der Pestalozzistraße. Richtig?«

»Richtig«, bestätigte Frau Weibel. »Sagen Sie, Sammy, könnten Sie mir was zum Essen bringen?«

»Fleischpflanzerl, Semmel, Senf, Ketchup. Wenn Ihnen das reicht?«

»Reicht. Wie heißen Sie eigentlich mit vollem Namen? Ich meine, ich nenne Sie einfach Sammy, das ist vielleicht etwas salopp für eine Fremde.«

»Passt schon«, erwiderte Sammy und verschwand in der Küche.

Alle schwiegen. Luginger kramte sein Tabakpäckchen aus der Hosentasche, und Moni stellte Frau Weibels Getränke auf den Tresen. Nach einem Schluck Kaffee hielt die Polizistin erschrocken den Atem an, öffnete unwillkürlich den Mund und wedelte aufgeregt mit der Zunge.

»Wow, ist der heiß«, rief sie schließlich. »Das sind doch mehr als 100 Grad.«

»So ein Kaffee muss richtig wehtun«, sagte Gernot. »Lauwarm ist bei Moni nicht.«

Faulhuber musterte das randvolle Likörglas. »Nehmen Sie den zum Schluss. Alles andere ist Verschwendung.«

»Wie lange arbeitet Sammy denn schon bei Ihnen, Herr Luginger?«, fragte Frau Weibel, als sie aufgehört hatte, mit der Hand vor ihrem Mund rumzuwedeln.

»Zehn Jahre, denk ich mal.«

»Und er wohnt hier?«

Luginger drehte sich eine Zigarette. »Oben, da gibt's eine kleine Wohnung.«

»Sagen Sie, worum geht's denn?«, fragte Moni.

Frau Weibel pustete in ihren Kaffee. »Der Unfall heute Nacht war etwas merkwürdig. Es gibt Ungereimtheiten, denen wir nachgehen.«

»Aha«, murmelte Gernot.

»Und Sammy hat was damit zu tun?«, fragte Faulhuber.

»Noch wissen wir nicht viel, Herr ...«

»Faulhuber.«

»Wissen Sie, es ist wie im Fernsehen. Es passiert was, wir schauen hin, fragen, denken nach, kriegen Hinweise und so weiter.«

Ein großer Teller mit zwei Fleischpflanzerl, einer Semmel und gewaltigen Senf- und Ketchupmengen stand plötzlich vor ihr.

»Guten Appetit«, wünschte Sammy.

»So viel kriege ich nie und nimmer runter«, sagte Frau Weibel. »Das sind ja Riesendinger.«

Während sie kaute, sah Luginger, wie ihre Blicke durch sein Lokal wanderten. Zuerst die verblassten Bilder von Dennis Hopper, Marlon Brando und Robert Mitchum, dann die Baseballkappen mit ihren Aufschriften, die weiter oben hingen. Danach die Spielautomaten und das nicht mehr ganz weiße Klavier, das vor einer Holzwand stand, an der lauter Postkarten klebten.

Schließlich sagte Luginger: »Mein Klo ist da links runter, falls Sie das auch interessiert.«

Frau Weibel wischte mit einer Serviette über ihren Mund. »Herr Sammy, wir haben gehört, dass Sie mit Frau Fischer ein Verhältnis haben sollen. Sie haben aber gerade eben ausgesagt, Sie kennen die Frau gar nicht. Frau Fischer sagt das Gleiche, na ja, nicht ganz. Sie sagt, sie kenne Sie, wie Sie jeder in Leuterding kennt. Unter 15 000 Mitbürgern sind Sie der einzige Schwarze, daher sind Sie eine feste Größe, wenn ich es so sagen darf. Und jetzt kommt es, wie es kommen muss. Herr Fischer hat seine Frau im Fall seines Todes mit einer großen Summe abgesichert. Den Rest können Sie sich ja denken.«

Lugingers Zigarette hing locker zwischen seinen Lippen. Gernots Kopf kreiste. Faulhuber blickte stumm auf seine Schuhe.

Nur Moni legte sofort los. »Was ist denn das für ein Mist, Sammy! Bist du völlig verrückt geworden? Eine verheiratete Frau vögeln, eine Frau aus dem Ort, eine Frau, deren Mann tot ist. Gibt's da nicht andere?«

Luginger gab sich Feuer. Dann rückte er den Aschenbecher zurecht und dachte, Heilandszeiten, was geht denn hier ab. Sammy, Sex, Kohle. Klasse Kombination!

Sammy brauchte etwas, bevor er sagte: »Da gibt's nichts zwischen mir und Frau Fischer. Wer so etwas behauptet, lügt.«

Clara Weibel nickte, trank Wasser und biss in ein Fleischpflanzerl.

»Würden Sie Ihre Zigarette ausmachen«, bat sie Luginger.

Luginger blickte zu Sammy und fuhr sich mit der Zunge über die Unterlippe. Während er seine Zigarette ausdrückte, sortierte er laut seine Gedanken: »Sie glauben, dass der Fischer absichtlich überfahren worden ist. Und Sie prüfen, ob Sammy es gewesen sein könnte.«

»Richtig«, entgegnete Frau Weibel kauend und schlürfend. »Entschuldigen Sie meine Manieren, aber je mehr ich esse, desto hungriger werde ich.«

»Wann war denn die genaue Tatzeit?«, fragte Luginger so beiläufig wie möglich.

»Mitternacht, plus minus fünf Minuten.«

»Mitternacht«, wiederholte Luginger, »also da haben wir hier zugemacht. Moni, Sammy und ich. Unser letzter Gast war Bernie. Also Herr Faulhuber. Etwas später hat Moni abgerechnet. Um halb eins war dann das Licht aus.«

Luginger schaute in die Runde. Jeder, der ihn kannte, wusste, was sein Blick zu bedeuten hatte.

Moni, Sammy und Faulhuber nickten.

»Na, das ist ja schon mal gut«, sagte Frau Weibel und leckte ihre Finger ab. »Prima. Bouletten, Senf, Brötchen. Dazu noch Zigarettenqualm, wirklich gelungen. Fast wie früher.«

»Bouletten«, brummte Gernot. »Bouletten kennt hier keener.«

»Jetzt seien Sie mal nicht so. ›Fleischpflanzerl‹ klingt auch nicht wirklich gut.« Frau Weibel schob ihren Teller zur Seite und wandte sich an Moni. »Wer mit wem schläft, interessiert mich nicht. Weder in Leuterding noch sonst wo. Mich interessiert vielmehr, was Sie über die Bürgerinitiative denken. Ich meine, seit heute Morgen weiß ich, dass das ja hier im Ort ein richtig großes Ding ist.«

»Alles ganz einfach«, antwortete Moni, während sie für sich und Sammy Cola einschenkte. »Die einen sind für die Natur, die anderen für ihr Portemonnaie, wieder andere für ihre

Wiederwahl und der Rest für die Zukunft. Alle fühlen sich im Recht, jetzt wird gestritten, und zum Schluss gewinnen die Geldsäcke.«

»Und auf welcher Seite stehen Sie?«, fragte Frau Weibel.

»Hinterm Tresen. Ich zapf Bier und freu mich, wenn's keinen Ärger gibt.«

»Was wird denn so geredet? Über den Herrn Fischer, der wollte ja wohl den Vorsitz der Bürgerinitiative übernehmen. Über den Bürgermeister und über die Geldsäcke.«

»Geredet wird viel«, sagte Faulhuber. »Bürgermeister Lohmann ist Sozi. Und Sozis haben nicht viel zu melden in Bayern. Vor einem Jahr wurde der gewählt, war eine Riesenüberraschung im Ort. Viele hier hatten die Schnauze voll von zweitausend Jahren CSU-Herrschaft im Gemeinderat. Junger Typ, charmant, beliebt, guter Redner. Der will was reißen, was bewegen. Der will bestimmt auch weiter, Landtag, Bundestag, was weiß ich. Recht hat er. Klar ist die Gemeinde überaltert, und bezahlbarer Wohnraum für junge Familien fehlt an allen Ecken und Enden. Jedes Popelreihenhaus kostet 300 000 und mehr. Dreißigjährige können so was doch nicht bezahlen. Ein Aberwitz ist das. Und einen Markt gibt es auch nicht. Viel Nachfrage, wenig Angebot, das will Lohmann eben ändern.« Faulhuber taxierte sein leeres Glas. »Moni, eins geht noch. Dann geh ich.«

Die Tür sprang auf, und drei Männer begrüßten Luginger mit Handzeichen, ehe sie vorne neben den Spielautomaten Platz nahmen. Ohne ihre Bestellung abzuwarten, stellte Moni weitere Weißbiergläser unter den Hahn.

»Immerhin, ein paar Leute kommen ja noch«, bemerkte Frau Weibel.

»So gegen zehn geht's noch mal los«, sagte Gernot.

»Und der Herr Fischer, was war denn das für einer?«, wollte Frau Weibel wissen.

»Jedenfalls war er noch nie hier«, sagte Moni. »Ein Zugereister, wie Tausende andere auch. Über den wüsste ich nichts zu sagen.«

Während Luginger ein Schälchen mit Erdnüssen füllte, um es zum Tisch der Neuankömmlinge zu bringen, sagte Faulhuber: »Bei mir saß der ab und an auf dem Stuhl. Seine Frau und sein Sohn auch. Ich bin Zahnarzt. Ruhiger Typ, unauffällig. Unterrichtete Deutsch und Geschichte, wenn ich mich nicht irre. Sein Häuschen steht eben genau da, wo gebaut werden soll. Logisch, dass der nicht begeistert war. Frau Fischer ist ganz anders. Die würde am liebsten noch mit tamponiertem Mund reden. Ihr Interesse für Feld, Wald und Wiesen dahinten ist echt. Wenigstens glaube ich das. Die ärgert es maßlos, dass ein großer zusammenhängender Grüngürtel verschwinden soll.«

»Und Sie?«

»Ich? Ich möchte, dass alles bleibt, wie es ist. Ich möchte immer, dass alles bleibt, wie es ist, obwohl nichts bleibt, wie es ist. Prost.« Mit geschlossenen Augen nahm Faulhuber einen tiefen Schluck.

»Wird denn bei Ihnen über die Streitigkeiten viel geredet?«

Moni und Sammy schüttelten gleichzeitig den Kopf.

»Nein«, sagte Moni. »Wer hierherkommt, hat andere Sorgen.«

* * *

Luginger und Sammy saßen auf alten Holzstühlen und drehten Bierdeckel. Mittlerweile waren alle gegangen. Bis auf eine matte Deckenfunzel brannte kein Licht mehr. Die Tür war geschlossen, die restlichen Stühle waren hochgestellt.

»Die Kripotante sehen wir noch öfter«, sagte Luginger.

Sammy fuhr sich durch sein kurzes schwarzes Haar. Dann verschränkte er die Arme hinterm Kopf und wippte auf seinem Stuhl vor und zurück.

»Und?«, fragte Luginger.

»Nix«, erwiderte Sammy.

»Nix ist a bisserl wenig, mein Lieber.«

Sammy zog die Nase hoch und schwieg.

»Von einer Frau Fischer hab ich noch nie was gehört«, sagte Luginger.

»Geht dich auch nichts an, Mann.«

Luginger nickte und trommelte mit zwei Fingern auf die Tischplatte. »Wo warst gestern Nacht?«

»Hatte was vor.«

»Wie alt?«

Sammy hatte zu wippen aufgehört und schaute zum Tresen. Dann brummte er leise: »Scheiße.«

»So seh ich das auch«, meinte Luginger trocken. »Wirst Ärger kriegen, also pass auf, wer was von dir will.«

Luginger starrte auf James Dean. *Denn sie wissen nicht, was sie tun.* Die Fischer und Sammy, dachte er. Blöder hätte es nicht kommen können. Dabei hatte er die Frau nie in Sammys Nähe gesehen. Was hätte die auch von ihm kriegen können? Sex, guten Sex, besseren Sex als von ihrem Mann. Kurzfristig riskieren die Weiber schon mal Kopf und Kragen, dachte er, langfristig wollen sie was anderes. Geld, Sicherheit, Kopf höher als die anderen, zeigen, was sie haben und wo sie hingehören. Weiber saugen einen aus, das wusste er aus Erfahrung, die riechen, ob was zu holen ist oder nicht.

Stöhnend stand er auf und schlenderte zum Klavier. Im Stehen spielte er die ersten Takte von *As time goes by.* Sammy und die Fischer, eine Affäre, so offensichtlich, dass andere davon Wind bekommen hatten. Und dann die Kripolady. Clara Weibel. Machte einen auf locker und tat so, als wollte sie nur mal vorbeischauen. Die hat's faustdick hinter den Ohren. Die wusste mehr, als sie rausgelassen hat. Viel mehr.

An der Theke schenkte er sich Whisky ein. Neben der Kasse lag die Abrechnung. Sammy hatte sie diesmal für Moni gemacht, weil die keine Lust mehr gehabt hatte und früher als sonst gegangen war.

Vor zehn Jahren hatte Sammy bei ihm vor der Tür gestanden und gefragt, ob er kellnern könne. 18 war er gewesen, sah aber älter aus. Löchrige Jeans, Turnschuhe, eine Tasche unterm Arm. War von zu Hause abgehauen, hatte die Schnauze voll gehabt. Gestrichen, Oberkante Unterlippe. Hatte mit seiner Mutter in irgendeinem finsteren Kaff im Bayerischen Wald gelebt. Kasse bei EDEKA, samstags besoffen, sonntags Dorffußball. Vier Jungs auf zwölf Mädels. Immer dumme Sprüche, Anmache und Schlägereien. Nichts Ernstes, der übliche Mist halt.

Luginger war zufrieden, als er die Zahlen prüfte. Guter Samstag, dachte er. Geschluckt wird immer, mit und ohne Bayern-Tore.

Sammy konnte Deutsch, packte an, war verlässlich und hatte die Idee mit der Küche. Vor Sammy gab's im Hammer-Eck jahrelang nur Flüssiges zwischen die Zähne. Mit ihm hatte sich das geändert. Nichts Großes, nichts Aufwendiges, Kleinigkeiten eben, etwas, das Umsatz brachte, nicht verdarb und schnell hergerichtet war. Sammy wusste, wie der Hase lief. Preiswert einkaufen, teuer verkaufen, kein Ausschuss. Wenn die Marge stimmt, Franz, sind nicht nur die Gäste zufrieden.

Marge! So, so!

Mädels hat's schon gegeben, jede Menge sogar, aber keinen Ärger. Nur die Nummer mit Moni war voll danebengegangen. Was hatten sich die beiden bloß gedacht? Nix hatten sie gedacht, gevögelt hatten sie wie die Blöden. Wochenlang hatte Luginger das Gefühl gehabt, wenn sie nicht hätten arbeiten müssen, hätten sie nur noch ineinandergesteckt. Und dann der große Knall. Baff! Moni war zwei Monate wie vom Erdboden verschluckt, und Sammy hatte geschuftet, um nichts denken zu müssen. Danach war es wieder aufwärtsgegangen, langsam, zäh und ohne viel Worte.

Mit dem Whiskyglas in der Hand und der letzten Zigarette für heute ging Luginger noch mal zur Eingangstür und prüfte, ob er sie auch wirklich abgeschlossen hatte. Vielleicht war ja alles auch ganz harmlos. Fischer ist überfahren worden und Schluss. Einer, der eben Pech hatte, zur falschen Zeit am falschen Ort gewesen war. So was gab's überall auf der Welt. Auch in Leuterding.

Sonntag

Am nächsten Morgen war alles wie immer. Luginger kochte Kaffee, buk Semmeln auf, stellte Butter und Marmelade auf einen kleinen runden Tisch in der Küche und las im Internet die ersten Berichte zu den Samstagsspielen der Bundesliga. Später husten, rauchen, Fenster aufreißen.

Dann rief seine Mutter an und bat ihn, nach ihrem Fernseher zu schauen. Sie könne ihn nicht mehr einschalten, irgendwas sei kaputt.

»Ich war doch gestern früh bei dir, da ging er noch«, antwortete er so gelassen wie möglich. »Hast mal die Batterien in der Fernbedienung ausgetauscht?«

Lautes Ausatmen am anderen Ende der Leitung.

»Gut, Mama, ich komm dann am Vormittag noch vorbei.«

Gegen zehn ging er hinunter und richtete den Gastraum her. Fegen, Stühle auf den Boden, Tische abwischen, Getränkebestand kontrollieren, Müll hinaustragen. Alles Handgriffe und Wege, die so verinnerlicht waren, dass er ohne nachzudenken locker in den Tag kam.

Von Sammy hatte er noch keinen Ton gehört. Entweder schlief er wie ein Stein oder war schon mit dem Rad unterwegs. Im März hatte er sich auf dem Flohmarkt neben der Tennishalle ein Rennrad gekauft und seitdem schon Tausende von Kilometern zurückgelegt. Zum Chiemsee, nach Bad Tölz, Lenggries oder hinüber nach Starnberg, häufig brach er frühmorgens auf, um am Nachmittag wieder zurück zu sein.

Luginger stellte das Radio an und hörte was von blauem Himmel, Sonne und 20 Grad, als Bernie Faulhuber mit dem Hund seiner ältesten Tochter auftauchte.

»Ist Sandra immer noch weg?«, fragte Luginger.

»Sieht so aus.«

»Also rennst mit dem Viech a bisserl auf und ab. Na ja, schaden kann's nix.«

Faulhuber trug Stühle in die Morgensonne vors Hammer-Eck und sagte: »Setz dich, Franz. Wir müssen reden.«

»Magst was?«, fragte Luginger.

»Wasser für Dexter wär nicht schlecht.«

Luginger brachte einen vollen Napf, setzte sich und kraulte den Hundekopf.

»Ich hab heute Morgen rumtelefoniert«, fing Faulhuber schließlich an. »Der Tod von dem Fischer ist ein ganz heißes Eisen, und Sammy hat oder hatte wirklich was mit seiner Frau. Wenn es ganz blöd läuft, haben die beiden am Freitag eine Nummer geschoben, während Carsten Fischer bei seiner BI-Sitzung war.«

Luginger schnitt Grimassen und gab kindische Töne von sich. »Ui, Dexter«, feixte er. »Ui, ui, Sammy hat eine Nummer geschoben. Pfui, gibt's denn so was.«

»Ich weiß, dass du das eher lustig findest«, entgegnete Faulhuber genervt, »aber wir haben ihm gestern ein Alibi gegeben, das nicht viel taugen wird. Mein Spezl Rottinger, der Steuerberater, weißt schon, der kennt den Vater vom Markus Polterer. Der Polterer hat Freitagnacht Dienst geschoben und war am Unfallort. Er hat alles aufgenommen und diese Clara Weibel von der Kripo informiert, weil ihm die ganze Sache gleich merkwürdig vorgekommen ist. Du weißt ja, wenn die Schutzpolizei die Kripo ruft, ist schon was im Busch. Und die Frau Killert, die, die das neue Fischgeschäft neben der Reinigung aufgemacht hat, hat wohl das Gerücht gestreut, dass Sammy und Frau Fischer was miteinander hatten. Jetzt braucht nur noch ein neugieriger Nachbar gesehen zu haben, wie unser Sammy da Freitagnacht rein- oder rausspaziert ist, und wir sitzen mit unserem zusammengelogenen Alibi ordentlich in der Scheiße.«

Luginger tätschelte Dexters Maul und blabberte: »Guter Hund, ja, bist ein guter Hund.« Die Killert, dachte er. Wer denn sonst. Ein Klatschmaul ohne Ende.

»Und das Dumme ist, dass die Killert bis vor Kurzem mit der Fischer ziemlich dicke war«, fuhr Faulhuber fort. »Dann sollen sie sich gestritten haben, weil die Killert der Fischer wegen Sammy die Leviten gelesen hat. Sagt man, hört man.«

Mittlerweile hatte Luginger einen Slipper ausgezogen und ihn weit weg geworfen. Dankbar war Dexter losgelaufen, um mit der Beute zwischen den Zähnen zurückzukommen.

»Prima, Dexter. Feines Hündchen.« Kraulen, Fellziehen, tiefe Blicke.

»Warum müssen die Weiber auch so viel quatschen«, sagte Luginger endlich.

»Die Killert ist nicht das einzige Problem, Franz. Der Rottinger hat mir erzählt, dass er Sammy zusammen mit der Fischer zufällig mal in einer Münchner U-Bahn gesehen hat. Und kameradschaftlich hätte das nicht ausgeschaut, eher intim.«

»Du meinst, wenn die Kripo nachhakt, kommen noch andere und hängen Sammy was an?«

»Was anhängen, was anhängen, Franz. Träumst du? Sammy hat gestern Abend gelogen, und die Kripo wird wissen wollen, warum. Na ja, und wir haben auch gelogen. Die beiden waren nicht vorsichtig genug. Wenn der Rottinger sie gesehen hat, haben andere sie auch gesehen. Hast du mit Sammy mittlerweile geredet?«

Während Luginger die richtige Tabakmenge in einem Papierchen verteilte, brummte er: »Also gut. Ein Skandal. Sammy vögelt die Besitzerin einer Reiseagentur, verheiratet, ein Kind. Was soll's. Magst einen Kaffee?«

Faulhuber nickte.

Luginger ging hinein und stellte den Kaffeeautomaten an. Sekunden später stand er wieder in der Eingangstür. »Vielleicht hat Fischers Tod ja was mit der Bürgerinitiative zu tun«, sagte er. »Streit, Neid, irgendwas. Ich meine, es könnt doch noch andere Gründe geben, oder?«

»War Sammy zur Tatzeit bei der Fischer, Franz? Ja oder nein?«

Luginger klatschte in die Hände und strahlte Dexter an. »Davon dürfen wir ausgehen«, antwortete er gut gelaunt. »Und wer vögelt, kann nicht gleichzeitig Auto fahren.«

Faulhuber stöhnte. »Wenn stimmt, was ich gehört habe, soll jemand den Fischer absichtlich überfahren haben. Und die Kripo wird nicht so blöd sein und annehmen, der einzige Schwarze in Leuterding setzt sich hinters Lenkrad und bringt ausgerechnet den Mann um, der ihn von der großen Kohle trennt.«

Luginger rauchte, bückte sich wieder zu Dexter und begann von Neuem in kindischem Singsang zu flöten: »Guter Hund, feiner Hund, ja, bist ein Guter.« Wieder Kraulen, Fellziehen, tiefe Blicke.

Faulhuber stand auf und ging zur Theke. »Zwei Cappuccino, ja?«

»Meinen mit Zucker, bitte«, rief Luginger. »Du meinst also, Sammy hat einen Killer bezahlt. Oder die Fischer.«

»Klingt natürlich verrückt«, rief Faulhuber zurück, während der Automat laut vor sich hin gurgelte. »Aber so kann man doch denken als Polizist. Und diese Frau Weibel hat doch keine Ahnung, wer Sammy wirklich ist. Ich meine, dass er kein Mörder ist und keiner Fliege was zuleide tun kann.«

Beide rührten in ihren Tassen. Luginger schaute auf seine riesigen Füße, die in der Sonne standen und darauf warteten, von Dexters Zunge abgeleckt zu werden.

»Also, wenn die Fischer aus der Lebensversicherung jetzt jede Menge Kohle kriegt, ist sie da, wo viele hinwollen. Sie hat's geschafft. So sieht's doch aus. Und Sammy ist eine Nummer zu klein für eine, die oben schwimmt.«

»Franz, red mit Sammy. Der muss mit der Wahrheit rausrücken. Je länger er schweigt und lügt, desto mehr reitet er sich rein. Und uns. Das ist nicht lustig, wenn's zum Schwur kommt.«

Luginger nickte. Gleichzeitig wusste er, dass Sammy kein Sterbenswörtchen zu seiner Affäre mit der Fischer sagen würde. Bis heute kein Ton zum Eklat mit Moni, bis heute kein böses Wort über sie, bis heute außer Schweigen nichts zu Frauen, mit denen er was gehabt hatte. Sammy redete über Fußball, Schnitzelsemmel und Alltagskram. Das war's. Selbst hinterm Tresen stoische Miene bei dummen Sprüchen über Frauen und ihren schlechten Einfluss auf die Welt.

»Gut, ich red mit ihm, Bernie. Mit wem hast heut Morgen denn sonst noch telefoniert?«

»Mit dem Beckstein aus dem Gemeinderat.«

»Dem CSU-Trottel? Den kennst du?«

»Privatpatient, Franz. Guter Kunde und tief im Herzen eher ein Grüner.«

»Aha. Und was sagt nun der Beckstein?«

»Die Bürgerinitiative macht mächtig Ärger, und der Tod vom Fischer wird alles verschlimmern. Die Stimmung im Ort ist aufgeheizt, viele Leute sind unzufrieden mit der Informationspolitik im Rathaus. Die machen sich richtig Sorgen, die Lokalpolitiker, sag ich dir. Und die CSU hat aufs falsche Pferd gesetzt, meint Beckstein. Statt dem Lohmann die Gefolgschaft zu kündigen, sind sie ihm hinterhergerannt. Jetzt sitzen sie mit im Boot und wissen nicht mehr, wie rauskommen.«

»Der Beckstein ist ja eine richtige Plaudertasche, Bernie. Fällt seinem Verein sonntagmorgens in den Rücken, nur weil du ihn anzapfst.«

»Ich habe ihn ja nicht umsonst angerufen. Ich wusste, dass der mit der offiziellen Linie Probleme hat.«

Luginger steckte seine Füße wieder in die Schuhe. »Na, Dexter, siehst, der Kumpel von unserem Bernie ist ein waschechter Abweichler, einer, der Äste absägt, auf denen er jahrelang gut gesessen hat.«

Faulhuber wurde sauer. »Hör auf, Franz, ja. Wir wissen doch alle, wie das läuft.«

»Stimmt. Arschbacken zusammenkneifen und durch.« Während Luginger seinen Stuhl aus der Spätsommersonne zog, fragte er: »Weiß denn der Beckstein was über den Fischer? Was hat der denn gemacht in der BI?«

»Also Mitläufer war der nicht. Gründungsmitglied und immer dabei, wenn es um Öffentlichkeit ging. Beckstein vermutet sogar, der wäre der kommende Vorsitzende gewesen. Der alte Gmeiner ist krank und kann das nicht mehr lange machen. Beckstein meint, der wäre eh nur auf den Zug aufgesprungen, um dem Lohmann eins auszuwischen. Weil der seinem Sohn die Tour vermasselt hat.«

»Ich erinnere mich dunkel«, sagte Luginger. »Michael Gmeiner, der sollte doch als junger Aufsteiger die CSU im Sattel halten. Und dann hat der Lohmann gewonnen. Weißt, Bernie, bei uns ist's wie überall: Geschachere ohne Ende. Und jetzt haben wir noch einen Toten mit einer Frau, die ihr Reisebüro zumachen kann, weil sich alle die Mäuler zerreißen.«

»Hast was zu essen da?«, fragte Faulhuber, während er auf seine Kaffeetasse starrte. »Ich habe richtig Hunger, und bei mir ist niemand zu Hause.«

»Geh halt in die Küche und schau, was im Kühlschrank ist.«

»Sitz«, sagte Luginger zu Dexter, während Faulhuber lostrottete. Dann fuhr er dem Hund erneut über die Schnauze. »Tja, Dexter, siehst. Da hat einer drei Frauen, ein schönes Haus, viel Geld und darf in der Früh schon mit dem Beckstein reden, aber zu essen kriegt er nichts Gescheites. Kommt zu mir und mampft die Reste.«

* * *

Moni im Kleid. Luginger war perplex. Gewöhnlich trug sie Jeans, hellblau, dunkelblau, verwaschenes Blau, röhrenmäßig, knalleng, dazu schwarze Gürtel, große Silberschnalle, kleine Silberschnalle, oben herum bunte Shirts, Ende. Heute ein rotes Kleid, kniefrei, keine Strümpfe, schwarze Stöckelschuhe, maßvoller Ausschnitt.

Sie grüßte kurz, ging zur Theke und schenkte sich ein Glas Wasser ein.

Ihr Handy klingelte. Breites Lächeln und Säuseln. Ohne Luginger zu beachten, lief sie kreuz und quer durch den Gastraum. Lippenstift, Lidschatten und Augenbrauen, die aufgepeppt wirkten.

Luginger schaute zur Uhr. Zwölf durch, und Sammy war immer noch nicht da. Seit einer halben Stunde saß Gernot auf dem Hocker am Tresen und las die *Bild am Sonntag*. Sein Knie zuckte sporadisch, und seine Hand lag ruhig auf einem schwarzen Herrenhandtäschchen, das er nur sonntags mit sich trug.

Moni kicherte, und Luginger glaubte, ihre Haare seien blonder als gestern und vorgestern. Schließlich klappte sie ihr Handy zu, setzte sich auf irgendeinen Stuhl, schlug die Beine übereinander und verkündete: »Ich geh an die frische Luft. Von drei bis sechs bin ich weg. Übrigens war ich grad bei deiner Mutter, Franz. Hab die Wäsche zum Bügeln mitgenommen. Sie wartet auf dich. Irgendwas mit ihrem Fernseher stimmt nicht.«

Luginger lächelte und sagte: »Gut siehst aus.«

Gernot ergänzte, ohne aufzuschauen: »Fesch, Moni.«

»Sammy kann mich doch vertreten, oder?«, fragte sie. »Seit gestern hab ich eh was gut bei dem, stimmt's? Heute Nachmittag wird auch nichts los sein. Bei dem Wetter gehen alle raus.«

»Geh nur«, sagte Luginger.

Wie bestellt stand Sammy plötzlich in der Tür. Sein gelbes Trikot war nass, und seine Stirn glänzte vor Schweiß. Moni musterte seine kräftigen Beine, schüttelte den Kopf und grinste hämisch.

»Tust mir einen Gefallen?«, fragte sie ihn in einer Tonlage, die Luginger noch nie gehört hatte.

»Erst geh ich duschen«, erwiderte Sammy und schwenkte seine leere Wasserflasche. »Geil draußen. In drei Stunden runter zum Tegernsee bis nach Kreuth.«

»Warum beeilst dich denn so?«, fragte Luginger.

Sammy lachte. »Würd dir auch nichts schaden, Franz. Sich auspowern, an die Grenzen gehen und seinen Körper spüren.«

Ohne eine Antwort abzuwarten, lief er zur Tür neben dem Tresen und sprintete die Treppen hoch.

Gernot blätterte um.

»Wie lange liest eigentlich an einer Seite, auf der eh nur Bilder sind?«, fragte Moni. Sie war aufgestanden und zupfte ihr Kleid zurecht.

»Fesch«, wiederholte Gernot. »Wie heißt der Knabe?«

»Ronaldo, und er trägt mich auf Händen. Trinkt nicht, raucht nicht, geht früh schlafen und möchte Kinder. Ein Dutzend oder zwei, je nachdem, wie viel ich austragen kann.«

»Na ja, das geht vorbei«, brummte Gernot. »Hauptsache, du hast Spaß.«

* * *

Luginger trottete über die Straße und lief zum Maibaum, ehe er in den Drachenweg einbog. Moni und Sammy, das wird schwierig, dachte er. Wenn sie schlecht drauf ist, muss er sich warm anziehen. Da gibt's noch alte Wunden, die nicht verheilt sind. Hoffentlich taugt der neuer Lover was. Gute Männer lenken ab. Gute Männer machen weich. Und eine weiche Moni brauchte er jetzt. Eine Pleite in Herzensangelegenheiten, und er hätte Scherereien ohne Ende.

Er schaute zur Uhr und wusste, dass er spät dran war. Halb eins war für seine Mutter nicht mehr Vormittag, sondern Mittag. Und Mittag war nicht nur etwas später, sondern viel später. Viel zu spät. Wohnst doch nur ein paar Meter weg, sagte sie immer, wenn er sich entschuldigte, weil er es wieder mal nicht geschafft hatte, rechtzeitig ihre Haustüre aufzuschließen. Weißt doch, dass ich wart. Ich wart immer. Was soll ich sonst tun, Bub. Wir Alten warten eben. Auf Besuch, auf was Schönes im Fernsehen, aufs Ende, so ist das halt.

Anna Luginger saß in ihrem speckigen Ledersessel im Wohnzimmer, während er seine Runde durchs Haus drehte. Er zog Rolläden hoch, öffnete Fenster, goss Blumen und trug Geschirr in die Küche.

Vor seiner Mutter stand ein Glas Wasser, daneben krümmte sich altes, mit Butter dünn bestrichenes Brot. Ihr Kreuzworträtsel lag auf einem Beistelltisch. Amerikanischer Politiker mit fünf Buchstaben. *Obama.* Deutscher Fluss mit drei Buchstaben. *Inn.* Bayerischer Ministerpräsident mit sieben Buchstaben. *Stoiber.*

Seit Monaten hatte sie Beschwerden im Kniegelenk. Es gab Tage, da konnte sie kaum auftreten, geschweige denn laufen. Dr. Haller hatte sie vor die Wahl gestellt. Entweder eine Meniskusoperation oder Durchhalten bis zum Ende. Da eine Operation für sie nicht infrage kam, hatte sie sich mit ihren Schmerzen arrangiert.

»Wann warst denn zum letzten Mal oben?«, fragte Luginger, nachdem er auch die Terrassentür aufgerissen hatte und Luft ins Zimmer kam.

»Ich geh nicht mehr häufig hoch, Bub. Die Treppen, du weißt doch.«

»Bitt halt die Resi, dass sie mal die Fenster aufmacht. Die Luft da oben ist stickig, verstehst. In der Mansarde lässt alles, wie es ist, aber im ersten Stock kriegst irgendwann Schimmel.«

Er musterte ihren Brotteller. »Soll ich dir was Gescheites machen?«

»Lass nur. Ich hab keinen Hunger.«

»Mama, du wirst jeden Tag dünner. A bisserl was musst schon essen. Magst ein paar Eier?«

»Bist narrisch? Das ist mir viel zu viel.«

Luginger ging zum Fernseher. »Wo hast denn die Fernbedienung?«

»Da hinten auf dem Tisch. Hab schon geschaut. Die Batterien können natürlich leer sein.«

Luginger zog zwei Batterien aus der Hosentasche und wechselte die alten gegen die mitgebrachten. Dann richtete er die Fernbedienung auf den Receiver und drückte den roten Knopf. Plötzlich tanzten halb nackte Mädchen um einen schwarzen Rapper. Als eine von ihnen eine silbern glänzende Stange mit ihren Schenkeln zu zermalmen drohte, stellte er wieder aus.

Seine Mutter nickte erleichtert. »Schön, dass nix Schlimmes war«, sagte sie, stützte sich auf ihren Stock und schlich zur Anrichte. Mit krummem Rücken öffnete sie eine Seitentür und holte eine Tafel Schokolade raus.

»Bringst die dem Sammy mit. Der mag doch Zartbitter.«

»Mach ich, Mama, Schokolade für Sammy. Der Junge freut sich bestimmt.«

»Machst dich lustig?«

Grinsend ging Luginger in die Küche und füllte Salz in die Geschirrspülmaschine.

»Hast eigentlich schon gehört, dass bei uns einer totgefahren worden ist?«, rief er Richtung Wohnzimmer.

»Freilich«, kam es zurück. »Die Keiterer hat alles gesehen. Stell dir vor, die hat die Gendarmerie verständigt, weil der Fischer, also das Opfer, ein Lehrer von der Schul hier, direkt vor ihrem Haus überfahren worden ist.«

»Da war das also. Bei der Keiterer.«

»Also gesehen hat sie nix. Nur gehört. Wie ein Auto mit quietschenden Reifen davongefahren ist. Der Fischer hat ja keinen Ton mehr von sich geben können. Kannst dir vorstellen, wie erschrocken die Keiterer war?«

»Wer hat dir das denn erzählt?«

»Die Resi.«

»Die Resi!«, brummte Luginger. »Und die kennt die Keiterer?«

»Vom Singen, Franz. Also, als sie noch zusammen gesungen haben. Die waren beide im Sopran.«

Während Luginger auf die leere Salzpackung starrte, dachte er, ohne Resi geht hier nichts. Wenn was passiert, weiß es Mamas Nachbarin als Erste.

»Du brauchst neues Salz für den Geschirrspüler. Ich bring dir was mit.«

»Sag's dem Sammy. Der hat doch Zeit.«

»Mama, der Sammy ist zwar schwarz, aber nicht mein Sklave.«

Unwirsch winkte Anna Luginger ab. »Du weißt genau, wie das gemeint ist.«

»Eben, Mama. Einmal Neger, immer Neger.«

Streitereien über Sammy gehörten zum Ritual von Lugingers Besuchen. Sosehr die alte Frau Sammy mochte, so sehr hielt sie seine Anstellung für Geldverschwendung. Das Hammer-Eck hatte früher keinen Koch gebraucht, warum brauchte es heute einen? Wenn jemand was essen wollte, sollte Moni was machen. Moni, die ewige Moni, die Wirtin, die Luginger nur heiraten müsste, und alles hätte seine Ordnung. Dumm bist, Bub, und fürs Geschäft taugst nichts. Hast ein großes Herz, schau halt auf deine Kontoauszüg, da siehst jeden Monat, wie groß es ist.

»Hilf mir die Beine hochlegen, Franz. Allein schaff ich's nicht.«

Luginger räumte den Beistelltisch frei und hob die Füße seiner Mutter auf die Glasplatte. Dabei fiel sein Blick auf einen Prospekt, der auf dem Boden lag.

»Was hast denn da, Mama?«

»Kannst nicht lesen. Steht doch alles drauf.«

Luginger las »Seniorenresidenz« und »Wasserburg« und »schöne Lage« und »behindertengerecht« und sah lachende Alte mit lachenden Pflegerinnen und lachenden Ärzten und lachenden Kindern und lachenden Enkelkindern.

»Was soll das? Willst nach Wasserburg?«

»Ist doch schön da.«

»Bist übergeschnappt, Mama? Denkst ernsthaft über so ein Heim nach?«

»Residenz, Bub. Das ist eine Residenz mit viel Grün und kleinen Wohnungen, in denen man bleiben kann, bis nix mehr geht.«

Luginger zog einen Stuhl heran und setzte sich. »Wer hat dir denn den Floh ins Ohr gesetzt?«, sagte er ruhig und nahm ihre Hand. »Du bleibst hier und damit basta.«

Seine Mutter lächelte still. »Wenn die Resi nicht mehr ist, was soll dann werden? Das geht doch alles nur gut, weil die nebenan wohnt. Willst dich allein um mich kümmern?«

»Was redst denn da? Hat die Resi was? Ist die krank?«

Die alte Frau schüttelte den Kopf.

»Also. Und allein bin ich auch nicht. Sammy ist da, Moni, und Heider schaut doch auch ab und zu mal vorbei.«

Anna Luginger stützte sich auf und schob ihren schweren Körper etwas nach vorn. »Die Moni hat die Wäsch mitgenommen vorhin«, sagte sie schließlich. »Wie lang die schon für mich bügelt, Bub. Könntest nicht mal …«

»Ich weiß schon«, fuhr Luginger energisch dazwischen, »die Moni ist die Moni ist die Moni ist die Moni! Und wenn die Moni mich heiraten tät, würden wir Kinder kriegen, und du könntest bei uns wohnen und müsstest nicht nach Wasserburg.«

Mittlerweile hatte er seinen Stuhl zurückgestellt und lief zur Terrassentür. Mit einem kräftigen Ruck schloss er sie, marschierte erneut in den ersten Stock und brauchte länger als sonst, bis er zurückkam.

»Pass auf, Mama, das mit der Moni kannst getrost vergessen«, rief er schließlich und fuchtelte mit seinem Zeigefinger in der Luft herum. »Die will mich nicht, und ich will sie nicht. Fertig, Schluss, aus, Ende der Durchsage. Hast das verstanden?«

Missmutig schaute seine Mutter auf ihre Brotstücke. Ohne Luginger anzuschauen, kaute sie langsam vor sich hin. Dann zog sie ihre Wolljacke enger über die Brust und drückte die Fernbedienung.

* * *

Luginger ging die Tegernseer Landstraße hoch Richtung S-Bahnhof. Vorbei am Hotel Venedig, an der Sparkasse und an Linners Kartoffelkiste schlenderte er gemütlich auf der Schattenseite einer Straße entlang, die gerade an Sonntagen durch die vielen parkenden Autos so eng geworden war, dass Fahren keinen Spaß mehr machte.

Vor Leonardos Eisdiele war der Teufel los. Die letzten warmen Tage im Jahr, da wollten viele den Sommer noch mal hochleben lassen. Jung und Alt warteten in einer langen Schlange auf Eiskugeln. Zwanzig Sorten gab es, von Tartuffo über Joghurt, Nutella und Kiwi reichte ein Angebot, das sich für Lugingers Geschmack auf Schokolode, Erdbeere, Vanille und Banane hätte beschränken können. Zu viel war zu viel. Und wozu all die hippen Kreationen taugen sollten, war ihm schleierhaft. Je größer die Auswahl, desto schwieriger die Entscheidung und desto höher die Wahrscheinlichkeit, das Falsche in der Waffel zu haben.

Vor ihm standen halbwüchsige Mädels und starrten auf das Display eines Handys. Ein Vater suchte nach Kleingeld. Kinder pufften sich in die Rippen, und ein älteres Paar freute sich über einen frei gewordenen Tisch neben halb verblühten Rosensträuchern. Als Luginger einen riesigen Jungen beobachtete, der seine winzige Freundin küsste, entdeckte er den alten Gmeiner, der mit seiner Frau in der Sonne saß und Sahne löffelte.

»Drei Kugeln, Schokolade, Banane, Erdbeere, bitte«, sagte er, als er an der Reihe war.

»Waffel oder Becher?«, kam es zurück

»Waffel natürlich, einen Becher kann ich ja nicht essen.«

Mit seinem Eis in der Hand steuerte Luginger auf Gmeiners Tisch zu.

»Servus, Peter, grüß dich, Maria.«

Die Gmeiners lächelten freundlich, obwohl Luginger spürte, dass ihnen ganz anders zumute war. Man kannte sich seit eh und je. Früher war Peter Gmeiner ein hervorragender Tennisspieler gewesen. 1975 wurde er sogar bayerischer Meister. Später hatte er für viele Jahre den Vorsitz des Sportvereins übernommen, ehe er mit einer kleinen Gruppe von Investoren seine eigene Tennisanlage gebaut hatte.

»Tut uns leid, Franz, siehst ja, wir können dir keinen Stuhl anbieten«, sagte Peter Gmeiner.

»Bananensplit«, bemerkte Luginger. »Ihr seid wie ich. Was vor 30 Jahren gut war, ist heute auch noch gut.«

»Früher hieß jedes Eiscafé Dolomiti, weißt das noch?«, fragte Gmeiners Frau.

Luginger nickte. »Und die Kugel hat 20 Pfennig gekostet.«

Gmeiner leckte freudlos seinen Löffel ab.

Dann fragte Luginger: »Seid ihr nachher auf der Anlage?«

»Magst mal vorbeischauen?«, antwortete Gmeiner. »Kannst gerne kommen. Wir gehen gleich zurück.«

Luginger nickte. »Bis später dann.«

* * *

Barbara konnte ihn nicht sehen, als er vom Zaun aus zuschaute, wie sie mit kraftvollen Vorhandschlägen ihre Gegnerin unter Druck setzte. Mit dem Rücken zu ihm stand sie an der Grundlinie und schlug vier, fünf Bälle abwechselnd nach rechts und links, ehe ihr ein Fehler unterlief und der Ball an der Netzkante hängen blieb. Obwohl sie sich nichts anmerken ließ, wusste Luginger, was in ihr vorging. Sie kochte. Im Vorteil zu sein und dann den Punkt nicht zu machen, das war Höchststrafe.

Halt die Barbara fest und pass auf, dass sie nicht wegläuft, hatte Faulhuber vor ein paar Tagen noch zu ihm gesagt. Kümmer dich mehr. Die Frau tut dir gut. Wenn du nichts machst, stehst du bald wieder allein da.

»Doppelfehler«, sagte Luginger leise zu sich selbst. Sie will zu viel. Mit dem Kopf durch die Wand, immer volles Risiko. Geduld war für Barbara ein Fremdwort. Lieber machte sie selbst den Fehler, als darauf zu warten, dass andere ihn machten.

»Willst sie nicht mal zum Altar führen?«, fragte Peter Gmeiner, der plötzlich neben ihm stand.

Luginger sah dem alten Mann direkt ins Gesicht. »Dir geht's dreckig, was?«

»Die Schmerzmittel sind nicht gut für meine Nieren, Franz, und der Tod vom Fischer ist schrecklich.«

»Ich weiß schon Bescheid. Die Polizei glaubt nicht an einen Unfall. Der Fischer sollte ja auch dein Nachfolger werden.«

»Stell dir vor, bei uns in Leuterding wird jemand absichtlich über den Haufen gefahren, nur weil er irgendwelchen Großkopferten im Weg ist. Kann's denn so was geben?«

»Übertreibst da nicht a bisserl, Peter? Vielleicht gibt's ganz andere Gründe?«

Entschlossen packte Gmeiner Lugingers Unterarm. »Das war Mord. Da geht's um Geld, um viel Geld, Franz, und der Fischer hat was gewusst, was andere nicht gewusst haben.«

Luginger sah Gmeiners schlecht rasierten Hals. Er sah schlaffe, fleckige Haut. Und er sah Tränen, die der alte Mann nicht zurückhalten konnte.

»Mein ganzes Leben hab ich hier gelebt, Franz, 74 Jahre lang. Hier ist doch nie einer umgebracht worden, oder? Erinnerst dich, gibt's irgendeinen Fall, an den dich erinnerst? Und jetzt ist die Fischer Witwe und ihr Bub Waise. Eine Schande ist das, Franz, eine Schande.«

Gmeiner zitterte am ganzen Körper.

»Komm, Peter, setzen wir uns an einen ruhigen Tisch. Ich könnt ein Haferl Kaffee vertragen. Und dann erzählst mir mal die Geschichte mit der Bürgerinitiative. Ich hab das ja nur am Rand mitgekriegt, du weißt, Politik interessiert mich überhaupt nicht.«

Eine Stunde später spielte Barbara noch immer. Mittlerweile hatte sie eine Mütze auf, um nicht direkt in die Sonne schauen zu müssen. Obwohl sie Luginger wohl erkannt hatte, beachtete sie ihn nicht. Nach einer völlig verunglückten Rückhand von ihr fiel der Ball knapp über die Netzkante ins gegnerische Feld, von wo er unerreichbar ins Aus sprang.

Luginger rauchte und ging zu den Plätzen eins und zwei, die im Schatten lagen und auf denen rüstige Rentner Doppel spielten. Was ihm der alte Gmeiner gerade erzählt hatte, war so aufregend auch nicht gewesen. Nur die Dimensionen hatten ihn überrascht. Um die 100 000 Quadratmeter neues Bauland, das war schon was. Da konnten viele neue Häuser entstehen mit all den Vor- und Nachteilen, die ihm jetzt klarer waren als vorher. Mehr Einwohner, Geld und Autos, weniger Erholungswerte und Ruhe. Die Verkehrslage im Ort würde sich zuspitzen. Keine Parkmöglichkeiten, zu wenige und zu enge Straßen, steigende Unfallgefahr, ganz zu schweigen von den Abgasen und dem Benzingestank in einer Gemeinde, die sich auf ihr Umweltbewusstsein so viel einbildete. Die Geschäftsleute waren dafür. Sie würden profitieren, ganz klar. Die Anwohner, die nicht nur ihr Waldstück vor der Haustür verlieren würden, sondern auch den Baulärm ertragen müssten, waren dagegen, auch ganz klar. Alteingesessene Leuterdinger waren eher dagegen, viele Zugereiste eher dafür. Die CSU würde sich möglicherweise dem Druck der Basis beugen und mit den Grünen zusammengehen, die Sozis stünden dann allein da, weil die paar Freien Wähler viel zu schwach waren.

Luginger hatte sich hingesetzt, um besser nachdenken zu können, und spürte, wie seine Jeans an den Oberschenkeln klebten. Er hasste Plastikstühle. Mit einem Auge verfolgte er die Rentner-Ballwechsel, mit dem anderen fixierte er Ameisen, die auf seinen Schuhen herumturnten.

Von Carsten Fischers Geheimwissen hatte Gmeiner nichts erzählt. Nur dass da was im Busch war, dass der Fischer Verbindungen zwischen Gemeinderat und Investoren zu kennen glaubte, dass es Kontakte zu Milieus gab, die alles andere als sauber waren. Der Fischer hatte sich jedenfalls unglaublich reingehängt, und bis auf einige wenige hätten ihn wohl die meisten zum neuen BI-Vorsitzenden gewählt. Gmeiner selbst ging in drei Wochen ins Krankenhaus, bei den Schmerzen musste schleunigst eine neue Hüfte her, und außerdem fühlte er sich auch schon zu alt für die Protestiererei.

Kennst du die Brettschneider Karin?, hatte Gmeiner gefragt. Und ihre Freundin, die Meidenbauer? Luginger hatte genickt und gewusst, was kommen würde. Feministinnen, Franz, so sagt man doch, oder? Wie heißt die noch mal, die andere, die alte Kuh, die öfter im Fernsehen ist? Frau Schwarzer meinst du, hatte Luginger ruhig geantwortet. Stimmt, Schwarzer oder Schweizer oder so ähnlich. So, und die beiden Schachteln, die Brettschneider und die Meidenbauer, die wollen eine Frau an der Spitze der BI, die anderen stehen zu Fischer. Und wegen der Weiber wird's Krach geben.

Kein Wort über Sammy und seine Affäre mit Frau Fischer. Für Gmeiner schien der naheliegende Verdacht der Kommissarin überhaupt nicht zu existieren. Was er denn über diese Clara Weibel wisse, hatte Luginger zum Schluss noch gefragt. Nicht viel, hatte Gmeiner geantwortet. Die kommt aus München und hat sich nach Erding versetzen lassen. Will wohl in Ruhe auf ihre Pensionierung warten. Gestern war sie hier und hat Fragen gestellt. Das Übliche, Franz: Feinde, Querelen, Stänkereien. Gut hab ich den Fischer ja nicht gekannt, ich meine, vor der Gründung unserer Bürgerinitiative hab ich gar nicht gewusst, dass der hier lebt.

»Tag, mein Lieber«, grüßte Barbara. »Schön, dass es dich auch noch gibt.« Mit einem Handtuch über der Schulter und ihrer Tennistasche in der Hand stand sie neben seinem Stuhl und lächelte.

»Hast gewonnen?«, fragte Luginger.

»7:5, 6:3. War ein hartes Stück Arbeit.«

»Soll ich dir einen Stuhl holen?«

»Darf ich dir einen Stuhl holen, Franz. Dürfen, nicht sollen! Nein, lass mal, ich fahre gleich heim. Meinem Bruder habe ich versprochen, gegen fünf im Fitnessstudio zu sein. Der möchte dann noch mit den Kindern raus und das schöne Wetter genießen.«

»Kommst mal wieder vorbei?«

Barbara lächelte zufrieden. »Gerne. Aber nur, wenn wir was unternehmen. In deinem Hammer-Eck mag ich die Zeit nicht vertrödeln.«

»Dienstag?«

»Okay. So um sieben bin ich da. Und grüß mir Sammy.«

Schöne Beine, schöner Arsch, von unten bis oben tipptopp, dachte Luginger, als er ihr nachsah. Moni grüß ich auch, die vergisst halt immer. Weiberkram. Also Dienstag dann. Wir könnten mal wieder nach München fahren, vielleicht Kino oder Essen gehen oder einfach nur Bummeln und all den teuren Quatsch anschauen, den eh niemand brauchte. Oder Musik? Jazz bei Vogler, Rock im Podium. Auf jeden Fall raus aus Leuterding und für ein paar Stunden was anderes sehen und hören.

In der Mommsenstraße blieb er vor einer Neubausiedlung stehen und beobachtete lärmende Gören, die vor einem großzügig angelegten Wasserpark tobten. Vor vier Jahren waren hier fünf große Häuser mit Eigentumswohnungen hochgezogen worden. Die Gemeinde hatte im Bebauungsplan darauf bestanden, dass die Bauherren für abwechslungsreiches Grün sorgen mussten. Aus der Forderung war dann ein Vorzeigeprojekt geworden, ein kleiner Park mit Teich, Pflanzen, Natursteinen und einer schicken Bank für all die Mamis, die aufpassten, dass da keines ihrer Prachtstücke absoff. Obwohl die Wohnungen sündhaft teuer gewesen waren, waren sie schnell verkauft. Selbst die fünf im Hochglanzprospekt als Penthouse-Wohnungen bezeichneten obersten Stockwerke mit Terrassen und Panoramafenstern waren weggegangen wie geschnitten Brot. Was für ein Irrsinn, hatte Faulhuber damals geschimpft, eine halbe Million Euro, so viel Geld und dann keine Abstellflächen. Wohin mit den Rädern, den Skiern und dem ganzen Krempel, den man so anhäuft?

Schön sind sie schon, die Häuser, dachte Luginger, während Bälle flogen und Kinder Süßes naschten. Mediterraner Stil war im Münchner Speckgürtel en vogue. Vor allem die Farben sorgten für italienschen Touch. Gelb und Rot, mal dezent, mal kräftig, ließen die Herzen künftiger Immobilienbesitzer höher schlagen.

Mopeds donnerten an Luginger vorbei und erinnerten ihn an Streitigkeiten im Viertel, die jedes Jahr aufs Neue aufkeimten. Abends eroberten jugendliche Halbstarke das Terrain rund um den Park, soffen, kifften und lärmten herum. Als erschrockene Mütter gar benutzte Kondome gefunden hatten, war das Maß voll gewesen. Bewohner bewaffneten sich mit Pfefferspray und organisierten Wachen. Wie nicht anders zu erwarten, steigerten die Kids ihre Provokationen, und ehe die tapferen Papis zum Schutz ihrer Lieben den Knüppel aus dem Sack hatten, waren sie wieder verschwunden.

In Mülleimer scheißen geht wirklich nicht, sagte Luginger zu sich selbst, als er am Ärztehaus vorbeispazierte. Und Glasscherben im Teich erst recht nicht. Moni hatte das Fäkalrandale genannt und laut gelacht, weil sich mit einfachen Mitteln doch immer wieder spektakuläre Erfolge erzielen ließen.

Auf dem Weg zurück zum Hammer-Eck kam er noch einmal bei seiner Mutter vorbei. In den Siebzigern war am Drachenweg eine kleine Siedlung gebaut worden, und seine Eltern hatten sich damals ein Reihenhaus gekauft. Seit sein Vater gestorben war, lebte seine Mutter allein in dem Haus, in dem sie während seiner Kindheit zu sechst hatten zurechtkommen müssen.

Im Oktober feierte sie ihren Dreiundachtzigsten, und Luginger wusste jetzt schon, wie alles ablaufen würde. Seine Geschwister würden vor lauter Herzen, Küssen und Drücken blaue Flecken mit nach Hause nehmen. Weil Mutter jeden Restaurantbesuch seit Jahrhunderten aus Kostengründen strikt ablehnte, würde sein Bruder Helmut grillen. Grillen war für die Lugingers überhaupt das Größte. Gegrillt wurde immer, von März bis Oktober, gleich, ob es regnete, stürmte oder die Sonne vom Himmel knallte. Halsgrat und Schweinswürstl, Lammkoteletts und Spareribs, dazu Salate, für die seine Schwestern zuständig waren, und gewaltige Mengen französisches Weißbrot. Mutters Enkel, immerhin zehn an der Zahl, würden in null Komma nichts die Fleischberge aufgegessen haben und nur unter gutem Zureden bereit sein, einige Salatblätter zu picken. So zwischen sieben und acht würde Unruhe aufkommen. Alle wollten heim, und die Autobahnen waren ja so verstopft. Mutter würde lächeln und jedem Enkel einen Zehner zustecken.

»Schaust mal rein, Franz?«, rief Resi über ihren Besen gebeugt.

Luginger grüßte. »War vorhin schon da. Komm dann morgen wieder.«

* * *

Im Hammer-Eck war tote Hose. Sammy unterhielt sich mit einem Gast, den Luginger nicht kannte. Auf dem Tresen lag Gernots Herrenhandtäschchen, und vor dem Stuhl, auf dem wahrscheinlich Faulhuber gesessen hatte, lag Dexter und döste.

»Alles im Griff«, flötete Sammy Richtung Luginger. »Du siehst ja, die Arbeit hält sich in Grenzen.«

»Was macht denn der Hund hier?«, wollte Luginger wissen.

»Faulhuber ist schnell mal in die Praxis. Ein Notfall.«

»Aha.«

Im Hintergrund lief das Fernsehen. Sammy hatte das frühe Bundesliga-Sonntagsspiel angestellt, obwohl er gar nicht hinschaute. Mainz gegen Kaiserslautern, viel Kampf und Derbystimmung mit Grätschen, Pfiffen und leidenden Fanmienen.

So gegen sechs kam Faulhuber zurück, schnappte sich Dexter und verschwand grußlos. Wenig später tauchte Gernot auf und bestellte ein Weißbier, das er dann so schnell in sich hineinschüttete, als wäre er kurz vorm Verdursten. Danach sprach er mit seinem Knie, das unentwegt zitterte, nahm sein Täschchen, bezahlte und ging.

Moni und Erika waren gut gelaunt. Die eine erzählte von ihrem Ausflug, dem schönen Wetter, der Sonntagsstimmung und dem netten Typen im Schlepptau, die andere von einem grässlichen Nachbarn, der hustete und hustete und endlich mit Verdacht auf einen ordentlichen Krebs in die Unikliniken nach München gebracht worden war.

Plötzlich stand die Kommissarin am Tresen. Luginger grüßte und schlürfte seinen Kaffee.

»Ich würde Sie gerne mal sprechen«, sagte sie.

»Nur zu«, antwortete Luginger.

»Allein«, ergänzte Frau Weibel.

»Ich kann hier nicht weg«, sagte Luginger.

Frau Weibel schaute ins Lokal. »Vier Gäste, das schafft Herr Sammy auch ohne Sie.«

Luginger zögerte, dann fragte er: »Wohin?«

»Mein Wagen ist groß genug für uns zwei.«

* * *

»Wenigsten fährt die Polizei keinen Punto«, sagte Luginger, als er den Aschenbecher unter dem Radio öffnete.

»Wollen Sie jetzt hier drin rauchen, um mir eins auszuwischen?«, fragte Frau Weibel.

Luginger betrachtete das Armaturenbrett. »Alles Display, wie?«

»Verstehen Sie was davon?«

Luginger schüttelte den Kopf. »In den Ascher passen höchstens drei Kippen rein. Ein Witz, das Ding.«

»Es rauchen ja auch immer weniger Leute«, meinte Frau Weibel, »und gerade BMW-Fahrer, die auf üppige Pensionen vom Staat warten, halten sich zurück. Wäre ja schade, die monatlichen Zahlungen wegen frühzeitigen Hinscheidens zu verpassen.«

Luginger nickte.

Frau Weibel klopfte kurz aufs Lenkrad, ehe sie in geschäftsmäßiger Tonlage anhob: »Lassen Sie uns offen reden, Herr Luginger. Sammy ist bestimmt ein anständiger Kerl und würde Frau Fischer niemals in eine schwierige Lage bringen. Aber dass die beiden was miteinander hatten, das steht für mich fest. Zu viele Zeugen, zu viele Indizien. Nur glaube ich nicht, dass Herr Henry Ahmedou Amison wirklich was mit dem Tod Herrn Fischers zu tun hat.«

»Auri wie?«, fragte Luginger.

»Ahmedou Amison. So heißt Sammy mit richtigem Namen«, antwortete Frau Weibel.

»Noch nie gehört«, sagte Luginger, während er eine fertig gedrehte Zigarette aus seinem Drum-Päckchen holte. »Woher wissen Sie das?«

»Ich bin die Polizei, schon vergessen?«

Luginger drückte rechts neben sich einen kleinen Knopf, und fast lautlos glitt das Seitenfenster nach unten. Dann steckte er sich mit seinem Zippo die Zigarette an.

»Wissen Sie«, sagte Frau Weibel ungerührt, »wenn in allen Ehen, in denen einer mal fremdgeht, gleich gemordet würde, hätten wir viel zu tun. Die Sache mit der Lebensversicherung belastet eigentlich nur Frau Fischer. Übrigens verhält sie sich Sammy gegenüber vorbildlich. Sie leugnet, was er gewiss ebenfalls weiter tun wird. Deshalb rede ich mit Ihnen. Sie sind ja so eine Mischung aus Freund, Vater und Arbeitgeber für ihn. Sehe ich das richtig?«

Luginger blies Rauch aus dem Seitenfenster. »Er arbeitet, ich zahle. Er arbeitet sogar gut, und ich zahle zu wenig. Hab aber nicht mehr.«

»Mir ist schon klar, dass man mit einer Kneipe nicht zum

Krösus wird«, erwiderte Frau Weibel. »Mir ist auch klar, dass Sie die Polizei nicht in Ihr Herz geschlossen haben. Zu viele Strafzettel, zu viel Ärger wegen Ruhestörung und dann Ihr Pick-up, den ja wohl nur noch Sie für verkehrstauglich halten.«

»Was wollen Sie?«, fragte Luginger, und seine Stimme verriet, dass er ans Aussteigen dachte.

»Herr Fischer hat vor seinem Tod seiner Frau erzählt, dass er einen alten Studienfreund getroffen hat. Per Zufall, einfach so, wie durch ein Wunder. Frau Fischer weiß aber nichts Genaues, oder sie gibt vor, nichts Genaues zu wissen. Der Studienfreund soll nun seine Finger in den Neubauten haben, die die Fischers ja verhindern wollen. Und Herr Fischer hat durchblicken lassen, dass er diesen Studienfreund zum Rückzug bewegen könne.«

»Dann finden Sie doch den Kerl«, sagte Luginger und konzentrierte sich auf die Glut seiner Zigarette.

»Machen wir, machen wir. Vielleicht können Sie mir dabei helfen. Reden Sie mit Sammy. Wenn Frau Fischer und Sammy ein Paar waren, dann könnte sie ihm von diesem ominösen Unbekannten erzählt haben.«

»Warum fragen Sie ihn nicht selbst?«

»Das tue ich auch, wenn wir nicht weiterkommen. Fürs Erste möchte ich Sammy aber nicht in die Enge treiben. Sie wissen schon, Vorladung, offizielles Verhör etcetera.«

»Sie wollen, dass ich für Sie rumschnüffle«, sagte Luginger ruhig.

Frau Weibel verzog ihre Mundwinkel und hob die Augenbrauen. »Sie könnten mir einen Gefallen tun, das ist alles.«

»Warum hätte die Fischer mit Sammy quatschen sollen? Die wollte vögeln und Schluss. Schwarzer Mann, weiße Frau. Normal, oder?«

Die Kommissarin ließ sich Zeit, ehe sie antwortete: »Frau Fischer ist viel zu intelligent, um nicht noch andere Bedürfnisse zu haben.«

»Aha, so, so«, brummte Luginger. »Nur, ob Sammy dafür zuständig war, bezweifle ich.«

»Lassen wir das. Ihr Kneipenweltbild interessiert mich nicht. Reden Sie mit ihm, ja oder nein?«

Luginger schnippte den Stummel aus dem Auto. »Ihr Aschenbecher, Sie wissen schon, ist ja sonst gleich voll.« Dann öffnete er die Wagentür und verabschiedete sich mit knapper Handbewegung.

* * *

20 Minuten später stand der BMW immer noch da. Luginger beobachtete, wie Frau Weibel telefonierte und dabei aufgeregt auf und ab ging. Mit der freien Hand strich sie sich unentwegt durchs Haar, und ihr Kopf mit dem Handy am Ohr wackelte vor und zurück.

Raffiniertes Luder, dachte Luginger. Spielt Spielchen und macht einen Bullenspitzel aus mir.

»Wir müssen reden«, sagte er etwas später, als er bei Sammy in der Küche stand.

»Um was geht's?«

»Fischer und die Bullerei.«

Sammy räumte Teller aus der Spülmaschine. »Was wissen die schon?«, fragte er.

»Die Affäre und wohl noch mehr.«

»Mehr gibt's nicht«, erwiderte Sammy, während Teller in einem tiefen weißen Regal verschwanden.

Luginger schaute ernst. »Reicht ja auch. Und wenn du jetzt

nichts sagst, geh ich davon aus, dass du Freitagnacht mit der Fischer die Matratze bearbeitet hast.«

»Du hältst die Klappe, ja«, zischte Sammy halblaut.

Luginger nickte. »Eure Geschichte interessiert die Kommissarin nicht mehr. Außer, dass ich für dich gelogen hab und Faulhuber und Moni ungefragt zu falschen Zeugen wurden, ist das durch. Die Lady glaubt, dass der Fischer einen alten Studienfreund wiedergetroffen hat, der mit dem Bauvorhaben hinten Am Winkelgraben viel Geld verdienen will. Hat dir die Fischer was dazu gesagt?«

Sammy schüttelte den Kopf und widmete sich dem Küchenabfall.

Luginger zog seinen Zopf glatt und sagte genervt: »Danke für das ausführliche Gespräch. War sehr informativ und wird helfen, deine Unschuld zu untermauern.«

Als er wieder hinterm Tresen stand, marschierte Clara Weibel erneut mit wehendem Sommermantel ins Hammer-Eck und ging schnurstracks zur Damentoilette.

Moni rümpfte die Nase. »Haben wir einen neuen Dauergast?«

Luginger zapfte vier Helle. Im Hintergrund spielten die Doors, *L. A. Woman.*

Wenig später schmiss Frau Weibel genau wie gestern ihre Handtasche auf einen Hocker und fragte: »Schenken Sie auch Wein aus?«

Luginger nickte. »Italienischen, spanischen oder französischen?«

»Italienischen.«

»Flasche oder Glas?«

»Was kostet die Flasche?«

»38 Euro.«

»Wie bitte?«

»Ein Zweitausender Ramitello, der kostet eben.«

»Wer trinkt denn bei Ihnen so einen Wein?«

»Faulhuber. Der bringt die Flaschen auch mit.«

»Kann ich eine halbe Flasche haben?«

Moni lachte. »Wir stellen den Rest dann zurück. Sie kommen ja wohl noch öfter.«

»Nehmen Sie Kreditkarten?«

Während Moni noch mehr lachte, ging Luginger los, um den Wein zu holen.

»Wissen Sie, als ich vor einem Jahr nach Erding gekommen bin, dachte ich, die Sonntagsschufterei läge hinter mir«, erklärte Frau Weibel später und schenkte sich ein zweites Glas ein. »Denkste! Immer weiter, immer weiter.«

»Ein Oliver-Kahn-Satz«, bemerkte Luginger.

»Ein Oliver was?«

»Vergessen Sie's.«

»Haben Sie Kinder?«

»Nein.«

»Haben Sie einen Dekantierer?«

»Ich trinke aus der Flasche.«

Moni stellte Gläser ab. »Er hat einen, aber nur oben neben seinem Bett«, sagte sie. »Für die Mädels. Wegen der Kultur und der Atmosphäre.«

»Wollen Sie den Wein umfüllen?«, fragte Luginger.

»Quatsch. Ich koche morgen für Freunde, und einer besteht auf einem Dekantierer.«

»So was kann man kaufen«, sagte Moni.

»Habe ich schon. Ist mir runtergefallen, und 30 Euro waren futsch.« Frau Weibel schnalzte mit der Zunge, nachdem sie einen weiteren Schluck getrunken hatte. »Ihr Faulhuber versteht was von Rotwein. Da könnte ich mich reinlegen.«

»Und jetzt trinken Sie einen über den Durst, weil Sie Glas zerbrochen haben«, frotzelte Moni.

»Nein. Ich führe eine wichtige Befragung durch. Da darf ich mein Handy ausstellen, und niemand geht mir auf die Nerven.«

»Ihr Telefonat vorhin«, bemerkte Luginger.

»Und ob«, kam es zurück.

»Der Job«, sagte Luginger.

»Nein, meine Jungs. Einer so gelungen wie der andere.«

Luginger ging in die Küche und brachte Weißbrot.

»Essen Sie was dazu. Ist gut für den Magen.«

»Danke.«

»Bitte.«

Zwei Stunden später ließ sich Frau Weibel heimfahren. Zusammen mit Moni hatte sie fast die ganze Flasche getrunken, ehe ein Mann um die 30 auftauchte, sich als Ben vorstellte und die Wagenschlüssel aus dem Mantel seiner Mutter fischte. Ben Weibel war Schauspieler, pleite und jüngster Spross der Kommissarin.

Der Fall Fischer hatte keine Rolle mehr gespielt, als Moni und Frau Weibel ins Reden gekommen waren. Luginger hatte sich um die Gäste gekümmert und Sammy gesucht. Ganz offensichtlich war er von der Bildfläche verschwunden, weil er keine Lust gehabt hatte, einen Abend in der Nähe der Frau zu verbringen, die ihn in Schwierigkeiten bringen konnte.

Mit einem Ohr hatte Luginger immer wieder mitbekommen, was die Frauen so quatschten, und je länger sie die Köpfe zusammensteckten, desto nervöser wurde er. Während Moni kurz vor Kneipenschluss noch eine letzte Portion Kartoffelsalat mit

Würstchen an einen Tisch brachte, stellte er die Weinflasche weg.

»Die Polizistin ist raffinierter, als du denkst«, sagte er. »Die weiß, dass du mit Sammy was laufen hattest. Pass auf, Mädchen, die plaudert nicht einfach so drauflos.«

»Du hörst die Flöhe husten, ja. Mensch, die hat drei Söhne, so richtige Knalltüten, da gibt's Stoff für Geschichten, die sie sonst niemandem erzählen kann. Einer von denen wohnt in London und arbeitet als Geldvermehrer. Krise hin, Krise her. Sie sagt, am Ende des Tages gewinnen die immer. Ihr Mittlerer ist Professor für Politik in Frankfurt. Keiner ist verheiratet, keine Enkel, Eigenbrötler mit dicken Bankkonten, bis auf den Kleinen, den du gesehen hast. Und der hockt seiner Mutter auf der Pelle und jammert rum, weil sein Mädel die Biege gemacht hat. Wo ist eigentlich der Wein?«

»Hab ich weggestellt.«

»Auf den Tisch damit, Franz. Wir trinken den jetzt aus.«

»Hat sie bezahlt?«

»Ich zahle, und zwar Faulhubers Einkaufspreis«, sagte Moni entschieden.

Luginger wusste, dass jedes weitere Wort zwecklos war. Also fragte er nur: »Wo steckt eigentlich Sammy?«

»Gute Frage«, erwiderte Moni und holte frische Gläser aus dem Regal.

Montag

Luginger war alles andere als begeistert, als sich Mike im Klo die Hände wusch und ihm erzählte, dass ein Zylinderkopf im Arsch war.

»Was heißt im Arsch?«, fragte Luginger.

»Im Arsch eben«, antwortete Mike und knetete seine Finger. »Die Kiste ist Schrott, Mann. Kauf dir was Vernünftiges.«

Für Luginger gab es aber nichts Vernünftigeres als seinen Dodge Ram, Baujahr 1981, ein Pick-up der ersten Serie aus Michigan, als die amerikanische Automobilindustrie noch eine gigantische Nummer war.

»Versteh mich nicht falsch«, fuhr Mike fort, »aber allein die Ersatzteile kosten dich auf Dauer ein Vermögen. Das ist doch irre.«

Luginger stöhnte leise. 2000 hatte er noch auf dem Konto, danach war Ebbe. Und 1000 waren schnell verbraten, wenn Mike loslegte.

Der Tag hatte in der Früh schon beschissen begonnen. Sammy war über Nacht weggeblieben und hatte kurz nach acht von einem Münchner Freund aus angerufen. Ich brauche drei freie Tage. Ende der Durchsage, Nachfragen unerwünscht!

Dann kein Frühstück mangels Masse, kein frisches schwarzes T-Shirt, Dauerhusten, schließlich der Komplettabsturz, als er zur Kenntnis nehmen musste, dass auch der letzte Tabakkrümel verbraucht war.

Und jetzt auch noch Mike mit seinem Gejammer.

Luginger steckte ihm einen Fünfziger zu. »Melde dich, wenn du was gefunden hast. Und denk dran, die Karre ist heilig.«

Mike zog die Nase hoch. »Bis Donnerstag, okay?«

Luginger nickte.

»Und Dank für die Kohle.«

* * *

Luginger schaute durchs Fenster auf die Straße. Keine Musik, kein Licht, kein Ton. Bewegungslos starrte er auf sein frisches Brathähnchen, das er beim Metzger neben dem Penny-Markt besorgt hatte. Mit dem Fahrrad. Mit Sammys Fahrrad. Im siebenundsiebzigsten Gang, weil er sich quälen wollte. Und jetzt lag das Vieh vor ihm auf dem Teller, knusprig gebraten, säuberlich zerlegt, auf der einen Seite Flügel und Bein, auf der anderen Brust und eine Semmel.

Obwohl er Hunger hatte, war ihm nicht nach Essen zumute. Zu viele Probleme schlugen ihm auf den Magen. Das Auto, seine Mutter, Barbara und jetzt auch noch Sammy mit der Fischer, die nichts Besseres zu tun gehabt hatte, als seinen Koch flachzulegen. Herrgott noch mal, eine Frau, die von einer Lebensversicherung profitiert und einen Lover hat. Eine Frau, deren Mann getötet wird, als der Lover gerade kein gutes Alibi vorweisen kann. Eine Frau, die Sammy angestiftet haben könnte, ihren Mann ins Jenseits zu befördern. Hätte Sammy einen Wagen auftreiben können? Oder hat er jemanden gefunden, der das Ding für ihn durchgezogen hat? Gelegenheit plus Motiv. Da rattert's doch in jedem Polizistenhirn.

Lustlos knabberte er Fleisch vom Hähnchenbein. Als nur noch Knochen übrig waren, fühlte er sich auch nicht besser.

Also gut, ermahnte er sich selbst, zwei Hausbesuche. Zuerst Mama und dann die Fischer.

* * *

Anfangs war seine Mutter grantig wie so oft.

»Wie geht's deinem Knie heute?«, fragte Luginger.

»Meinst, das wär über Nacht besser geworden?«

»Bist mal a bisserl gelaufen?«

»Warum sollt ich heute laufen können? Weil Montag ist oder was?«

»Wenn du nur noch im Sessel sitzt, gehn die Muskeln flöten, Mama.«

»Muskeln! Was brauch ich noch Muskeln.«

»Wo hast denn den Hochglanzprospekt aus Wasserburg hin?«

»Was weiß ich. Liegt der nicht mehr dahinten auf dem Tisch?«

»Nein, Mama. Da liegt nix.«

»Siehst. Ich vergess alles, ich verlier alles.«

»Gab's denn gestern Abend was Nettes im Fernsehen?«

»Was Nettes. Du mit deinem ›Was Nettes‹. Glaubst, ich möcht den ganzen Tag Musikantenstadl schauen.«

»War doch Sonntag. Gab's da keinen Tatort?«

»Doch.«

»Und?«

»Ballauf und Schenk. Der eine zu dick, der andre wie du.«

»Wie ich?«

»Unverheiratet, lebt in einem Hotel. Nix, keine Kinder, keine Familie.«

»Würd der Ballauf die Moni heiraten?«

Luginger sah, wie seine Mutter ihre Mundwinkel zu einem Lächeln verzog.

»Willst mal erzählen, um was es ging, Mama.«

Die alte Frau überlegte. Dann sagte sie: »Ich bin eingeschlafen, Bub. Die Tochter von dem Schenk hatte einen Freund, der ihm nicht gefallen hat. Hat sich zum Deppen gemacht, um sein Kindchen zu retten. Dann gab's eine Tote, die war mit jemand zusammen, der so Bilder gesprayt hat.«

Luginger nickte. »Und wer war's am Schluss?«

Seine Mutter schob einzelne Apfelstücke hin und her. »Da hab ich halt geschlafen. Bis ich wach war, lief was anderes. Eine Talkshow, glaub ich.«

»Na ja, der Glotzenschlaf gehört zum Besten, was einem passieren kann«, bemerkte Luginger und holte sein Tabakpäckchen aus der Jeanstasche. »Rauchst eine mit?«

Seine Mutter nickte und schmunzelte zufrieden. »Mach aber die Fenster auf. Die Resi braucht später nichts merken.«

Luginger grinste, und die alte Frau hob verlegen die Hände. Sie rauchten eben beide gern. Filterlos, herzhaft, möglichst reiner Tabakgeschmack und eindeutige Zeichen an die Lungenbläschen, sich auf was gefasst zu machen.

»Willst mir noch was sagen, Mama?«, fragte Luginger, als er sah, wie sie die Stirn runzelte.

»Hast kein Auto, Bub. Sammy ist verschwunden, und Moni treibt sich mit einem Geschniegelten im Biergarten beim Grassmann rum.«

Luginger hatte sich mittlerweile zu ihr gesetzt. »Aha, die Vöglein zwitschern dir immer noch alles«, brummte er. »Gibt's sonst noch was?«

Seine Mutter stöhnte tief, ehe sie mit unsicherer Stimme fragte: »Hat der Sammy was mit der Frau von dem toten Fischer?«

Luginger drückte Tabak in ein Papierchen. Beide schwiegen einen Moment. »Dir entgeht auch gar nichts, oder?«, sagte er schließlich.

»Er soll sich in Acht nehmen, Bub. Dass er mit der Frau eines Mannes was hatte, der jetzt zum lieben Gott aufsteigt, ist nicht gut. Du weißt ja, am Grab gibt's nur noch Helden. Und so eine Liebschaft schafft Feinde.«

Nachdem Luginger für Durchzug gesorgt hatte, zündete er beide Zigaretten an. Dann reichte er eine glimmende Kippe über den Tisch.

Entschlossen griff seine Mutter nach seiner Hand. »Deshalb ist er weg, Bub. Gestern Abend mit der S-Bahn. Hilf ihm. Da gibt's jetzt viele, die ihm am Zeug flicken wollen.«

»So wird's kommen, Mama. Das ist eine blöde Geschichte, und ich fürchte, die wird noch viel blöder werden.«

Anna Luginger schob ihren Körper nach vorne. »Neider gibt's immer. Und die, die die Finger heben, sind die Schlimmsten.«

Luginger nickte und schob den Aschenbecher zur Tischmitte. Seine Mutter hustete, also hustete er auch. Rauchend saßen sie nebeneinander und ahnten, dass die kommenden Tage wenig Gutes bringen würden.

Später ging er noch in den Garten und leerte die Zigarettenasche unter einen verkrüppelten Strauch, der vor langer Zeit mal als Holunder durchgegangen war. Dann entdeckte er eine Gießkanne, die er noch nie gesehen hatte, und einen Hahn an der Wassertonne, der neu war.

»Heider war da, stimmt's?«, fragte er, nachdem er die Stühle auf der Terrasse unters Dach gestellt hatte.

Seine Mutter lächelte verschmitzt. »Ja, der hat gestern Abend Gernot getroffen. Und die beiden haben sich …«

»Sag nichts mehr, Mama«, unterbrach Luginger. »Ich kann's mir schon denken.«

»Du weißt doch, der Heider mit seiner blöden Rennerei«, fuhr sie fort, »und dann immer spätabends mit der Lampe vor der Stirn. So ein Spinner, aber nett ist er. Die Tonne funktioniert doch wieder, oder?«

»Wird schon so sein, aber jetzt im September brauchst sie nicht mehr«, entgegnete Luginger. »Heider hätt das mal im Frühjahr richten sollen.«

Ohne rechten Appetit schob sich seine Mutter einige Apfelstücke in den Mund. Luginger spürte, dass sie noch was auf dem Herzen hatte, und strich ihr zärtlich über den Kopf.

»Was ist?«

»Ich mach mir große Sorgen, Bub. Sammy und diese Frau, du weißt schon. Das wird nicht gut gehen. Die hängen ihm was an, wirst sehen.«

»Sag mal, was ist das denn, Mama?«, fragte Luginger, als er ein Blatt Papier mit Zahlen und Buchstaben neben einem Anzeigenblatt liegen sah. »Eine Rechenaufgabe?«

»Ja, hat mir Dr. Brettmann gegeben. Er meint, ich muss mein Gehirn in Schwung halten.«

Dr. Brettmann, dachte Luginger. Oha! Nachbar mit Rauschebart, krummem Rücken und Arthrose in den Griffeln. Der war immer für eine Überraschung gut. Expauker, Mathe und Physik, später dann Frühpensionierung wegen Burn-out-Syndrom.

Luginger las laut vor. »Wie viel Schnitzelsemmel muss Sammy verkaufen, wenn eine Semmel 4 € kostet und er 2000 € monatlich verdienen will, damit kein Verlust entsteht? Dabei ist zu beachten, dass für jede Semmel ein Materialwert von 40 Cent berücksichtigt werden muss.«

Luginger glaubte seinen Augen nicht zu trauen.

»Macht jetzt der Brettmann meine Kalkulation, Mama? Bist noch zu retten? Redst mit dem über Sammy und was ich ihm zahl? Geht's noch?«

»Gehirnjogging, Bub. Ich soll ja nur praxisnah Probleme durchdenken.«

»Praxisnah. Was redst denn daher? Und Gehirnjogging brauchst schon gar nicht. Oder willst nicht mehr nach Wasserburg zu all den Scheintoten und Depperten?«

»556 Semmel«, rief Anna Luginger jetzt entschieden. »Siehst das? Da unten hab ich's ausgerechnet. Du kriegst ja nicht 4 €, sondern nur 3,60. Die 40 Cent sind für den Metzger und die Semmeln. Also musst 2000 durch 3,60 teilen. Hast das verstanden?«

Luginger starrte auf das Blatt und die Handschrift seiner Mutter. Dann stöhnte er ausgiebig, schüttelte den Kopf und brummte: »Du und der Brettmann, ihr seid ja zwei Granaten.«

* * *

Bis zum Winkelgraben war es nicht allzu weit. Mit dem Auto keine fünf Minuten, zu Fuß hingegen schon eine richtige Herausforderung. Keine Steigungen, geradeaus und breite, sauber gepflasterte Bürgersteige.

Luginger fluchte vor sich hin. Ohne seinen Pick-up fühlte er sich hundsmiserabel. Kaputter Zylinderkopf, seit wann gab's denn so was bei einem Dodge? Und wenn Mike Donnerstag sagte, konnte das auch Freitag, Samstag oder sonst was heißen. Als Mechaniker war er ein Ass, im Organisieren von Ersatzteilen hingegen – da hatte Luginger seine Zweifel. Vielleicht sollte er das selbst in die Hand nehmen. Wäre wohl besser. Hoffentlich hatte Mike noch nichts unternommen.

Helga Fischer war noch kleiner, als er sie in Erinnerung hatte. Ein-, zweimal hatte er sie in ihrem Reisebüro gesehen und jetzt, als sie in schwarzer Kleidung vor ihm stand, war sie höchstens eins sechzig groß. Ohne überrascht zu sein, bat sie ihn ins Haus, ging in die Küche, öffnete den Kühlschrank, stellte eine Saftflasche und Gläser auf ein Tablett und trug alles zu einem großen schmalen Tisch, um den viel zu viele Stühle standen.

»Sie können auch ein Bier haben, wenn Sie möchten«, sagte sie, während Lugingers Augen gar nicht wussten, was sie mehr bewundern sollten. Die vielen bunten Bilder an den Wänden oder die beherrschte Haltung einer Frau, die erst vor drei Tagen ihren Mann verloren hatte.

»Danke, für ein Bier ist es noch zu früh.«

»Setzen Sie sich doch.«

»Die Bilder«, sagte Luginger, »sind die alle aus Afrika?«

»Ja, naive Malerei. Ist nicht jedermanns Geschmack.«

Luginger nickte. Farben, nichts als Farben. Exotische Pflanzen und Tiere, Gesichter, dazu Schmuck, Trommeln und kuriose Blasinstrumente, alles grell und licht, schnörkellos, direkt und kraftvoll.

»Munter«, bemerkte Luginger.

»Mindestens«, antwortete Frau Fischer und lächelte mild. Dann fügte sie hinzu: »Schön, dass Sie gekommen sind.«

Luginger strich Haare hinters Ohr. »Der Tod Ihres Mannes tut mir sehr leid.«

Die kleine Frau blickte auf ihr Glas. »Danke für Ihr Mitgefühl.«

Luginger schwieg. Jetzt, da er hier war, wusste er nicht mehr, was er sich eigentlich erhofft hatte. Verlegen fuhr er sich übers Kinn.

»Wenn ich Ihnen irgendwie helfen kann …«

»Das ist wirklich nett von Ihnen. Allein, dass Sie gekommen sind, ist schon Hilfe genug.«

Sie blickten sich an. Was für ein Gesicht, dachte Luginger. Alles an seinem Platz, wie hingezaubert, und mittendrin große braune Augen, die genauso leuchteten wie die Farben auf den Bildern um sie herum.

»Entschuldigen Sie, Frau Fischer, wir kennen uns eigentlich gar nicht, und ich tauche unangekündigt bei Ihnen auf und habe den Eindruck, dass Sie mich erwartet haben.«

Frau Fischer war aufgestanden und sortierte Kekse auf einen Teller. »Möchten Sie?«

»Nein, danke.«

Als sie zum Tisch zurücklief, bemerkte Luginger, dass sie barfuß war.

»Erwartet habe ich Sie natürlich nicht. Nur sind Sie, wie soll ich sagen, präsenter, als Sie meinen. Sammy hat viel über Sie gesprochen. Und da ich weiß, dass die Polizei bei Ihnen war und was so geredet wird, kommt Ihr Besuch so überraschend auch nicht.«

»Sammy wird niemals etwas sagen oder tun, das Sie in ein schlechtes Licht rückt, Frau Fischer.«

»Das weiß ich doch«, antwortete die kleine Frau ruhig. »Aber die ganze Sache ist inzwischen öffentlich. Wenn Sie wüssten, was über mich seit Samstag alles verbreitet wird.«

Luginger schob sein Glas hin und her. Dann sagte er: »Ich hätt jetzt doch gern ein Bier.«

Frau Fischer nickte, steckte einen Keks in den Mund und lief erneut Richtung Küche. Mit dem Rücken zu Luginger rief sie: »Unseren Sohn habe ich zu meinen Eltern gebracht, das

Reisebüro ist geschlossen, und selbst Freunde können mir nicht mehr in die Augen schauen, ohne dass ich das Gefühl habe, sie halten mich für ein durchtriebenes Miststück. Heute Morgen habe ich wahrscheinlich einen meiner besten Kunden verloren. Den Herrn Reiter von der Sparkasse habe ich angerufen und mit aller Vorsicht anklingen lassen, ob aus seiner Bank jemand ausgeplaudert haben könnte, dass mein Mann zu meinen Gunsten eine Lebensversicherung abgeschlossen hat. Der gute Mann ist beinahe an die Decke gegangen und hat mit Anwälten und sonst was gedroht.« Sie schenkte Luginger Bier ein. »Auf meine Frage, wie er sich denn erklärt, dass seit Samstag, nicht mal zwölf Stunden nach Carstens Tod, halb Leuterding weiß, wie sehr ich finanziell profitiere, kam nichts, nur eisiges Schweigen. Und damit nicht genug. Plötzlich habe ich einen jungen Liebhaber, einen Schwarzen sogar und ein wahres Tier im Bett«, jetzt lachte Frau Fischer viel zu hell, »einen, der bei dem Mord seine Finger im Spiel hat und zusammen mit mir abkassieren will.«

Sie hatte sich wieder hingesetzt und für einen kurzen Moment die Augen geschlossen. »Leuterding ist ein Kaff, ein mieses, beschissenes Kaff.«

»Nirgends ist es besser«, erwiderte Luginger und trank in einem Zug sein Glas leer.

»Wahrscheinlich«, kam es zögerlich zurück. »Und wissen Sie, warum das alles? Weil es aufregend ist zuzuschauen, wie andere untergehen. Und weil man all das Schlechte, das man von sich selbst kennt, auf die überträgt, die es gerade trifft.«

Das Telefon läutete, und Frau Fischer ging in den Flur. Luginger war verwirrt. Warum erzählt sie mir das alles?, fragte er sich. Warum redet sie so offen vor einem Mann, den sie nur vom Hörensagen kennt? Sie tut ja, als ob ich hier ein- und ausgehen würde.

Als er die leere Bierflasche in der Küche abstellte, fiel sein Blick auf eine Haftnotiz an einem Hängeschrank, auf der sein Name und seine Telefonnummer geschrieben waren. Verblüfft schüttelte er den Kopf und bemerkte gar nicht, dass Frau Fischer mittlerweile hinter ihm stand.

»Von Sammy«, sagte sie, als sie sah, wie überrascht er war. »Er hält wirklich viel von Ihnen. Er meinte, wenn ich wegen der Gerüchte zu sehr belästigt würde, sollte ich mich an Sie wenden. Als ob Sie die Macht hätten, mich zu beschützen.«

»Wann haben Sie mit ihm gesprochen?«

»Gestern Nacht. Er hat mir auch gesagt, was Sie für uns getan haben. Hoffentlich kriegen Sie meinetwegen keine Schwierigkeiten.«

Luginger sah aus dem Küchenfenster. Schmaler Rasenstreifen, Jägerzaun, Topfpflanzen. Auf der Straße parkte das Übliche. Japanische Kleinwagen, Wolfsburg und ein uralter Schwede. Ein Mann näherte sich dem Briefkasten.

»Wer ist das denn?«, fragte Luginger.

Frau Fischer schaute an ihm vorbei. »Einer meiner Nachbarn, Herr Flegel.«

»Ist der betrunken?«

»Kann sein.«

Luginger spürte, dass sie nicht gut auf ihn zu sprechen war. Herr Flegel steckte etwas in den Briefschlitz.

»Trägt der Ihre Post aus?«

»Vergessen sie es. Ein unangenehmer Mann.«

Frau Fischer stellte die Espressomaschine an und nahm Tassen aus dem Schrank. »Mögen Sie auch einen?«

Luginger verneinte. »Wie lange wohnen Sie schon in Leuterding?«

»Fünf Jahre. Carsten hat am Gymnasium eine unbefristete Anstellung bekommen. Das war wie ein Sechser im Lotto.«

»Und das Haus?«

»Gekauft.«

»Fühlen Sie sich wohl hier?«

Frau Fischer stellte ihre Tasse in den Automaten. »Wohl ist vielleicht zu viel gesagt. Ich habe mein Geschäft, Thomas hat Freunde, wie es halt so kommt.«

»Ihr Sohn heißt Thomas?«

»Ja, 13 Jahre alt. Glückliches Einzelkind.«

Kaffee lief in die Tasse. Dann sah Luginger Tränen und hörte leises Schluchzen. Schließlich drehte sich Frau Fischer um, biss auf ihre Unterlippe und kniff die Augen zusammen.

Frauentränen machten Luginger immer verlegen. »Kommen Sie, ich nehme Ihren Kaffee«, stotterte er, »gehen wir wieder zum Tisch.«

Frau Fischer tupfte mit einem Taschentuch in ihrem Gesicht herum. »Tut mir leid. Es ist immer das Kind. Es ist so ungerecht. Immer das Kind, als ob es nichts anderes gäbe.«

Luginger nickte. »Wollen Sie lieber alleine sein? Soll ich gehen?«

»Nein, bleiben Sie, bitte.«

»Kümmert sich jemand um Sie?«

Frau Fischer lachte gequält. »Hoffentlich nicht. Das würde mir gerade noch fehlen.«

»Diese Frau Weibel«, sagte Luginger vorsichtig, »macht einen ganz vernünftigen Eindruck. Finden Sie nicht auch?«

Frau Fischer knüllte ihr Taschentuch zusammen. »Ja. Jedenfalls fragt sie nicht ständig nach meinem Liebesleben.« Wieder ein Lacher zwischen unterdrücktem Zorn und Verzweiflung.

»Haben Sie eine Ahnung, was in Sammy vorgeht, Frau Fischer? Auf dem Weg zu Ihnen dachte ich, er fühlt sich schuldig und macht Dummheiten.«

»Was kann er denn schon groß tun? Er ist in München bei irgendeinem Freund oder Bekannten und hat Angst. Angst, angepöbelt zu werden, verstehen Sie?«

Als Luginger nickte und nichts weiter sagte, stand sie auf und begann unruhig hin- und herzulaufen. Schließlich fragte sie: »Was meinen Sie mit Dummheiten?«

»Die Kommissarin hat erwähnt, dass Ihr Mann vor seinem Tod einen alten Studienfreund wiedergetroffen hat, einen Mann, der offenbar eine große Rolle spielt, wenn's ums Geldverdienen mit der geplanten Neubausiedlung geht. Sie vermutet, dass Sie sich mit Sammy darüber unterhalten haben.«

»Quatsch. Da machen Sie sich mal keine Sorgen, Herr Luginger. Sammy weiß gar nichts, und ich auch nicht viel mehr. Carsten ist vor vier Wochen ziemlich verstört nach Hause gekommen. Gleichzeitig aber war er auch irgendwie euphorisch. Ich weiß nur, dass er zufällig beim Flugblattverteilen einen Mann getroffen hat, den er aus seiner Unizeit in Hamburg kennt. Weder hat er einen Namen erwähnt noch irgendwelche Einzelheiten. Mehr habe ich der Polizei auch nicht erzählen können.«

»Merkwürdig«, sagte Luginger. »Ich meine, wenn man jemanden nach so vielen Jahren wiedertrifft, erzählt man doch irgendwas.«

»Ja, ja, ja! Hat er aber nicht. Wahrscheinlich ist ›Studienfreund‹ auch viel zu viel gesagt. Ich habe mir das so zusammengereimt. Er hat nur gemeint, da trifft man nichtsahnend einen alten Spinner wieder, und der riecht heute noch genauso nach Geld wie damals. Tage später hat er mir dann erzählt, dass der Mann ziemlich dick im Baugeschäft steckt und wahrscheinlich nicht zufällig hier wohnt.«

»Und Sie haben nicht nachgefragt?«

»Nein. Carsten übertrieb manchmal, wissen Sie. Und warum sollen nicht noch andere Leute hierherziehen? Mein Gott! Und dass jemand mit Bauen viel Geld verdient, ist ja auch nicht gerade originell, oder?«

»Warum haben Sie denn der Polizei davon erzählt?«

»Weil Carsten mir vor ein paar Tagen freudestrahlend gesteckt hat, dass er als BI-Vorsitzender kandidieren will. Und dass er über brisante Informationen verfügt, die ihn quasi automatisch zum neuen Vorsitzenden machen würden. Mein Mann war wie gedopt, ich meine, wie macht man aus einem ruhigen Zeitgenossen einen Kämpfer mit Machthunger? Natürlich habe ich nachgehakt, ich habe ihn sogar ermutigt, aber er hat mich vertröstet. Erst wenn alles in trockenen Tüchern wäre, würde er damit herausrücken.«

»Also, Sie wissen nichts, Sammy weiß nichts und die Polizei auch nicht«, fasste Luginger zusammen. »Keinen Namen, keine Straße, keine Telefonnummer, nichts.«

»Richtig. Ich weiß als Einziges nur, wo Carsten damals seine Flugblätter verteilt hat. Das habe ich auch Frau Weibel gesagt. Hinter der S-Bahn, die Straßen, die alle Politikernamen haben und in denen die Prominenten wohnen. Konrad-Adenauer-Straße, Kurt-Schumacher-Straße, Franz-Josef-Strauß-Straße.«

Luginger nickte und dachte an diese Dirndltanten deutscher Volksmusik und an Herrn Griesemann, Europaabgeordneter und lautester Befürworter einer neuen S-Bahn-Trasse zum Flugplatz. »Hat Ihr Mann in der Bürgerinitiative denn mit jemandem besonders eng zusammengearbeitet? Jemandem, dem er sich anvertraut hat?«

Frau Fischer stöhnte und fuhr sich jetzt sichtlich genervt durchs Haar. »Bitte lassen wir das. Wissen Sie, wie viele Stunden Frau Weibel mich befragt hat?«

»Sie haben recht«, entgegnete Luginger mit gesenkter Stimme. »Das geht mich alles gar nichts an.«

»Frau Weibel hat alles mitgenommen. Laptop, Kalender und dicke Ordner voller Papiere zu den unsäglichen Vorstellungen des Gemeinderats, hier alles zubauen zu lassen. Das ist doch völlig absurd. Wer sollte Carsten absichtlich überfahren haben? Doch keiner, der verhindern will, dass er die BI unterstützt. Das ist doch Kleckerkram, der zu nichts führen wird. Die bauen, wenn nicht heute, dann morgen.« Frau Fischer hatte sich jetzt in Rage geredet. »Deswegen fährt man niemanden tot. Und irgendein reicher Dunkelmann macht so was schon gar nicht. Dann eher durchgeknallte Schüler, verwöhnte Bengel, die bei Carsten auf Granit gebissen haben. Von wegen Deutsch und Geschichte, so Là-là-Fächer, die einfach mitlaufen. Mangelhaft ist mangelhaft ist mangelhaft, verstehen Sie! Und wenn's um Drogen ging, war mein Mann sehr entschieden. Kiffen und Saufen haben ihn auf die Palme gebracht. Morgens kam der eine oder andere schon mal breit zum Unterricht. Warum sollte ihn nicht irgendein achtzehnjähriger Scheißer über den Haufen gefahren haben? Vielleicht noch nicht mal aus Absicht, sondern einfach so, wie sie heute andere zusammenschlagen oder Müllcontainer abfackeln oder sonst was anstellen.«

Noch während Frau Fischer redete, wusste Luginger, dass er

froh sein konnte, ihren Mann zu Lebzeiten nicht gekannt zu haben. Einer, der auf der Beliebtheitsskala seiner Schüler den letzten Platz einnahm und nicht verstehen wollte, dass der Untergang Roms und deutsche Klassiker hormonverwirrten Jugendlichen ordentlich am Arsch vorbeigingen.

O Gott, dachte Luginger, wie kann man sich so einen antun? Einen Klugscheißer und Geheimniskrämer! Einen Saubermann, der in der BI nur deshalb zum Zug gekommen wäre, weil er als Denunziant triumphiert hätte.

Frau Fischer trank ihren Kaffee und stellte die kleine Tasse viel zu laut zurück. Dann steckte sie ihr Taschentuch in die Hose und ging zu einem Bild, das über einem wuchtigen Ledersofa hing. Sie nahm es ab und legte es vor Luginger auf den Tisch. »Das hat mir Carsten geschenkt. Er war nie in Afrika. Hat es einem Künstler aus Kenia abgekauft, auf einem Markt gar nicht weit von hier. Sehen Sie die Gesichter? Gut, nicht? Arm wie Kirchenmäuse, aber solche Gesichter. Und schauen Sie mal in die Gesichter unserer Gören. Haben alles, kennen alles, kriegen alles in den Hintern geblasen.«

»Heile Welt sieht aber anders aus«, bemerkte Luginger.

»Stimmt. Unsere Welt wird sie fressen. Mit Haut und Haar. Deshalb hat es Carsten auch gefallen. Weil das Bild zeigt, wie es enden wird.«

Sie macht sich was vor, dachte Luginger, als er schon draußen vor dem Haus stand und auf Frau Fischer wartete, um sich zu verabschieden. Als ob es in Afrika jemals gut gewesen wäre und erst jetzt alles den Bach runterging. Früher das Paradies und dann die Weißen mit ihrer Gier! So einfach war das nicht. Sammy wusste das. Wenn er die Bilder schon mal gesehen hatte, hätte er …

»Entschuldigen Sie, ich hab meine Schlüssel gesucht. Darf ich Sie mitnehmen? Mein Wagen steht gleich da vorne.«

Luginger nickte.

»Wissen Sie«, sagte Frau Fischer dann auf dem Weg zu ihrem Corolla, »mich interessiert nicht wirklich, wer es getan hat. Was ändert es, wüsste ich es? Nichts, oder? Ich bin allein, und Thomas hat keinen Vater mehr. Das ist alles, das ist Fakt, so sieht es jetzt aus. Oder?«

* * *

Luginger gab seinem letzten Gast noch drei Minuten. Mit dem Kopf zwischen den Armen rutschte Joe langsam ins Nichts. Die Beine gespreizt, den Rücken gekrümmt, lag sein Schädel noch wenige Zentimeter auf der Tischplatte neben einem leeren Glas. Joe war Montagssäufer. Die übrigen Wochentage blieb er trocken. Montags kam er gegen neun, trank bis elf, schlief bis zwölf, ehe ihn Luginger nach Hause schickte.

Im Hammer-Eck hieß er nur Tequila-Joe, weil er nichts anderes trank. Tequila ohne alles, also ohne Salz und Zitrone, Tequila eben. Lass den Kack weg, hatte er anfangs gesagt, als ihm Moni seinen Schnaps noch formvollendet servieren wollte, oder gibt's den Kack direkt aus der Flasche?

Joe war Reitlehrer, Tennislehrer, Fahrlehrer. Dienstags hatte er meistens frei. Dienstags schlief er aus und dachte nach. Hauptsächlich über den Niedergang der Sozis, dann über den Niedergang der Gewerkschaften und spätabends, wenn er noch Platz für weitere niederschmetternde Gedanken hatte, über den Niedergang der Arbeiterklasse.

»Jetzt«, sagte Luginger zu Moni, die an ihrem Handy hing.

Joes Kopf baumelte locker zwischen seinen Schultern. Noch

nie war er irgendwo angeschlagen. Er konnte noch so hinüber sein, immer blieb er im Gleichgewicht. Und heute, da er sich radikal die Haare hatte schneiden lassen und mit einem Bürstenschnitt aufgekreuzt war, konnte Luginger noch besser beobachten, mit welcher Leichtigkeit sein Kopf auspendelte, ohne dass er aufwachte.

»Jetzt«, sagte Luginger erneut zu Moni, die hartnäckig teilnahmslos blieb, »siehst du, wie er das macht.«

Joes Hände sammelten sich auf den Oberschenkeln, danach kam sein Haupt mit der Kinnspitze auf dem Brustkorb zu vollkommener Ruhe. Erst dann wachte er auf. Unerschrocken und eins mit sich selbst streckte er seinen Rücken, griff nach seinem Glas und brachte es zum Tresen.

Seit sieben Jahren war er mit Erika liiert, wobei »liiert« ein Begriff war, von dem Luginger nicht wusste, was er wirklich bedeutete. Für Moni war das einfacher. Sie teilten im Wesentlichen einen Futon, frühstückten Körnerkram und suchten Reiseziele aus, ohne jemals daran zu denken loszufahren. Joe hatte zu viel zu tun und keine Zeit für Urlaub, und Erika konnte Männer nur ertragen, wenn sie sie nicht ständig um sich hatte.

»Wie viel?«, fragte Joe Moni.

Er bezahlte immer nur bei ihr. Luginger stand für ihn über den Dingen. Ein Wirt hatte andere Aufgaben, als seine Gäste abzukassieren.

»25 gradaus«, antwortete Moni, ohne ihr Handy vom Ohr zu nehmen.

»Hast die Zitrone und das Salz auch abgezogen?«, fragte er.

Moni grinste gelangweilt, wandte sich ab und flüsterte kichernd ihrem neuen Lover etwas ins Ohr.

Luginger schenkte noch mal voll. »Damit besser heimkommst.«

»Danke. Du hältst einen bei Laune.«

»Was macht der Klassenkampf?«

»Keine Ahnung, gibt ja keine Arbeiter mehr.«

»Also beerdigen?«

»Scheiß drauf«, brummte Joe und kippte den Tequila runter.

Während Moni die Abrechnung machte, stellte Luginger einige Stühle hoch.

»War ja richtig was los heute«, sagte sie, ohne den Blick vom Taschenrechner zu nehmen.

Stimmt, dachte Luginger. Selten, dass montags die Hütte voll ist. Und alle wollten essen. Und Sammy war nicht da. Und er war viel zu lange bei Helga Fischer geblieben, statt die Küche vorzubereiten.

»Noch was, Franz«, sagte Moni. »Hast mal mit Sammy geredet? Es geht nicht, dass wir für ihn den Kopf hinhalten, während er sich schöne Stunden mit der Fischer gemacht hat.«

»Verstehe«, sagte Luginger.

»Das bezweifle ich. Du denkst, ich will Sammy nicht helfen, weil wir mal Stress miteinander hatten. Stimmt aber nicht.«

Luginger nickte.

»Nur, Lügen haben kurze Beine, Franz. Und die vom Samstag wird besonders kurze haben. Frau Weibel wird dich zur Schnecke machen, und Faulhuber und mich gleich mit.«

»Was hätt ich denn tun sollen, Moni? Die Weibel hatte Sammy am Haken. Also musste eine Geschichte her.«

»Ist schon klar, ich bin ja nicht blöd. Aber das dicke Ende kommt noch, und wenn mich Frau Weibel fragt, ob das stimmt, was du gesagt hast, werde ich kein zweites Mal lügen. Und weißt, warum?«

Luginger kratzte sich am Kopf. Bisher war der Abend so ruhig verlaufen, und jetzt erinnerte Moni ihn an alles, was er am liebsten vergessen hätte.

»Weil er sich verdrückt hat. Weil er uns hier allein lässt. Weil er sich nicht mal entschuldigt hat. Von einem Dank ganz zu schweigen.«

»Schon gut, Moni. Hast ja recht, aber die Lage ist nun mal so. Oder glaubst wirklich, Sammy hätt mit dem Tod von dem Fischer was zu tun?«

Moni stopfte Scheine und Münzen in ein riesiges Portemonnaie. »Nein, das glaube ich nicht. Aber Feigheit nervt.«

Dann zog sie ihre Jacke über, leerte einen Rest Wasser in die Spüle, griff nach ihrer Tasche und sagte halblaut: »Oder doch. Warum eigentlich nicht? Vielleicht hat ihn irgendwas geritten, und wumm war er drüber über dem Fischer.«

Luginger spürte, wie sein Gesicht verrutschte.

»Ach ja, eh ich's vergess«, rief sie auf dem Weg zur Tür. »Faulhuber hat angerufen und wollte dich dringend sprechen. Du warst aber viel zu beschäftigt. Er tat geheimnisvoll.«

»Wann war das denn?«, fragte Luginger.

»Gegen elf.«

»Soll ich ihn noch zurückrufen?«

»Unbedingt. Vor eins geht er nicht ins Bett, hat er gesagt.«

Faulhuber hatte ihm gerade noch gefehlt. Ein Telefonat mit dem vereinsamten Zahndoktor würde dauern. Kurz und präzise konnte Faulhuber nicht. Dafür liebte er seine Stimme zu sehr.

»Bis morgen, Franz«, hörte er Moni noch sagen. »Freu dich wenigstens über den schönen Umsatz, und geh früh schlafen. Siehst mitgenommen aus.«

Mitgenommen, dachte Luginger. »Mitgenommen« ist viel zu wenig. Fertig bin ich, kaputt, am Ende.

Monis »oder doch« hatte ihn völlig unvorbereitet getroffen. »Vielleicht hat ihn irgendwas geritten, und wumm war er drüber über dem Fischer.« Ein Stuhl musste her. Er musste sitzen. Und trinken. Viel trinken. Möglichst schnell viel trinken. Moni konnte recht haben. Auch wenn sie das gerade nur so dahingesagt hatte. Je nachdem, wie die Zeitabläufe Freitagnacht wirklich waren, hätte Sammy den Fischer im Liebeswahn über den Haufen fahren können. Raus aus dem Bett, rein ins Auto und den Fischer platt gedrückt. Das hätte nur Minuten gedauert. Erlenweg und Am Winkelgraben, ein Katzensprung.

Scheiße, dachte Luginger. Bier, ich brauch jetzt Bier. Am besten lass ich den Hahn laufen und stell gar nicht mehr ab. Glas drunter, weg damit, Glas drunter, weg damit. Zehnmal das Ganze, und Sammy mit seinem Mist war gelöscht.

Mit Faulhuber könnte er auch später angesoffen quatschen. Nur, wenn er jetzt nicht zurückrief, würde er es sein lassen. Und das wäre schlecht, sehr schlecht. Faulhuber kannte keine Gnade. Der ließ auch noch um eins oder zwei in der Früh das Telefon so lange läuten, bis er abnahm. Wenn Faulhuber reden wollte, wollte er reden. Basta.

»Franz hier«, meldete sich Luginger und trank einen weiteren tiefen Schluck.

»Gut, dass du anrufst«, erwiderte Faulhuber, und seine Stimme klang unverschämt munter.

»Bist ja noch richtig frisch«, murmelte Luginger.

»Musstest du endlich mal arbeiten«, kam es zurück. »Moni sagte, du würdest Sammy vertreten und wärst schlecht drauf.«

»Also, was ist?«

»Du wirst es nicht glauben. Es gibt einen zweiten Toten. Draußen am Gerolsee wurde um acht eine Leiche gefunden.«

Luginger ließ sein Glas erneut volllaufen und steckte sich eine an.

»Bist noch da?«, rief Faulhuber. »Hast mich verstanden?«

»Laut und deutlich.«

»Also offiziell hat die Polizei noch nichts durchsickern lassen. Aber ich weiß, dass es sich bei dem Toten um Axel Strauss handelt. Sagt dir der Name was?«

»Nein.«

»Das ist der Sohn vom Architekten-Strauss.«

»Jetzt klingelt's«, brummte Luginger.

»Ein typischer Verlierer, Franz. Schulabbrecher, Halodri, Nichtsnutz.«

»Was du alles weißt.«

»Und jetzt kombiniere mal.«

Faulhuber schwieg, Luginger trank.

»Eine Denksportaufgabe, Bernie, gell?«

»Schaffst das nicht?«

»Auf keinen Fall.«

»Fischer, Bürgerinitiative, Strauss, Architekt. Wo ist die Klammer? Unsere Neubausiedlung, verstehst.«

»Nein, tu ich nicht. Der Sohn ist doch tot und nicht der Vater.«

»Stimmt, aber mit etwas Phantasie geht da schon was zusammen. Zwei Tote in drei Tagen, Franz. Kein Zufall, glaub mir. Wo steckt eigentlich Sammy?«

»Der Gerolsee gehört aber zu Döring. Nicht unsere Leiche, Bernie.«

»Jetzt stell dich nicht dümmer, als du bist. Die paar Kilometer spielen doch keine Rolle. Zwei Tote, zwei Morde, und das bei uns.«

»Woher weißt das alles schon wieder?«

»Kontakte.«

»Die Uniformierten tratschen ja schlimmer als Waschweiber«, sagte Luginger.

»Die Quelle heißt Jessica Weber.«

Luginger kannte keine Jessica Weber.

»Das Mädchen ist 14 und die Tochter meiner Nachbarn. Sie hat mit Mike zusammen den Toten gefunden. Ihre Eltern sind auf einem Empfang und haben ihr Handy vergessen. Also ist sie bei mir. Sie ist mit Melanie befreundet, die Mädchen gehen in dieselbe Klasse. Die beiden sind jetzt oben in Melanies Zimmer. Polterer hat sie hergebracht und gesagt, sie sei völlig durcheinander. Mike hat wohl eine Aussage gemacht. Polterer wollte mir aber nichts Genaues sagen.«

»Waren diese Jessica und Mike denn allein?«, fragte Luginger. Ein weiterer Schluck Bier floss seine Kehle hinunter.

»Offensichtlich.«

»Und dann sind sie über den toten Strauss-Jungen gestolpert?«

»Scheint so. Wie gesagt, noch weiß ich nichts, weil Herr Polterer sich so wichtig nimmt. Er hat nur verlauten lassen, dass der Anblick des Toten schon einen Schock auslösen kann.«

Donnerwetter, dachte Luginger. Mike mit so einem jungen Mädel abends am Gerolsee. Das gibt Gerede. Exknacki verführt Töchterchen aus gutem Hause, während Mami und Papi Aperol schlürfen.

»Und um mir das zu erzählen, rufst an?«, fragte Luginger, während er sein Glas kreisen ließ.

»Auch, Franz, aber nicht nur. Markus Polterer hat mich gefragt, ob ich wüsste, wo Sammy steckt. Er war heute Nachmittag bei euch und wollte Sammy sprechen. Sammy war aber nicht da. Irgendwie hat ihm das gar nicht gefallen.«

»Hat Sammy Hausarrest, oder was?«

»Red kein Schmarrn. Er sollte nur erreichbar sein. Das ist alles.«

»Ich werd's ausrichten, ja. Und ich kauf ihm eine Leine. Schlaf gut.«

Luginger trank sein Bier aus und zapfte ein neues, während sich in seinem Kopf die schlechten Nachrichten türmten: Sammy könnte es doch gewesen sein, wenigstens wollte Moni das nicht mehr ausschließen; Mike findet eine Leiche am Gerolsee, und Polterer macht einen auf wichtig, weil sein Koch nicht im Körbchen lag, als er ihn streicheln wollte.

»Heiliger Strohsack, da rollt was auf mich zu«, grummelte er halblaut, ehe er seinen Kippenrest mit einem leisen Zischen im Spülbecken versenkte.

Dienstag

Luginger hatte das Gefühl, dass Polterer nicht wusste, wohin mit seinem langen, dünnen Körper. Verloren stand er in seinem Wohnzimmer, trug Uniform mit Bügelfalten vom Feinsten und Schuhe, die Luginger bei den aktuellen Temperaturen für keine gute Wahl hielt. *I got my bell I'm gonna take you to hell* röhrte eine Männerstimme aus den großen Boxen, die auf einem abgewetzten Parkettboden standen, um Sekunden später hinzuzufügen *hell's bells, hell's bells, you got me ringing, hell's bells, my temperature's high, hell's bells.*

»Setzen Sie sich doch«, rief Luginger, während er mit einem Handtuch über sein Kinn fuhr und auf einen freien Stuhl wies.

»Rasieren Sie sich nass?«, fragte Polterer.

Luginger nickte aufs Geratewohl, ohne verstanden zu haben, was sein morgendlicher Gast gerade wissen wollte.

»AC/DC«, brüllte Polterer.

»*Hell's bells, you got me ringing*«, antwortete Luginger, nachdem er die Lautstärke zurückgedreht hatte. »Passt doch irgendwie, oder?«

Turnschuhe, Gummilatschen und frisch geputzte Cowboystiefel lagen rum. Auf einem kleinen Schrank stand ein Kassettendeck mit diversen Fernbedienungen.

Polterer sagte: »Braucht man heute nicht mehr. Kassetten! Haben Sie noch welche?«

Luginger zeigte auf die oberste Reihe eines Regals, in dem bestimmt 100 aufgereiht waren.

»Ikea«, stellte Polterer mit sicherer Miene fest.

»Selbst ist der Mann«, erwiderte Luginger kühl.

Markus Polterer schlug die Beine übereinander. Dann schnippte er mit den Fingerspitzen. Zwischen seinen Füßen liefen Ameisen.

»Ameisen! Wo kommen die denn her?«

»Von draußen«, bemerkte Luginger mit einer Kanne Kaffee in der Hand. »Laufen die Wände hoch, und wenn ich nachts die Fenster auflass, sind sie drin.«

»Komisch«, brummte Polterer. »Ameisen, die Wände hochlaufen. Noch nie gehört.«

»Afrikanische Wüstenameisen. Gibt's noch nicht lang bei uns. Die Neger haben sie mitbracht. Sind aggressiv, passen Sie auf. Die beißen.«

Luginger frühstückte, und Polterer schaute zu. Dankend hatte er Lugingers Einladung abgelehnt.

»Auf Axel Strauss' Handy haben wir Fotos von Sammy und Frau Fischer gefunden«, sagte Polterer schließlich. »Sie halten Händchen, gehen Arm in Arm, na ja, sie verhalten sich nicht gerade wie Brüderchen und Schwesterchen.«

Luginger schmierte Nutellareste auf eine Semmelhälfte. »Und jetzt meinen Sie, Sammy hätte den Jungen umgebracht, blöderweise aber vergessen, das Handy mitzunehmen, auf dem die Beweise seiner Rassenschande dokumentiert sind.«

»Das Handy haben die Täter oder der Täter ganz offensichtlich verloren. Es lag etwa 30 Meter vom Fundort der Leiche entfernt.«

»Ja, stimmt. Sammy ist manchmal zu blöd, die Finger zusammenzuhalten. In der Küche fallen ihm auch ständig Teller und Töpfe runter.«

Polterer stöhnte und schlug die Augen nieder. »Wenn Sie nicht sachlich bleiben wollen, fahren wir besser gleich nach Erding. Ich hatte gehofft, Sie wären zugänglicher.«

Luginger kaute. Dann fragte er: »Was gibt's noch?«

»Axel Strauss ist wahrscheinlich mit demselben Wagen zum See gefahren, mit dem auch Herr Fischer überfahren wurde.«

»Was heißt wahrscheinlich?«

»Indizien, Spuren, Herr Luginger.«

»Was ist das denn für eine Kiste?«

»Ein Alfa Romeo.«

»Nicht gerade billig.«

»Ganz und gar nicht. Im Handschuhfach lagen auch noch 10 000 Euro. Alles große Scheine.«

»Na, damit ist Sammy doch endgültig aus dem Schneider. 10 000 Piepen hat der noch nie auf einem Haufen gesehen.«

Markus Polterer stützte die Ellbogen auf den Tisch und verbarg sein langes schmales Kinn zwischen den Fingern.

»Frau Weibel hat die Kollegen von der Spurensicherung zu einer Nachtschicht verdonnert. Und wissen Sie, was sie gefunden haben? Fingerabdrücke, die wir nicht zuordnen können. Wir möchten gerne ausschließen, dass sie zu Sammy gehören.«

Luginger trug seinen Teller zur Spüle und kam mit einem Glas Wasser und einem Aschenbecher zurück.

»Sie haben doch wohl den Arsch offen«, sagte er mit gespielter Ruhe, während sein Kopf nur wenige Zentimeter von Polterers Gesicht entfernt war. »Weil Sie nichts finden, wollen Sie Sammy was anhängen. Sie laufen aus dem Ruder, guter Mann.«

»Mäßigen Sie sich«, antwortete Polterer erstaunlich gelassen.

»Mike Menzinger hat ausgesagt, dass sich Axel Strauss und Sammy gekannt haben. Dummerweise haben sie sich auch geprügelt.«

Luginger atmete tief ein und marschierte zum CD-Player. Dann holte er die Scheibe aus dem Gerät und schmiss sie wütend in eine schmucklose Plastikschachtel. Er musste Zeit gewinnen. Irgendwas in seinem Innern kochte. So wie er sich gerade fühlte, wollte er kein weiteres Wort mit Polterer wechseln. Was war bloß in Mike gefahren? Warum quatschte der blöd rum? Und woher kannte Sammy diesen Axel Strauss? Der war doch noch nie im Hammer-Eck gewesen.

Zum Glück klingelte Polterers Handy. Während er telefonierte, ging Luginger zum Fenster und steckte sich seine erste Zigarette an.

* * *

Bevor Luginger das Gebäude der Polizei in Erding betrat, wäre er beinahe über einen Steinaschenbecher vorm Eingang gestolpert, der so voll mit Kippen war, dass niemand befürchten musste, Antiraucherkampagnen würden die hiesige Bullerei sonderlich beeindrucken. Die Tür zum Inneren war verschlossen. Während Luginger ein Plakat in freundlichem Grün betrachtete, auf dem ihm die bayerische Polizei unter anderem versprach, für seine Sicherheit zu garantieren, plauderte Polterer mit einem Kollegen in der Wache. Luginger musste warten. Ohne Begleitung kam er hier nicht weiter. Er setzte sich auf einen der Besucherstühle und fragte sich, warum jetzt auch die Polizei damit warb, erfolgreich, modern und leistungsstark zu sein. Reichte es nicht einfach, seinen Job zu machen? Musste heute jeder Fuzzi betonen, dass ihm Leistung über alles ging?

Nach Servus hier und Servus da öffnete sich schließlich die Tür zum Allerheiligsten. In der ersten Etage entdeckte er Clara Weibel, die auf dem Gang mit einem älteren Herrn redete, dessen dunkler Anzug schon von Weitem speckig wirkte.

Sie reichte ihm die Hand und stellte ihren Kollegen Fröhlich vor. Schlecht rasiert und Tränensäcke, dachte Luginger, während sie Blicke tauschten. Dazu ein verrutschter Krawattenknoten und der Duft von Haarwasser, der in ihm Kindheitserinnerungen an die sonntäglichen 4711-Orgien seiner Mutter auslöste.

»Kommen Sie bitte mit in mein Büro«, sagte Frau Weibel, nachdem sich Polterer und Fröhlich zum Aufzug davongemacht hatten. »Sie haben wirklich eifrige Polizisten in Leuterding. Der Herr Polterer ist auf Zack. Wie der die letzte Nacht weggesteckt hat, Respekt.«

Luginger stand vor einem Schreibtisch mit Aktenbergen, Fotos und einem Bildschirm, der noch älter war als alles andere in dem Gebäude.

»Neun Zoll«, sagte er.

»Optimistische fünfzehn würde ich sagen«, entgegnete Frau Weibel und räumte einen Stuhl frei.

Luginger setzte sich.

»Hauptkommissar Fröhlich werden Sie noch kennenlernen, wenn sich die Lösung unserer Fälle länger hinzieht oder noch ein dritter Mord hinzukommen sollte«, sagte die Polizistin, nachdem sie hinter ihrem Schreibtisch Platz genommen hatte. »Um es kurz zu machen. Entweder Sie schaffen es, dass Herr Sammy um zwölf Uhr heute Mittag bei mir auftaucht, oder ich lasse nach ihm fahnden. Haben Sie das verstanden, Herr Luginger?«

»Zu Befehl«, erwiderte Luginger.

Frau Weibel schaute auf ihre Armbanduhr. »Das sind noch dreieinhalb Stunden. Schaffen Sie das?«

»Schaff ich«, sagte Luginger in strammer Soldatentonlage.

Frau Weibel lächelte sanft. »Wollen Sie zuerst telefonieren, oder schauen wir uns gleich die Bilder des toten Axel Strauss an?«

»Warum wollen Sie mir die denn zeigen?«

»Weil Sie mit Ihrem Lokal immer wieder eine Rolle spielen. Zuerst Ihr Koch, jetzt Ihr Gast Mike Menzinger, der sich obendrein um die Reparatur Ihres Oldtimers kümmert und der, wie es der Teufel will, mit einem arg jungen Mädel dort fummeln musste, wo Axel Strauss schlecht versteckt und übel zugerichtet hinter Büschen lag.«

»Also zuerst die Bilder«, entschied Luginger.

Frau Weibel suchte vier Fotos aus einem Stapel und legte sie so ans Tischende, dass Luginger sie in Ruhe betrachten konnte.

Wahnsinn, dachte er. Völliger Wahnsinn. Was ist denn das? Wer steckt einem Toten einen Zapfhahn ins Rosettchen? Jemand hatte Axel Strauss die Hose heruntergezogen, ihn auf die Seite gedreht und dann den Hahn in den Arsch geschoben. Ein Einstich von vorn in die Herzgegend und einer Richtung Leber oder Nieren oder wohin auch immer. Blut, überall Blut und ein Gesicht, das vor Schreck oder Schmerz völlig verzerrt war.

»Insgesamt nur zwei Messerstiche«, erklärte Frau Weibel. »Wir gehen von einem Täter aus, eher Mann als Frau. Die Stichwunden sind tief, und das verwendete Messer war nicht unbedingt sehr scharf. Man brauchte also Kraft, um die Verletzungen, die sie sehen, dem Opfer zufügen zu können. Die Tatwaffe haben wir noch nicht gefunden. Sie haben ja gesehen, Herr Strauss liegt hinter Büschen, und der Grill steht auf einem

Stück Gras, von wo man auf den See schauen kann. Der Grill könnte Herrn Strauss gehört haben. Die Kohle glimmte noch, vier eingelegte Nackensteaks lagen in einer Tupperdose neben einem Campingstuhl. Abends im September zu grillen, ist zwar etwas ungewöhnlich, aber warum nicht. Das Wetter passte ja. In einem Rucksack haben wir drei Bierflaschen, Plastikteller und Besteck gefunden. Nichts deutet auf einen Kampf zwischen Täter und Opfer hin. Herr Strauss muss also überrascht worden sein. Der Zapfhahn im Anus könnte so etwas wie ein Zeichen sein. Wo der Zapfhahn herkam, ist unklar. Keine verwertbaren Fingerabdrücke. Na ja, so was wäre ja auch zu schön, um wahr zu sein. Von Herrn Menzinger wissen wir, dass der Tote unterschiedliche Geschäfte betrieben hat. Unter anderem hat er Drogen verkauft und als eine Art Zuhälter gearbeitet. Wie Letzteres genau ausgesehen hat, wissen wir noch nicht. Ich könnte mir vorstellen, dass der Zapfhahn eine Art Rache für Sexualpraktiken darstellt, zu denen er Frauen gezwungen hat. Analverkehr böte sich an. Wir werden sehen. Jedenfalls deutet alles darauf hin, dass der Täter Herrn Strauss gekannt hat. Ich persönlich glaube, dass Herr Menzinger mehr weiß, als er auszusagen bereit ist. Womöglich möchte er andere Frauen schützen und enthält uns Namen vor. Ihr Sammy hat sich nach Angaben von Herrn Menzinger vor etwa einem halben Jahr vor einem Bauwagen mit Axel Strauss zuerst gestritten und dann geprügelt. Herr Menzinger ist dafür nicht alleiniger Zeuge. Eine junge Frau und ein Mann aus einer Nachbargemeinde waren ebenfalls dabei. Die 10 000 Euro, die wir in Herrn Strauss' Wagen gefunden haben, übrigens ein Hinweis, dass ein typischer Raubmord eher unwahrscheinlich ist, lassen den Schluss zu, dass der Tote zu Lebzeiten prächtig verdient hat.«

Die Kommissarin sammelte die Fotos wieder ein und schwieg eine Weile.

Luginger dachte nach. Dann fragte er: »Das junge Ding, diese Jessica Weber, hat die den Toten so gesehen wie ich gerade?«

»Woher kennen Sie den Namen des Mädchens?« Frau Weibel war sichtlich überrascht.

Luginger hatte seine Stirn in Falten gezogen und sagte, ohne sich von Frau Weibels Erstaunen beeindrucken zu lassen: »Sie gehen also davon aus, dass der junge Strauss grillen wollte. Dann wurde er überfallen und erstochen, sehe ich das richtig?«

Frau Weibel nickte.

»Nach den Stichen wurde die Leiche hinter ein Gebüsch gezerrt, damit sie erst mal weg war?«

»Das ist unwahrscheinlich. Blut gab's nur am Fundort des Opfers«, meinte die Polizistin.

»Und Sie halten es für möglich«, kombinierte er weiter, »dass Sammy etwas damit zu tun haben könnte, weil er sich mit Axel Strauss schon einmal angelegt hat?«

Frau Weibel öffnete die Hände, als würde sie ihn einladen fortzufahren.

»Vier Steaks, drei Bier, reicht gerade mal für zwei, drei Personen.«

Frau Weibel blickte dankbar geradeaus.

»Und nachdem Sie Bilder von Frau Fischer und Sammy auf dem Handy des Toten gefunden haben, können Sie gar nicht anders, als ihn zu verdächtigen.«

»Richtig«, bestätigte sie kurz und zufrieden, als wollte sie Luginger eine Eins für vortreffliche Mitarbeit ins Notenbüchlein eintragen, um nach einer kurzen Kunstpause hinzuzufügen:

»Am einfachsten wäre es, Ihr Koch hätte für die Zeit von 19 bis 20 Uhr ein Alibi. Bei Ihnen war er ja nicht.«

»Zeugen haben Sie keine auftreiben können?«, fragte Luginger.

»Bis jetzt jedenfalls nicht, nein. Aber was nicht ist, kann ja noch werden.«

»Gut«, sagte Luginger, »ich kümmere mich.« Dann stand er auf und ging zur Tür. »10 000 Euro glatt, das ist doch kein Zufall?«, fragte er noch.

»Nein, ist es nicht«, kam es zurück. »In ein, zwei Stunden weiß ich, ob der Wagen, den Axel Strauss gestern Abend dabeihatte, derselbe ist, mit dem Herr Fischer überfahren wurde. Wenn ja, könnte das Geld eine Art Honorar sein.«

Luginger nickte.

»Herr Polterer nimmt Sie wieder mit nach Leuterding. Er wird unten auf Sie warten. Schönen Tag noch.«

Als Luginger schon aus der Tür war, rief sie ihm noch nach: »Jessica Weber. Woher kennen Sie den Namen?«

»Bernie weiß so was. Die kleine Weber wohnt in seiner Nachbarschaft und ist eine Schulfreundin seiner Tochter.«

»Wer ist Bernie noch mal?«

»Herr Faulhuber. Der Zahnarzt mit dem teuren Rotwein.«

Frau Weibel wiegte ihren Kopf vor und zurück, als wollte sie einer Fehlhaltung entgegenwirken.

Dann ging sie auf Luginger zu und sagte leise: »Mike Menzinger kennt sich aus. Mit mir wird er nicht reden. Ich bin Bulle, und mit Bullen hat er keine guten Erfahrungen gemacht. Knöpfen Sie ihn sich vor. Irgendwas geht in Ihrer Gemeinde richtig schief. Ich rieche das. So einer wie der junge Strauss hält nicht den Mund. Der will bewundert werden, der quatscht.

Und Herr Menzinger hat zugehört. Ach ja, wenn es Herr Amison bis zwölf nicht zu mir schafft, werde ich ungemütlich. Sehr ungemütlich.«

Während sie eine Karte mit ihrer Telefonnumer aus ihrer Gesäßtasche fischte, bemerkte Luginger: »Amison. Wenn ich Sammy so nennen würde, wüsste er gar nicht, dass er gemeint ist.«

* * *

Auf dem Rückweg konzentrierte sich Polterer ganz aufs Fahren. Luginger saß neben ihm und sortierte die Informationen, die seit heute Morgen sein Hirn füllten. Axel Strauss könnte Freitagnacht Carsten Fischer überfahren haben. Wahrscheinlich hat sein Alfa Romeo den Unfall im Erlenweg verursacht. Zwei Tage später ist er tot. Erstochen von einem Mann, den er vielleicht zum Grillen eingeladen hat und der nach der Tat noch Zeit hatte, den Hintern seines Opfers mit einem Zapfhahn zu verzieren. Keine Zeugen. Schöner Spätsommerabend am Gerolsee und niemand, der gesehen oder gehört hat, wie Strauss erstochen wurde. Komisch. Und dann 10 000 Euro in seinem Handschuhfach. Sammy ohne nähere Angaben irgendwo in München abgetaucht. Mike belastet Sammy, weil er weiß, dass der Streit zwischen Strauss und Sammy nicht lange zu verheimlichen sein wird. Strauss hat Sammy und Frau Fischer beschattet und Fotos gemacht. Warum? Und für wen?

Sein Handy vibrierte und zeigte den Eingang einer SMS an.

Melde dich in zehn Minuten. S.

»Sammy?«, fragte Polterer.

Luginger nickte und wollte wissen, wann sie zurück seien.

»Gleich geht's auf die Autobahn. Soll ich Gas geben?«

»Unbedingt«, meinte Luginger und fügte hinzu. »Wann haben Sie Mike gestern Abend denn nach Hause gefahren?«

»Nachts um eins. Der war fix und fertig. Hat sofort gespannt, dass das ganz schlecht laufen wird, wenn er seine Kontakte zu Axel Strauss verheimlichen würde.«

»Kontakte?«, fragte Luginger.

»Na ja, dass er eben wusste, was das für einer ist. Ich glaube aber nicht, dass er da drinhängt. Ist natürlich superblöd gelaufen. Vorbestrafter knutscht neben einer Leiche, die heißer nicht sein kann.«

Luginger schaute aus dem Fenster. Ein Schild wies auf die Abfahrt nach München. Polterer bremste und zog die Bullenschaukel nach links.

»Das Mädchen wird furchtbaren Ärger kriegen. Nutzt den Abend ohne Eltern schamlos aus, um mit einem viel älteren Jungen an den Gerolsee zu verduften. Nicht gerade eine Eintrittskarte für vertrauensvolles familiäres Miteinander.«

»Als Ortspolizist müsste Ihnen der junge Strauss doch aufgefallen sein«, bemerkte Luginger. »Das war doch ein richtiger Kotzbrocken.«

Polterer jagte jetzt mit über 160 Sachen über die A 94. »Sie verstehen bestimmt, dass ich dazu nichts sagen kann. Nur so viel: Dass der Dreck am Stecken hatte, war uns schon klar.«

Plötzlich kam Luginger aus seinem Sitz hoch und schlug aufs Handschuhfach. Polterer erschrak und ging vom Gas.

»Schneller«, forderte Luginger.

»Was haben Sie?«, fragte Polterer sichtlich durcheinander.

»Nichts.«

Luginger ließ sich wieder in den Sitz zurückfallen und schüttelte den Kopf. Erpressung. Die Fischer wurde von Strauss erpresst, hat gezahlt, Sammy hat das spitzgekriegt und den Scheißkerl abgemurkst. Da passt's natürlich prima, dass Sammy dem Strauss schon mal eine eingeschenkt hatte.

Scheiße, dachte Luginger, da braucht einer aber ein verdammt gutes Alibi. Ein richtig hieb- und stichfestes. Ohne wird's eng. Zuerst die Lügerei wegen Helga Fischer und jetzt die Strauss-Nummer.

»Denken Sie nach?«, fragte Polterer.

Die Tachonadel sprang auf 180.

Als Luginger eine Antwort schuldig blieb, sagte er: »Ich fand's schon immer prima, dass Sie einen Schwarzen beschäftigen.«

* * *

Gedankenverloren rührte Luginger Zucker in seinen Cappuccino. Die junge Frau, die heute die kleine Bar am S-Bahnhof Leuterding managte, hatte er noch nie gesehen. Strahlend blaue Augen, blondes Haar und volle rote Lippen, die jede kosmetische Verstärkung überflüssig machten. Neben ihm saß ein glatzköpfiger Mann um die 40 auf einem hohen Hocker und blickte nach draußen. Sein kahler Schädel passte perfekt zu der schwarzen Designerbrille mit breiten Bügeln, dem Dreitagebart und einer kurzen luftigen Lederjacke, die für Lugingers Geschmack einen Tick zu schwul wirkte.

Sammy war vor wenigen Augenblicken hier rausspaziert und auf sein Fahrrad gesprungen. Zuvor hatte er sich bei Frau Weibel angemeldet. Er war guter Dinge gewesen, und für einige Sekunden hatte Luginger geglaubt, dass er sich umsonst Sorgen machte.

Sammy wohnte bei einem Freund namens Mulota Kidiaba. Montagabend seien sie in einem Schwabinger Café gewesen. Gegen elf sei er mit Kidiaba nach Hause gegangen. Strauss habe er nur einmal im November letzten Jahres getroffen. Mike habe ihm zuvor erzählt, dass Strauss Schülerinnen anbaggere, um sie später für viel Geld an männliche Messebesucher aus Riem zu vermieten. Weil Mike Strauss nicht auf die Schnauze hauen wollte, habe er das gemacht. Nicht richtig, eher so leicht auf die Nase und das Kinn gestreift. Er habe Strauss gedroht, ihn auffliegen zu lassen, wenn er seine miesen Wichsfinger nicht von den Mädchen lasse, und Strauss habe zugesagt, seine geschäftlichen Interessen auf diesem Sektor neu zu definieren.

Luginger beobachtete, wie die Tür aufging und drei Herren in dunklen Anzügen zielsicher auf den Tresen zusteuerten. Sie bestellten Espresso. Einer von ihnen nahm eine Zeitung aus dem Ständer, griff in seine Hosentasche und legte zwei Münzen vor die silbern glänzende Zuckerdose.

Genau so und nicht anders hatte es Strauss gesagt, hatte Sammy gesagt. Er würde seine geschäftlichen Interessen auf diesem Sektor neu definieren.

Luginger löffelte Schaum von der Tasse. Neben ihm wurde Kaffee geschlürft. Dann hörte er »Cash generieren«, »Kosten senken« und »Investitionen verschieben«. Der glatzköpfige Hockersitzer befingerte ein Display. Schließlich steckte er sich Stöpsel in die Ohren und grinste zufrieden.

Zu den 10 000 Euro in Strauss' Alfa Romeo wusste Sammy genauso wenig zu sagen wie zu den Mädchen, von denen ja wenigstens Mike die eine oder andere namentlich kennen dürfte. Bis auf den Umstand, dass Strauss die Fischer und ihn mehrfach fotografiert hatte, was ja notwendigerweise bedeutete, dass sie über Tage, wenn nicht gar Wochen beobachtet worden waren, hatte Sammy während ihres Gesprächs nichts aus der Fassung gebracht.

Sein Koch war wie immer gewesen. Gut gelaunt, direkt und völlig sorgenfrei, wenn es um morgen ging. Den Gedanken, dass Axel Strauss Helga Fischer mit den Fotos hätte erpressen wollen, hatte er nur kurz interessant gefunden, dann aber gesagt, die habe überhaupt kein Geld, und zwischen ihr und ihrem Mann habe es so ein Abkommen gegeben, na ja, die hätten sich in Ruhe gelassen.

Sammy allein nach Erding fahren zu lassen, war falsch, dachte Luginger jetzt. Was, wenn die Weibel ihm nicht alles gesagt hatte? Wenn sie noch weitere Informationen besaß, die Sammy wirklich belasteten? Wenn sie ein Ass im Ärmel hatte und Sammy den Boden unter den Füßen wegzog? Vielleicht wusste sie längst, dass sein Koch Freitagnacht bei der Fischer war, und hatte es ihm bewusst verschwiegen, um Sammy zu überraschen. Oder sie hatte herausgefunden, dass die Kohle im Handschuhfach Fischer-Kohle war. Kontoabfrage, Barabhebung – und schon war die Kacke am Dampfen. Scheiße, dachte er. Scheiße, scheiße, scheiße! Da könnte richtig was schieflaufen bei der Weibel, und ich hab nichts gemerkt.

* * *

Die Lauferei ging ihm immer mehr auf die Nerven. Hier fuhr jeder, nur er nicht. Aufrecht auf zwei Beinen bei helllichtem Tag nach Hause zu pilgern, war irgendwie diskriminierend. Und dann noch Sonne. Laufen und schwitzen kurz vor High Noon, schlimmer ging's nicht. Bis auf Barbara würde jeder verstehen, wie er litt. Faulhuber, Gernot, Erika, Heider, selbst Moni war der Meinung, dass Spaziergänge nur sonntags taugten.

Da schau her, dachte er. Das passt ja. Stehen die Anzüge doch direkt vor der Hütte mit dem blau-weißen Logo und quatschen unter Schriftzügen, die jedem Deppen weismachen, dass sich gerade hier Finanzberater von morgens bis abends besonders krumm machen, damit die Sache mit dem Vermögensaufbau auch ja nicht schiefgeht.

Neben ihm bremste ein Fahrschulauto. Tequila-Joe kurbelte sein Seitenfenster herunter.

»Seit wann gehst du denn zu Fuß?«, fragte er, und Luginger konnte nicht anders, als Häme herauszuhören. Ohne eine Antwort abzuwarten, bat ihn Joe einzusteigen.

Luginger zwängte sich auf den Rücksitz, nachdem er ein männliches Pickelgesicht mit langen strähnigen Haaren begrüßt hatte, von dem er annahm, dass es zu einem Fahrschüler gehörte.

»Ist dein Dodge mal wieder hin?«, fragte Joe mit gebremstem Mitleid.

Luginger nickte stumm.

»Kannst ein Radl von mir haben. Die Bremsen sind im Eimer, aber wer braucht hier schon Bremsen. Platt ist's auch, macht aber nichts, fährst halt auf den Felgen.« Joe lachte und riet seinem Fahrschüler, den Blinker zu setzen, bevor er abbog.

Luginger fummelte an seinem Gurt herum. »Ist das eigentlich okay, dass ihr mich mitnehmt?«

»Passt schon«, erwiderte Joe lässig.

Minuten später parkten sie vorm Hammer-Eck. Joe stieg aus und legte den Beifahrersitz um, damit Luginger Platz zum Herauskriechen hatte.

»Hast die Sache mit dem jungen Strauss schon gehört?«, fragte er schließlich.

»Üble Sache«, bemerkte Luginger.

»Sehr übel«, ergänzte Joe. »Der hat bei mir letztes Jahr erst den Führerschein gemacht. Glaubt man so was! Erstochen am Gerolsee. Baut seinen Grill auf, zündet die Kohle an und Feierabend. Kanntest du den eigentlich?«

Luginger verneinte und holte sein Tabakpäckchen aus der Gesäßtasche.

»Merkwürdiger Vogel. Der brauchte eigentlich gar keine Fahrstunden. Fuhr wie ein Henker. Der ist bestimmt schon stundenlang irgendwo gefahren, bevor er das erste Mal neben mir saß.«

* * *

Er rannte einen Feldweg lang. So schnell war er seit Jahren nicht mehr gelaufen. Ach was, seit Jahrzehnten. Neben ihm überall gemähte Getreidefelder. Er hustete. Er war zu schwer. Er spürte, wie Haare in seinem verschwitzten Gesicht klebten, weil sich sein Zopf gelöst hatte. Zehn Kilo mussten runter. Besser heute als morgen. Da vorne lief Mike. Gleich würde er im Wald verschwunden sein. Er rannte noch schneller. Warum hatte er bloß Stiefel angezogen? Seine Hose rutschte. Während er sie mit einer Hand festzuhalten versuchte, sauste die andere wie beim Sägen rhythmisch vor und zurück. Er schrie Mike irgendwas zu, ohne dass der es zu hören schien. Dann stolperte er und ruderte hilflos mit den Armen, bevor er aufschlug. Blut rann aus der Nase. Er roch Hundescheiße, Gras und Löwenzahn.

Erschrocken blickte Luginger zur Uhr. Schon drei durch. Also war er wirklich eingeschlafen und hatte diesen Mist geträumt. Er befühlte seinen Bauch, schniefte kurz und quälte sich aus dem Bett.

Unten waren Stimmen zu hören.

»Warum sonst hätte der denn die Fotos machen sollen?«, hörte er Mike fragen. »Der wollte dich oder die Fischer erpressen.

Der hat aus allem Kohle gemacht. Oder glaubst du im Ernst, der hätte euch einfach so geknipst.« Luginger sah, wie Mike die Füße vom Tisch nahm und weiterschwadronierte: »Die Bullen können doch gar nicht anders, als die 10 000 Mäuse mit dem Mord an dem Fischer in Verbindung zu bringen, nachdem klar ist, dass der mit dem Wagen von Axel überfahren worden ist. Axel hat irgendwo kassiert, am naheliegendsten bei der Fischer. Die hat Kohle und wollte ihre Ehe retten. Also hat sie bezahlt, hat's dir erzählt, und du hast Axel erstochen. Und um eine falsche Spur zu legen, hast du ihm den Zapfhahn in den Arsch gesteckt. So denken die Bullen. Also haben sie dich auf dem Kieker.«

Sammy drehte Bierdeckel. »Schwachsinn. Wenn das Geld irgendeine Bedeutung hat, dann als Belohnung für Strauss, weil der den Fischer umgebracht hat. Und ich kann den Strauss nicht erstochen haben, ich war gestern mit einem Freund unterwegs. Dafür gibt's Zeugen.«

»Ich hab ja auch nur gesagt, was die Bullen denken, nicht, was wahr ist«, hielt Mike kleinlaut dagegen. »Für die passt doch alles zusammen, und die Fotos und die Kohle sind der Rest, um dich in die Pfanne zu hauen.«

Sammy drehte weiter Bierdeckel. »Warum hast du denen gesagt, dass ich mit dem Strauss Streit hatte? Sieht so aus, als ob du es gar nicht abwarten konntest, mich anzuschwärzen.«

»Ich bin vorbestraft, Mann, schon vergessen? Ich bin mit einer Vierzehnjährigen abends allein am See, hab einen Joint in der Tasche, und der bekannteste Dealer weit und breit liegt plötzlich mausetot vor meinen Füßen. Die finden das Handy, die Fotos, die Kohle. Und für deine Ich-bin-ein-guter-Mensch-und-hau-dem-Axel-jetzt-mal-aufs-Maul-Nummer gibt's noch zwei Zeugen. Kapierst du eigentlich, was das für mich bedeutet?«

Wie in Zeitlupe ging Sammy auf Mike zu, packte ihn am Kragen, riss ihn hoch und giftete los: »Du hast gewollt, dass ich dem Strauss aufs Maul hau, oder? Wenn du auch nur eins der Mädchen kennst und das verheimlichst und Helga und ich deswegen Ärger kriegen, brech ich dir die Knochen. Und wenn ich erfahr, dass du jemandem von den Fotos auf dem Scheißhandy was erzählst, musst du dich hier nicht mehr blicken lassen. Verstanden?«

Luginger spielte die Unschuld vom Lande und schlenderte entspannt auf Sammy zu, der gerade dabei war, Mike auf seinen Stuhl zurückzudrücken.

»Hast Stress?«, fragte er seinen Koch.

Ohne zu antworten und mit wegwerfender Handbewegung ging Sammy hinter den Tresen und knallte die Kühlschranktür auf und zu.

Luginger legte Tabak auf den Tisch. Dann schaute er Mike lange in die Augen.

»Wie geht's meinem Zylinderkopf?«

»Bis Donnerstag, ja.«

»Ist's nicht besser, ich besorg das Ding? Dann kannst auch wirklich loslegen.«

»Mach dir keinen Kopf. Ich hab das im Griff.«

Sammy stellte zwei volle Gläser Cola auf den Tisch. »Magst was trinken?«, fragte er Luginger.

»Danke, nein. Ich mag aber klare Antworten. Was wisst ihr über die Geschäfte von Axel Strauss?«

Mike ließ die Gelenke seiner Finger knacken. Dann zog er die Nase hoch und legte los: »Der hat gedealt. Gras und Pillen. Wollte groß ins Geschäft. Hat aber wohl nicht geklappt. Keine wirklich harten Sachen. Und das mit den Mädchen war eine

Schnapsidee. Ein völliger Rohrkrepierer. Er hatte mal zwei oder drei vom hiesigen Gymnasium, die sind aber gleich wieder abgesprungen, nachdem sie gemerkt haben, was für ein Scheißjob das ist. Ich hab keine von denen gesehen, hundert Pro, alles, was ich weiß, ist, dass Britta Höpfner auf einer Abiparty letztes Jahr völlig besoffen war und gequatscht hat. Von wegen schnell mal 500 Euro abstauben und so. Sie kenne da junge Hühner, die würden reichen Typen einen kauen, Geschäftsleute eben, die sich langweilten und sich nicht trauten, ihre Töchter zu vögeln.«

Mike schaute zu Boden, nahm einen Verlegenheitsschluck und kratzte sich am Nacken.

»Weiter«, forderte Luginger.

»Nix weiter.«

»Wie kommt denn der Strauss ins Spiel?«

»Britta hat an dem Abend seinen Namen genannt.«

»Seinen Namen genannt, seinen Namen genannt.« Luginger klatschte sein Tabakpäckchen auf den Tisch. »Was hat diese Britta noch so gesagt?«

»Mann, die war besoffen, bekifft, fertig mit der Welt. Keine Ahnung, was da stimmt oder gesponnen war. Sie hat gelallt. Gelallt, versteht ihr?«

»Was gelallt?«, fragte Luginger, und seine Stimme verriet, dass seine Geduld bald erschöpft sein würde.

»Axel hätte drei Schwachsinnsmiezen aus der Zwölften flott gemacht. Die würden da einsteigen, die sähen auch schon so aus, zum Ficken geboren, dümmer als Paris Hilton.«

Sammy stöhnte. Sammy stöhnte sonst nie.

Luginger rauchte.

Mike sagte: »Ich kenn keine Namen, wirklich. Mit Mädchen vom Gymi läuft nicht viel.«

»Warst du damals auf der Party dabei?«, fragte Luginger.

»Ja.«

»Und hast du selbst gehört, was du grad erzählt hast?«

Mike nickte.

»Und woher weißt du, dass das ein Rohrkrepierer war?«

»Ich hab Britta im Dezember auf dem Weihnachtsmarkt wiedergesehen. Ihre Eltern hatten sie gerade rausgeschmissen, sie war auf dem Sprung nach Madrid. Wollte da studieren, neu anfangen, was weiß ich. Plötzlich tauchte Axel auf. Laberte rum, machte sich wichtig, kam blöd rüber wegen der Schlägerei mit Sammy und lachte noch blöder, als er sagte, dass Mister Schwarzschwanz überhaupt nicht wüsste, was abgeht. Schließlich hat er sich verdrückt, und ich hab Britta gefragt, was denn das für ein Auftritt war. Sie hat gekichert und gesagt, unser Bordellkönig hat keine Miezen mehr. Das wär den Mädels zu anstrengend, zu gefährlich und zu pervers.«

Luginger inhalierte ausgiebig Nikotin. Dann fragte er: »Wo steckt Britta Höpfner jetzt?«

Mike zog die Schultern hoch.

»Und der Weibel hast nichts von ihr erzählt?«

»Nein.«

»Warum nicht?«

»Darum.«

»Verstehe«, brummte Luginger. »Darum. Der Strauss wollte am Gerolsee ja nicht allein grillen. Hast du jemanden gesehen?«

Mike schüttelte den Kopf. »Da war keiner. Auf dem Parkplatz nicht, auf der Treppe nicht, am Grillplatz nicht und auf den paar Metern bis zu den Büschen auch nicht.«

Luginger öffnete ein Fenster und die Eingangstür. Dann schob er grundlos Stühle hin und her.

»Kannst heute Abend aushelfen, Sammy?«, fragte er schließlich. »Ich bin mit Barbara verabredet, und Moni wär allein.«

Sammy nickte.

»Was war das denn für ein Bauwagen, vor dem du dem Strauss eine eingeschenkt hast?«

Ehe Sammy was sagen konnte, antwortete Mike: »Das war sein Heiligtum, wenigstens früher. In der Alten Bahnhofsstraße gibt's doch eine Baulücke. Das Grundstück gehört dem Vater von Axel, und da hat er einen ausrangierten Bauwagen hinschleppen lassen.«

Nervös klopfte Luginger auf den Tisch. »Hast dein Gras bei Strauss gekauft, Mike?«

»Auch«, kam es leise und zögernd zurück.

»Wie oft, wie viel und wer weiß davon?«

Mikes Antwort blieb vage, und Luginger wusste, dass das nichts Gutes verhieß. Nur für sich, drei- oder viermal, nicht mehr als 123 Euro 50 Cent, keine Pillen, kein Stress, keine Zeugen, müde Geständnisse, die ihm verrieten, dass sein Autoschrauber Stammkunde war.

Sammy hingegen schwor Stein und Bein, dem Strauss nie auch nur einen Euro rübergeschoben zu haben. »Ich kannte den wirklich nur vom Sehen, Franz. Da gibt's nichts, was die Bullen mir anhängen können.«

»So, jetzt reden wir Klartext«, sagte Luginger, nachdem Mike gegangen war. »Du hast Axel Strauss verdroschen. Nicht doll, aber immerhin. Ein paar Monate später ist er tot. Auf seinem Handy werden Fotos von dir und der Fischer gefunden. Obendrein liegen satte 10 000 Euro im Handschuhfach seines Wagens. Was soll die Weibel denken, mein Lieber?«

»Die hat mich am Arsch.«

»Klare Ansage.«

»Eben.«

»Genauer bitte.«

»Es gibt einen Zeugen, der mich aus dem Haus der Fischers hat kommen sehen. Freitagnacht um halb zwölf.«

»Volltreffer«, rief Luginger und schlug wütend mit der flachen Hand auf den Tisch. »Na prima, besser geht's nicht. Hast wenigstens die Hosen schon oben gehabt? Heilandsack Kruzifix noch eins, du bist ja noch blöder, als die Polizei erlaubt. Und wo warst du dann?«

»Im Hammer-Eck.«

»Aha, im Hammer-Eck. Für wie dämlich hältst du die Weibel eigentlich? Erst sagst du, die Fischer kennst du nicht, dann bist du zufällig kurz vorm Tod von ihrem Mann aus ihrem Haus und hättest alle Zeit der Welt gehabt, den Typen ins Jenseits zu befördern.«

Luginger lief jetzt aufgebracht kreuz und quer durchs Lokal. Er trat gegen Tische und Stühle, feuerte einen Barhocker Richtung Garderobe und war nahe dran, Sammy eine zu scheuern.

»Wo warst du von halb zwölf an?«, fragte er schließlich so laut und deutlich, dass er sich selbst wunderte. »Der Fischer wurde um zwölf überfahren. Um zwölf, Geisterstunde, Mitternacht. Kapiert?«

»Bei Helga«, kam es kleinlaut zurück.

»Bei Helga. Willst mich verarschen? Grad hab ich gehört, dass du um halb zwölf da weg bist. Bist noch mal zurück, oder was?«

»Der Zeuge muss sich vertan haben, Franz. Ich bin erst um kurz nach zwölf weg. Wir hatten die Uhr aus den Augen verloren. Der Fischer kam nie vor zwölf, halb eins, wenn er bei seiner

BI war. Manchmal wurde es sogar noch später. Wir mussten ja warten, bis Tommy geschlafen hat.«

Luginger hatte sich wieder auf einen Stuhl fallen lassen und schnaufte wie ein Walross. »Das glaub ich alles nicht. Vögelst die Fischer daheim, neben dem Kinderzimmer sozusagen. Dann gibt's einen Zeugen, der die Uhr nicht kennt und damit das Alibi bestätigt, das Moni, Faulhuber und ich dir gegeben haben, und du hast den Fischer nicht überfahren, weil du zur Tatzeit grad dabei warst, deine Klamotten zusammenzuraffen, um schleunigst die Biege zu machen. Hab ich das alles richtig verstanden?«

Sammy nickte.

»Wie hat die Weibel denn auf die Korrektur deiner Aussage reagiert?«

»Gelassen.«

»Gelassen, hab ich das richtig gehört? Gelassen?«

»Hör endlich auf, mich nachzumachen, ja. Das ist alles total scheiße gelaufen, mehr nicht. Wo ich mit wem schlafe, ist allein meine Sache.«

»Allein deine Sache, mein Lieber, ist das erst wieder, wenn ich weiß, wo du bis ungefähr halb eins so gesteckt hast. Mit deinem Rad brauchst vom Winkelgraben hierher höchstens zehn Minuten. Um halb eins hab ich oben deine Tür gehört.«

Sammy stöhnte. Dann rieb er das linke, später das rechte Knie. »Ich hab die Polizei und den Krankenwagen gesehen. Ich wusste ja nicht, was passiert war. Hab mich nur verdrückt und mein Rad durch den kleinen Weg neben dem Parkplatz geschoben, wo immer die Taxis stehen.«

Luginger hatte jetzt die Arme auf die Knie gestützt und mit den Händen seine Augen verschlossen. »Eintrag ins Logbuch«, sagte er mechanisch. »Dienstag, 14. September, 15.35 Uhr. Herr

Sammy Amison gesteht, dass er seine verheiratete Freundin so glücklich gemacht hat, dass ihm danach gar nichts anderes übrig blieb, als mit seinem Rad dorthin zu fahren, wo Polizei und Rettungsarzt den Tod des betrogenen Ehemanns feststellten, der, während Herr Amison noch den letzten Samentropfen abgeschüttelt hat, von einem bis jetzt unbekannten Täter überfahren worden ist. Ende des Eintrags. Hab ich was vergessen?«

»Ja«, antwortete Sammy leise.

»Was?«, fragte Luginger erschrocken.

»Helga hat dem Strauss 4000 Euro gegeben. Am Donnerstag. Damit er die Schnauze hält.«

Luginger spürte, wie er zu platzen drohte. »Das gibt's doch nicht! Sag, dass das nicht sein kann! Erpressung! Der kleine Wichser hat euch ausgenommen. Und ihr habt euch ausnehmen lassen.«

»Die Kommissarin hat mir einen Wisch mit Kontobewegungen gezeigt«, fuhr Sammy dazwischen. »Helga hatte 4500 Euro abgehoben. Sie wollte nicht, dass Strauss im Ort rumerzählt, was da zwischen uns läuft. Sie hat's mir vorhin erst gesagt.«

»Wie? Du willst nichts davon gewusst haben? Sammy, das glaubt dir kein Mensch. Herrgott noch mal, weißt du, wie tief du in der Scheiße sitzt?«

»Ich hab ein Alibi, Mann. Ich war Montagabend keine Minute allein. Und am Gerolsee war ich schon gar nicht. Dass Helga dem Strauss Geld gegeben hat, war natürlich bescheuert. Aber strafbar ist es nicht, oder?«

Luginger streckte seinen Rücken und versuchte Haare aus der Stirn zu wischen, die gar nicht da waren. Dann fragte er: »Warum bist du eigentlich hier? Warum haben die dich nicht eingebuchtet?«

»Keine Ahnung«, sagte Sammy. »Die Weibel hat nur verlangt, dass ich erreichbar sein muss. Und zwar hier im Hammer-Eck.«

»Die war ja auch gelassen«, murmelte Luginger und schaute deprimiert zu Boden. »Hast vorhin schon erwähnt. Die muss sich auch nicht mehr aufregen. Die hat alles im Kasten. Zuerst fährst den Fischer über den Haufen, und später stichst den Strauss ab. Na ja, und irgendwo in Ghana wird's so ein Ritual geben. Zapfhähne in Ärsche schieben. Damit der Tote auch nicht vergisst, was richtig gut ist im Leben. Saufen und Ficken. Ich fass es nicht, ich fass es einfach nicht.«

»Jetzt mach mal halblang«, erwiderte Sammy aufgebracht. »Was du dir da zusammenreimst, ist völliger Quatsch.«

»Völliger Quatsch«, wiederholte Luginger. »Bist du eigentlich noch von dieser Welt? Die Weibel hat dich am Haken und mich gleich mit. Wenn die ordentlich nachbohrt, ist dein Alibi von Freitagnacht futsch. Oder glaubst du, Moni und Faulhuber wandern für dich wegen Falschaussage nach Stadelheim? Und dafür, dass der Strauss ganz oben auf der Liste deiner Lieblingsfeinde steht, gibt's gute Gründe. Erpressung zum Beispiel. Rache. Was weiß ich, was der Weibel noch so einfällt.«

Sammy war inwischen aufgestanden und genervt zur Tür marschiert.

»Mit dir sollte heute keiner mehr reden«, rief er, bevor er nach draußen ging. »Pause, ja. Schalt mal ab. Ich hab niemanden umgebracht. Fischer nicht, und den Strauss auch nicht.«

Luginger brauchte eine Weile, um runterzukommen. Schließlich kam es selten vor, dass er so viel in so kurzer Zeit zu sagen hatte. Er trank einen doppelten Espresso und nahm zur Feier des Tages einen schönen Cognac dazu. Dann dachte er nach und sortierte lauter Fragen, die sich in den letzten Minuten ergeben hatten. Warum hat die Weibel Sammy nicht eingebuchtet? Wie lange würde sie brauchen, um Sammys Alibi vom Montag zu überprüfen? Was bedeutete es, wenn sie ihm für Freitagnacht was anhängen konnte, für Montag aber nicht? Und welche Rolle spielten die 4000 Euro, die die Fischer bezahlt hatte?

Verwirrt und fahrig zündete er sich eine Zigarette an. Nach einigen Zügen hatte er sich so weit entspannt, dass er wieder klarer denken konnte. Ein Zeuge hat Sammy Freitagnacht um halb zwölf aus dem Haus der Fischer kommen sehen. Sammy ist aber erst um zwölf gegangen. Sagt er, behauptet er. Entweder lügt Weibels Zeuge oder Sammy. Die Weibel hat Sammy aber nicht eingebuchtet. Ganz im Gegenteil. Sie hat ihn mit seinem Rad durch die frische Luft nach Hause geschickt. Also glaubt sie an sein Alibi, oder sie weiß, dass ihr Zeuge Bockmist erzählt hat. Vielleicht gibt's ja auch gar keinen Zeugen, und das raffinierte Luder fährt nur eine Verunsicherungsstrategie.

Luginger zog an seiner Kippe und blies lauter als sonst Rauch in die Luft.

»Wann hab ich zum letzten Mal so viel denken müssen?«, flüsterte er und schenkte sich noch einen klitzekleinen Cognac ein.

Montag. Was war am Montag? Ein Scheißtyp namens Strauss wird erstochen. Und wieder steckt Sammy mittendrin. Die Fotos auf dem Handy, die 4000 Piepen, die blöde Schlägerei, und Sammy war nicht im Hammer-Eck. Drückte sich in München herum, und die Weibel glaubte ihm auch das. Warum?

Nach dem Cognac musste Wasser her. Luginger füllte ein Glas und schluckte kräftig. Während er seinen Kippenrest ausdrückte, fielen ihm für das lässige Weibel-Verhalten nur zwei denkbare Erklärungen ein. Entweder hatte sie es nicht eilig, weil sie es nicht eilig haben musste. War sich sicher, Sammy über kurz oder lang dranzukriegen. Hatte alles schon eingetütet und wartete nur auf den passenden Augenblick. Oder aber die ganze Fischer-Sammy-Nummer war ihr egal, und Sammy als böser Mann interessierte sie überhaupt nicht. Dann war sie auf einem anderen Kriegspfad. Ob Ehebruch, Lebensversicherung oder Erpressung, scheiß drauf. Die Lady hatte was im Gepäck, was Dunkles, Geheimnisvolles, und seine ganze Denkerei war für die Katz.

Er brauchte eine weitere Zigarette, bevor er zum Tefefon griff.

»Weibel.«

»Luginger.«

»Ach Sie. Mit Ihnen hätte ich jetzt gar nicht gerechnet.«

»Tun Sie nicht so unschuldig. Dass Sie mir heute Morgen nichts von Ihrem Zeugen gesagt haben, der Sammy alt aussehen lässt, war kein schöner Zug. Und über die 10 000 Euro haben Sie auch Bescheid gewusst.«

»O Gottchen, der väterliche Freund kümmert sich selbst dann, wenn alles zu spät ist.«

»Wie sind Sie denn drauf?«

»Wie ich drauf bin? Wollen Sie das wirklich wissen? Ich hätte große Lust, Ihre Kellnerin und diesen Herrn Faulhuber herschleifen zu lassen, damit die beiden mit mir gemeinsam mal ganz intensiv das Alibi diskutieren können, das sie Sammy gegeben haben.«

»Aber?«, fragte Luginger.

»Aber ich hab Besseres zu tun.«

»Schön. Dann hab ich was für Sie.«

»Schießen Sie los.«

»Treiben Sie eine junge Frau namens Britta Höpfner auf. Die weiß was über den Nuttenkram von dem Strauss.«

»Wo wohnt die Frau?«

»Unklar. Gerüchte sprechen von Madrid. Ihre Eltern leben aber wohl hier in Leuterding. Ich kenn sie nicht.«

»Was weiß diese Britta? Geht's etwas genauer?«

»Ihre Arbeit müssen Sie schon selber machen.«

»Worauf Sie Gift nehmen können, Herr Luginger. Nur verschweigen Sie mir nichts. Ich bin schon zu lange im Geschäft, um mich von Anfängern wie Ihnen an der Nase herumführen zu lassen.«

Luginger schwieg und wollte gerade auflegen, als Frau Weibel ihn fragte, ob er einen Dr. Brettmann kenne.

»Klar«, antwortete Luginger überrascht. »Der wohnt neben meiner Mutter. Soll ich Sie mal vorstellen?«

»Ich würde mich gerne mit ihm unterhalten. Ist aber seit Stunden nicht aufzutreiben. Wissen Sie, wo der steckt?«

»Was soll ein Anfänger wie ich denn noch alles wissen?«

»Hätte ja sein können«, sagte Frau Weibel.

»Schönen Tag noch, Frau Kommissarin.«

Der Brettmann wird bei Mama hocken und Kaffee schlürfen, dachte Luginger. Mit Milch, ohne Zucker, aber mit Gebäck. Viel Gebäck. Am liebsten das dänische mit den großen Schokostückchen aus der Blechdose. Wie kommt die Weibel bloß auf den? Gehirnjogging wird die ja nicht brauchen. In einer Pizzeria stehen fünf Tische mit je vier Stühlen. Warum läuft der Laden nicht, wenn an einem Tisch nur zwei Hanseln sitzen und außer Pizza Margherita und einer Cola nichts bestellen?

Luginger ließ es lange läuten. Seine Mutter nahm nicht ab.

Dann rief er Resi an.

»Weißt, wo Mama ist?«, fragte er.

»Na, zu Hause, wo denn sonst?«

»Bist dir sicher?«

»Natürlich, Franz. Machst dir Sorgen? Dr. Brettmann ist bei ihr. Und das schon seit Stunden.«

* * *

Luginger wusste, dass er so niemals einschlafen würde. Ihr Kopf lag auf seinem Arm, und es war viel zu hell, weil der Mond direkt ins Schlafzimmer schien. Vorhänge wären jetzt gut gewesen, nur Vorhänge gab's nicht, weil Barbara Vorhänge hasste.

Vom Kopfende aus sah er, dass ihr Betttuch Füße und Unterschenkel frei ließ. Irgendwann würde sie niesen, ihren Mund auf- und zuklappen und weiterschlafen. In seinem Arm begann es zu kribbeln. Er musste was tun, doch alles, was er tun könnte, würde dazu führen, dass sie aufwachte.

Es war wie so oft. Postkoital schlief sie wie ein Murmeltier, sofort, tief, kompromisslos, er hingegen lag wach, konnte nicht rauchen und musste denken. Dabei hatte er heute schon so viel gedacht. Denken war einfach nicht sein Ding. Herrgott noch mal, was half es denn, jede Möglichkeit nach allen Regeln der Kunst hin- und herzuschieben, wenn dann doch alles anders kam. Er brauchte das nicht. Er gehörte nicht zu denen, die ständig nach Erklärungen suchten oder erst Ruhe fanden, wenn alle Rätsel gelöst waren.

Barbara drückte ihre feuchte Haut noch enger an seinen Bauch. Dabei schob sie ein Knie nach oben und drangsalierte Weichteile, die nicht drangsaliert werden wollten. Er hörte ein kurzes Schmatzen, gefolgt vom dunklen Brummen einer Fliege, deren plötzlicher Auftritt ihn verstimmte.

Der Abend war besser verlaufen, als er vor Stunden annehmen durfte. Tacos und Enchiladas bei Felipe, dazu mexikanisches Bier, Cocktails und Sex, der nach holprigem Beginn in Stöhnen, Grummeln und Lachen hübsch ausgeklungen war. »Hübsch« war eines der bedeutenderen Wörter in Barbaras Sprachschatz. »Hübsch« war die begriffliche Abrundung für »gelungen«, »okay«, »sauber« und rangierte ganz knapp hinter »hervorragend«, einer Auszeichnung, die sie nur selten zu vergeben bereit war. »Hervorragend« stand für »mannomann«, »besser geht's nicht«, »sagenhaft« oder »wooow« in betont gedehnter Sprechweise.

»Hervorragend« war heute Abend nicht drin gewesen, dachte Luginger. Weder bei ihr noch bei mir. Zu viel zerrte an ihren Nerven, und zu lang war es her, dass sie unbekümmert nebeneinandergelegen hatten. Seit Wochen dominierten Nadelstiche die wenigen Abende, an denen sie sich noch trafen. Barbara war es leid, tagein, tagaus erraten zu müssen, wie es ihm wirklich ging. Und er hatte keine Lust mehr, über Befindlichkeiten zu reden, die ihn nur dann beschäftigten, wenn sie sie zum Thema machte.

Für sie war seine stoische Haltung weniger Ausdruck von Stärke als vielmehr andauerndes Warnsignal. Wo er Ruhe und Gelassenheit auszustrahlen glaubte, vermutete sie Konfliktscheu, Ignoranz und Ausweichmanöver, die verhinderten, dass sie sich wirklich nahe sein konnten.

Die Fliege war noch munterer als er. Mit kurzen Unterbrechungen flog sie von Wand zu Wand, wobei sie allmählich an Höhe verlor und immer lauter wurde. Rauchen wäre eine Lösung, dachte er. Rauchen würde sie vertreiben und für Ruhe sorgen. Doch Rauchen kam noch nicht in Frage. Aufstehen und auf ihren kleinen Balkon gehen, um genüsslich in die Nacht zu qualmen, war seit jeher die Ultima Ratio. Barbara würde aufwachen und dann nicht mehr einschlafen können. Und wenn sie gemeinsam die Nacht bewachten, wollte sie reden oder zuhören, was aber voraussetzte, dass er redete.

Dabei hatte er heute Abend schon mehr als üblich geredet. Schließlich gab es ja reichlich Stoff, und das nicht nur, weil in ihrer unmittelbaren Nähe zwei Leichen für Aufsehen sorgten und er durch blöde Zufälle in polizeilichen Ermittlungen steckte, sondern auch weil Barbara härter als sonst mit ihrer Klientel ins Gericht gegangen war. Berühmte Leute unterscheiden sich von weniger berühmten Leuten hauptsächlich dadurch, dass sie sich zu den unpassendsten Momenten krank melden, hatte sie bei einer Bloody Mary geklagt. Stell dir vor, Franz, jetzt hab ich Wochen damit zugebracht, für diesen Stefan Hummel eine Tournee mit fünfzehn wirklich guten Auftritten zu organisieren, und jetzt kratzt es dem Buben im Hals. Dortmund hat er abgesagt, für Dortmund würde seine Stimme nicht reichen, und ob er am Freitag Köln schafft, könne er noch nicht sagen. Ein Kratzen im Hals, der spinnt doch. Weißt du, wie lange der lesen muss? Weißt du das? 20 Minuten, höchstens, der Rest ist Multimedia. Bilder, Musik, Filmfetzen und etliche Stimmen aus dem Off. Aber es kratzt ihm im Hals. 5000 Menschen werden übel gelaunt heimgehen, weil es Herrn Hummel im Hals kratzt. Und am Freitag kommen noch mal 8000 dazu. Hast du das Buch von dem Hummel mal gelesen, das ich dir in die Hand gedrückt hab? Hast du nicht. Auch gut. Hast nichts verpasst. Mario Barth für Altphilologen, Cäsar und die Geschlechterfrage, der heilige Augustinus und die Menopause, alles ganz witzig, ganz flott und unterhaltsam, weißt du, das ist so einer, der auf Gottschalks Sofa eine gute Figur macht, weil er umstandslos von der Neigung männlicher Größen der Antike für Kinderpopos zum Tagesgeschäft der Internetpornografie switcht und jeden Zuhörer glauben lässt, er habe einen kulturhistorisch ausnehmend wichtigen Zusammenhang begriffen.

Die Fliege musste jetzt irgendwo auf Barbaras Bettlaken sitzen. Kein Mucks war von ihr zu hören. Bei ihm war sie jedenfalls nicht. Er würde sie spüren, nicht nur weil er hellwach war, sondern auch ohne Laken im Mondschein lag. Also, der Hummel würde jedenfalls bei ihr kein Bein mehr auf den Boden kriegen. Wer Barbara so kam, von wegen Kratzen im Hals, hatte es vergeigt. Wenn überhaupt, duldete sie nur schwerste Verletzungen an Leib und Seele, um Auftritte abzusagen, die sie vereinbart hatte. Unter Krebs, Schlaganfall oder Fenstersturz ging da wenig. Todesfälle nächster Angehöriger oder Familiennotstände wie gescheiterte Selbstmordversuche drogenabhängiger Kinder akzeptierte sie nur, wenn sie Künstler sympathisch fand, was leider selten vorkam.

Seine Freundin würde in vier Wochen 39 Jahre alt werden und konnte auf eine genauso erfolgreiche wie miserabel bezahlte Karriere im PR-Business zurückblicken. Zehn Jahre war sie nun dabei. Zuerst Pharmaprodukte, dann Wohltätigkeitsverbände und Politik, schließlich Künstler, die durch Fernsehshows wie Raketen in den Himmel geschossen wurden, ehe sie nach kurzem Leuchten im Nichts versanken.

Auf dem Nachhauseweg in der S-Bahn hatte er ihr dann von Mike, Sammy und Frau Fischer erzählt. Sie hatte zugehört und kaum nachgefragt. Noch jetzt, da die Fliege zu weiteren Rundflügen durchstartete und an seiner Nase vorbeibrummte, hatte er den Eindruck, dass sie sich weniger für die vielen Ereignisse als für seinen ungebremsten Redefluss interessiert hatte. Sammy und Mike entlocken dir mehr sprachliche Anteilnahme, als ich es je vermocht habe, Franz. Wirklich erstaunlich, mein Lieber.

So was gibt Frauen zu denken. Dann hatte sie ihn umarmt und auf die Nase geküsst. Wegen Sammy machst du dir viel zu viele Sorgen, hatte sie noch gesagt. Du denkst, er lügt. Wenn nicht, wird sich alles in Luft auflösen. Dann hat er weder was mit dem Fischer-Unfall noch mit dem Strauss-Mord zu tun.

Kurz darauf, auf der Strecke vom S-Bahnhof zu ihrer Wohnung, hatte sie, bei ihm untergehakt, eine Geschichte beigetragen, die er nur schwer glauben konnte. Die fünfzehnjährige Tochter ihrer Freundin Gabi hatte ihrer Mutter von einer Party erzählt, während der drei völlig betrunkene Mädchen alle Jungs in dem Partykeller mit dem Mund befriedigt hatten. Für jeden Abgang hätten die Kerle grölend 20 Euro auf den Tisch geklatscht. Wie bitte, hatte er verständnislos gefragt und sie näher an sich herangezogen. Das ist das Problem, hatte sie nachdenklich geantwortet. Die Mädchen heute benehmen sich rabaukenhaft wie früher nur Jungs. Sie betrinken sich und wollen obszön sein. Obszön ist Abgrenzung, verstehst du. Abgrenzung und Ablenkung und Unsicherheit. Sie wollen und provozieren Kontrollverlust. Warum auch immer, Scham steht ihnen im Weg. Heute geht's schneller Richtung Schmutz. Schmutz und Geld. Wenn sich Oberstufenschülerinnen von wildfremden Männern für Geld vögeln lassen, obwohl sie alles haben, dann ist Porno wie Wellness. Zeitvertreib, sonst nichts.

Jetzt musste er pinkeln. Die Coronas drückten auf die Blase. Vorsichtig zog er seinen Arm unter ihrem Kopf weg. Dann drehte er sich zur Seite und stand auf.

»Dein Bäuchlein, Franz. Sieht niedlich aus«, hörte er sie sagen.

»Muss aufs Klo«, flüsterte er.

Als er etwas später auf den Balkon kam, saß sie schon mit

Sporthose und dickem Pullover auf ihrem klapprigen Regiestuhl und füllte Wasser in Gläser.

»Schöne Nacht«, sagte er.

»Frisch«, bemerkte sie.

»Wird halt Herbst«, sagte er.

»Fast Vollmond«, ergänzte sie.

Er rauchte, und sie schaute in den Himmel.

»Die Kommissarin, diese Frau Weibel, scheint ja in Ordnung zu sein«, bemerkte sie schließlich.

»Wieso?«, fragte Luginger und schnippte Asche in eine Muschelhälfte.

»Na ja, sie hackt nicht auf der Fischer rum, und mit Sammy könnte sie auch anders umspringen.«

»Die macht einen auf clever, Barbara. Sammy ist längst angezählt. Für Freitagnacht hat er nur mein verlogenes Alibi, das die Weibel nie und nimmer glaubt, und wenn sich herausstellen sollte, dass er am Montagabend nicht für jede Sekunde einen nennen kann, der ihm auf dem Schoß gesessen hat, ist er fällig. Die Fotos auf dem Strauss-Handy und die 4000 Piepen von der Fischer sind ein Hammer.«

»Trotzdem, Franz. Es geht um Respekt. Sammy und seine Geliebte haben sich nicht so verhalten, wie sie sich hätten verhalten sollen. Und sie urteilt nicht vorschnell. Das gefällt mir.«

»Mike fährt jedenfalls wieder ein«, sagte Luginger leise und enttäuscht. »Aus dieser Drogenscheiße kommt er nicht raus. Wenn die Weibel erst mal weiß, dass er bei Strauss Stoff gekauft hat, ist Feierabend.«

Barbara strich mit ihren Fingern über seinen Arm und küsste ihn mit spitzen Lippen sanft auf den Mund. »Stimmt, dein Autoschrauber hat die schlechtesten Karten, vorausgesetzt Sammy hat mit der Fischer-Strauss-Sache wirklich nichts zu tun. Vielleicht war Mike ja auch gar nicht so zufällig am Tatort. Vielleicht hatte er sich mit Strauss verabredet, weil er was kaufen wollte, um seiner jungen Freundin zu imponieren.«

Luginger atmete tief. Dann schob er den Aschenbecher beiseite, trank einen Schluck Wasser und sagte knapp: »Warten wir ab, wie sich die Dinge entwickeln.«

Mittwoch

Alle hatten Durst. Viel Durst. Moni füllte Gläser ohne Ende. Selbst Joe stand am Tresen und trank ganz gegen seine Gewohnheit Weißbier. Trotz der Champions-League-Eröffnung der Bayern gegen Rom war der Mord an Axel Strauss Thema Nummer eins. Seit durchgesickert war, dass ein Zapfhahn in seinem Hintern gesteckt hatte, glaubte jeder, irgendeine Schmuddelgeschichte erzählen zu müssen. Carsten Fischers Tod spielte plötzlich keine Rolle mehr. Ein überfahrener Lehrer war schließlich nichts gegen einen jungen Möchtegernmafioso aus der eigenen Gemeinde, hingerichtet und mit einem Symbol versehen, das phantasieanregender nicht sein konnte.

Luginger war froh, dass Sammy sich nichts anmerken ließ. Er brutzelte wie immer in der Küche vor sich hin, war freundlich, umgänglich und hielt seine Klappe. Der Typ heißt Geiger, hatte er Luginger erzählt, kurz bevor sie aufgemacht hatten. Arno Geiger, die Polizei war heute Mittag schon bei ihm. Helga hat sich erinnert. Ihr Mann hatte einmal erwähnt, dass sein Spezl aus Hamburger Studienzeiten ein närrischer Fischesser war. Sie hat Frau Weibel angerufen und gesagt, dass es bei uns einen guten Fischladen gibt. Volltreffer! Sammy hatte mit den Fingern geschnippt und gestrahlt, als wäre eine schwere Last von ihm abgefallen. Geiger hat Carsten Fischer wirklich gekannt. Er hat irgendeine Firma, die in München und Umgebung bauen lässt.

Scheint richtig Kohle zu machen. Und er kennt Sepp Strauss, den Vater von Axel. Verrückt, oder?

Luginger hatte mit versteinerter Miene geradeaus geschaut und gedacht, wen kenn ich eigentlich noch? Da müssen Morde passieren und Namen wie Fischer, Strauss und Geiger auftauchen, um mir klarzumachen, dass ich keine Ahnung mehr hab, wer hier wohnt. Wird immer größer der Ort, und ich hock im Hammer-Eck und krieg nichts mehr mit.

Das Spiel plätscherte ereignislos dahin. Die Bayern schoben sich im Mittelfeld in endlosen Stafetten den Ball zu, und die Roma wartete, bis sie dazwischenfunken konnte. Im Lokal wurde geplaudert, gelacht und getrunken. Da auf der Leinwand nichts passierte, hatte niemand das Gefühl, wirklich hinschauen zu müssen.

»Hör mal«, sagte Heider zu Luginger und beugte sich dabei über den Tresen, »mit deiner Mutter solltest mal reden. Die kennt ja den Brettmann, und der kennt den Axel Strauss. Also kannte, meine ich. Hat dem Nachhilfe gegeben. Die Bullen waren auch schon bei ihm. Der Brettmann, sagt deine Mutter, wird mit denen aber nicht viel reden. Die haben ihn mal auf einer Demo verprügelt. Antiatomkraft, glaub ich, muss eine Ewigkeit her sein. Ist halt nachtragend, der Brettmann. Tequila-Joe mit seiner verdorbenen Gesinnung kennt den wohl auch ganz gut.«

»Wann warst denn bei meiner Mutter?«, unterbrach Luginger.

»Vorhin, mein Lieber. Ich hab ihr die Messer vom Rasenmäher geschliffen, damit du dich beim letzten Schnitt in diesem Jahr nicht mehr so schwertust. Und dann haben wir geredet.«

»Geredet, aha.« Luginger trat zur Seite, um Moni Platz zu machen, die mit einem ganzen Tablett voller Getränke zum Servieren ging. »Also worüber habt ihr denn noch so geredet?«

»Dass der Axel die Schule geschmissen hat. Dass sein Alter sich um sein Früchtchen nicht kümmern wollte, als sich herausgestellt hat, dass der Junge Flausen im Kopf hat und auf die schiefe Bahn gerät. Der Brettmann hat ihn dann unter seine Fittiche genommen, so gut es halt ging, genutzt hat's aber nichts. Also wenn einer was über den Strauss weiß, dann Brettmann. Oder deine Mutter. Der Axel hatte auch mal eine Freundin, die hatte ebenfalls Nachhilfe bei ihm. Gar nicht so lange her.«

»Wie heißt die denn?«

»Keine Ahnung. Ich glaub, die Anna möcht halt, dass du bei ihr vorbeikommst.«

»Verstehe«, brummte Luginger.

Halbzeit und immer noch kein Tor. Gernot stand am Eingang und unterhielt sich glasschwenkend mit Erika. Sein Knie zitterte. Erika lachte und schubste ihn Richtung Kleiderständer. Locker balancierte er Glas und Inhalt aus. Faulhuber spielte Flipper, Joe gähnte, und Moni schüttelte verärgert den Kopf, als sie auf ihr Handy starrte.

Dann flog die Tür auf, und zwei Männer in verschwitzten T-Shirts, Jeans und Lederstiefeln trugen ein großes Paket ins Hammer-Eck.

»Wer ist hier der Oberarsch?«, rief der Bärtigere von ihnen.

Ruhig war's.

»Ham wir nicht«, erwiderte Luginger und dachte gleichzeitig: zusammen gute vier Zentner. Ohne dass es jemand merkte, griff er in die Schublade unter sich.

»Okay, da drin ist ein Zylinderkopf. Kostbares Ding, okay. Für einen alten Dodge, okay.«

»Auch okay«, sagte Moni.

Luginger wies auf die Tür zum Klo. »Stellen Sie es da ab.«

Der Bärtigere fischte einen Fetzen Papier aus seiner Jeans und legte ihn neben Luginger auf den Tresen.

»Mach mal deinen Otto drunter, okay.«

»Unbedingt, okay«, flötete Moni. Dann fragte sie: »Ein Bier auf's Haus, okay?«

Zustimmendes Nicken.

Der weniger Bärtige zog seine Baseballmütze ab und klopfte Luginger auf die Schulter, ehe er sagte: »Da draußen hockt eine Bullentussi in einem nagelneuen BMW und telefoniert. Gehört die zu dir?«

Luginger ging zum Fenster. »Ja, ist meine Mutter.«

»Na, bist genug bestraft.«

Heftiges Lachen allüberall.

Im Nu waren die Biere verschwunden. Der Bärtigere nahm den von Luginger unterschriebenen Wisch wieder an sich, grüßte kurz in die Runde und sagte schließlich zu Moni: »Hast ein freches Maul, was?«

Luginger stand jetzt dicht neben ihm. »Bei drei bist du draußen.«

Grinsen, Zahnlücke, Schweiß unterm Bart. »Bleib locker, Mann. Die Kleine ist okay.«

»Gibt's eine Rechnung?«

»Rechnung mach ich nicht. Mike sagt dir Bescheid, okay!«

»Okay, okay, okay, okay«, blaffte Moni, als die beiden endlich verschwunden waren. Dann rief sie empört zu Luginger gewandt: »Was waren denn das für Arschlöcher?«

Luginger hatte immer noch eine Hand in der Hosentasche. Langsam ließ er den Schlagring los und entspannte sich. Sammy piekste ihn in den Rücken und gluckste vor sich hin: »Mike kennt die falschen Leute.«

Nickend ging Luginger zum Tresen zurück. Die Show war vorbei, der Geräuschpegel stieg, nur Moni wollte nicht einfach zur Tagesordnung übergehen.

»Franz, du redest mit Mike. So geht das nicht. Solche Scheißtypen braucht hier keiner. Hast du mich verstanden?«

Luginger versuchte sie in den Arm zu nehmen.

»Lass das. Kauf dir einen Opel, wie andere auch. Wegen deiner Scheißkiste tauchen hier solche Gestalten auf und machen einen auf Cowboy oder Rocker oder was weiß ich.«

Mit energischen Schritten eilte sie durch das Lokal und verschwand hinter der Tür, auf der »Frauen« stand.

Ihr Freund hat sie versetzt, dachte Luginger. Vorhin, ihr Blick aufs Handy. Das war eine SMS mit einer schlechten Nachricht. Tut mir leid, kann nicht kommen. Musst alleine schlafen.

Im Minutentakt hatten die Bayern jetzt Chancen. Toni Kross zog aus sechzehn Metern ab, enttäuschtes Stöhnen, danach Müller und noch mal Kroos mit aussichtsreichen Möglichkeiten. Nix. Hände flogen durch die Luft, Köpfe wurden geschüttelt, und Ohs und Ahs füllten das Hammer-Eck.

* * *

Frau Weibel sah müde aus.

»Langer Tag?«, sagte Luginger, als sie sich an den Tresen stellte und mit den Fingern ihre Stirn massierte.

»Kann man wohl sagen«, erwiderte sie matt.

»Ihr Wein ist alle. Tut mir leid.«

»Wein würde mich jetzt umhauen, guter Mann.«

»Verstehe.«

Luginger holte eine Flasche Wasser aus dem Kühlfach und füllte ein großes Glas bis zum Rand.

»Kaffee dazu?«

Frau Weibel nickte und zupfte ihr weißes T-Shirt unter den Armen zurecht.

»Bei all dem Nostalgiekram, den Sie hier haben, vermisse ich einen Deckenventilator.«

»Casablanca«, sagte Luginger.

»So was in der Art, ja«, kam es einverständig zurück.

Plötzlich stand Faulhuber neben ihr und hielt eine Zigarette in der Hand.

»Sie wissen im Gegensatz zu vielen Banausen hier einen guten Wein zu schätzen, habe ich gehört. Darf ich Sie zu einem Glas einladen?«

Frau Weibel lächelte, wie Faulhuber lächelte, und Luginger zog die Stirn in Falten.

»Danke, ein andermal gerne. Hat wegen der Kippe schon jemand mit Ihnen geschimpft?«

»Nö.«

»Na, dann tue ich es.«

Faulhuber drückte seine Zigarette aus.

»Sie sind der Zahnarzt, stimmt's?«

Faulhuber nickte.

Frau Weibel sah ihn lange an. Dann schien sie was sagen zu wollen, schüttelte den Kopf und trank einen Schluck Wasser.

»Haben Sie Sorgen?«, fragte Faulhuber.

»Ich? Sie sind gut, Sie sind wirklich gut.«

»Hätte ja sein können«, meinte Faulhuber und schaute kurz zur Leinwand.

Luginger servierte Frau Weibels Kaffee mit einem Stückchen Schokolade auf der Untertasse.

Faulhuber schaute verdutzt. »Hergott noch mal, Franz, bist

du aufmerksam.« Und an die Kommissarin gewandt fuhr er fort: »Vor Ihnen hat noch keiner vom Franz seinen Kaffee mit Dressing bekommen. Aber schauen Sie zuerst aufs Papierchen. Gibt's da ein Verfallsdatum?«

Er grinste.

Frau Weibel blickte auf ihre Armbanduhr und sagte zu Luginger: »Wir müssen uns unterhalten. Jetzt und allein.«

Tor! Toor! Kawumm, drin das Ding. Müller mit dem Außenriss, ein Kunstschuss ins rechte Eck.

Heider klatschte, Gernot riss die Arme hoch, und Faulhuber fragte Edi, wie so was überhaupt möglich sein könne: Mit dem Spann und dem Außenriss gleichzeitig die Kugel so hart zu treffen, dass sie kurz vor den Fingern des Torwarts eine Drehung zum Pfosten macht und unhaltbar im Netz zappelt.

»Hat das nicht Zeit bis morgen?«, fragte Luginger.

»Nein«, antwortete Frau Weibel kopfschüttelnd. »Außerdem haben Sie kein Auto, also sind Sie froh, dass ich zu Ihnen komme und nicht umgekehrt.«

»Bin ich verdächtig? Ist Sammy verdächtig?«

»Es gibt Gründe.«

Luginger zapfte sich ein Helles. »Welche?«

Frau Weibels Blick wurde streng. Sie drehte sich zu Faulhuber und sagte in einer Stimmlage, die irgendwo zwischen herrisch, bestimmt und ungeduldig angesiedelt war: »Sagen Sie diesem Mann, dass ich sein Paket da hinten abholen lasse und so lange behalte, bis geklärt ist, wo diese beiden Typen, die hier gerade hinausspaziert sind, seinen Inhalt herhaben. Sagen Sie ihm, dass sein Pick-up noch ein Weilchen auf dem Hof stehen wird, wenn er nicht sofort und gleich kooperiert.«

Faulhuber war sichtlich beeindruckt. Sein Kopf rutschte näher zu Frau Weibels Lippen. »Ich geh jetzt heim und üb das vorm Spiegel. Wissen Sie, so klare Ansagen, ich kann das einfach nicht. Aber Sie, Respekt. Schauen Sie mal, der Franz ist richtig in sich zusammengesunken.«

»Bernie, hilfst mal zehn Minuten aus, bitte«, brummte Luginger genervt. »Ich geh mit der Dame kurz vor die Tür, damit Ruhe ist.«

* * *

»Schlechte Laune«, sagte Luginger und blickte auf die Straße.

Frau Weibel schaute auf ihre staubigen Pumps und schwieg. Dann sagte sie: »Ich habe vorhin Ihre Getränkekarte studiert. Alles kostet zwei oder drei Euro glatt. Nur bei Bier steht 2,50.«

»Richtig. 2,50 gradaus.«

»Ist 2,50 auch gradaus?«

»Schon.«

Gegröle drang aus dem Fenster. Jubel, Heiterkeit und freudiges Juchzen.

»Klose«, rief Faulhuber nach draußen. »Die Sache ist durch, Franz.«

Luginger lächelte zufrieden. Dann sagte er: »Alles fügt sich.«

Frau Weibel nickte verständnisvoll. »Schön, dass so ein Spiel nach 90 Minuten vorbei ist.«

»Na ja«, entgegnete Luginger, »dann kommt ja das nächste und wieder eins und noch eins.«

»Sind Sie ein echter Fan?«, fragte sie.

»Der Bessere möge gewinnen«, brummte Luginger.

»Cool«, antwortete Frau Weibel und ging ein paar Schritte Richtung Parkplatz.

Luginger rief ihr nach: »Was ist jetzt?«

»Um Mike Menzinger ist es vielleicht nicht allzu schade«, hob sie an, nachdem sie wieder beisammenstanden. »Er hat aber einen jüngeren Bruder, der sehr an ihm hängt, und Eltern, die mir etwas überfordert scheinen. Mike Menzinger hatte bei Axel Strauss Schulden, 500, 600 Euro, keine große Summe, aber immerhin. Er hat sich regelmäßig bei ihm Drogen besorgt und war nicht immer flüssig, um zu zahlen. Das macht mir Sorgen. Jessica Weber hat ausgesagt, sie wisse, dass er ab und an mal kleinere Mengen an Schüler vertickert hat. Für den jungen Mann sind Dealereien so was wie ein Kavaliersdelikt, unsere Gesetze sehen das aber anders.«

Luginger beobachtete mithilfe des Lichts der Leuterdinger Straßenlaternen, wie ein großer Renault Espace mit Anhänger rückwärts in eine Hofeinfahrt fuhr. Auf dem Anhänger standen gut verzurrt Geländemaschinen. Nach einem zweiten Anlauf hatte es Krawzyck geschafft. Als er sein Tor zum Hof zumachte, winkte er Luginger zu.

»Was soll ich Ihrer Meinung nach tun?«, fragte er schließlich.

»Die kleine Weber hat noch keine offizielle Aussage zu dem Thema gemacht. Sie hat es mir erzählt und sonst niemandem. Außerdem ist sie nicht unbedingt glaubhaft. Sie steht mächtig unter Druck und scheint sich von Mike Menzinger distanzieren zu wollen.«

Luginger ahnte, was kommen würde. Ein neuer Weibel-Deal stand an.

»Wissen Sie, den jungen Herrn Menzinger wieder einzubuchten, macht keinen Sinn. Schulden bei einem Dealer, der tot ist, wen interessiert das? Und wenn wir ihn wegsperren, verkauft ein anderer Haschisch an dumme Küken wie Jessica Weber. Mit ganz viel Glück hört er auf Sie und hilft seinem Bruder

Rolf, nicht auch noch sein Leben zu verpfuschen. Ich meine, die Chancen sehe ich bei zwei Prozent, im Knast sind sie null. Kümmern Sie sich ein bisschen, ja.«

»Warum tun Sie das?«, fragte Luginger, nachdem er seine Kippe ausgetreten hatte.

»Ich habe drei Söhne großgezogen und mehr als dreißig Jahre Polizeiarbeit auf dem Buckel. Meistens gehen die Dinge schlecht aus, aber eben nur meistens. Und ich hoffe bei Gott, dass die weiteren Ermittlungen bestätigen, was ich glaube. Mike Menzinger ist ein netter Kerl und ein großer Trottel, einer, der sich ausnützen lässt und zu wenig Mumm hat, Nein zu sagen. Fragen Sie ihn mal, wo er Ihr Ersatzteil herhat. Würde mich wundern, wenn es auf sauberem Weg zu Ihnen gelangt ist.«

Luginger musste was trinken. So viel Güte stoppte seinen Speichelfluss. »Noch was?«, fragte er, während auf der anderen Straßenseite ein junges Paar Richtung Ortsausgang joggte.

»Sammy ist bestimmt in Ordnung, und dass er mit dem Tod von Herrn Fischer was zu tun haben soll, ist eher unwahrscheinlich. Der Zeuge, der ihn Freitagnacht aus dem Haus der Fischers hat kommen sehen, ist sich bei seiner Zeitangabe nicht mehr sicher. Halb zwölf, zwölf, Viertel nach zwölf, alles etwas vage.«

»Kann der die Uhr nicht lesen?«, fragte Luginger.

Frau Weibel zuckte mit den Achseln. »Ein Passant hingegen, der mit seinem Hund unterwegs war, hat sehr präzise Angaben gemacht. Danach war Sammy mit seinem Rad um Viertel nach zwölf in der Nähe des Tatorts. Er muss dann ziemlich schnell verschwunden sein. Sie haben gelogen, Herr Luginger, Sammy hat gelogen, Ihre Moni hat gelogen und der freundliche Herr Faulhuber auch.«

»Ich bin zerknirscht«, brummte Luginger.

»Ja, damit habe ich gerechnet«, sagte Frau Weibel. »Dass das Alibi, das Sie Sammy gegeben haben, nicht halten würde, war zu erwarten gewesen, nicht? Na ja, sei's drum. Frau Fischer hat mittlerweile eine durchaus glaubhafte Version des Ablaufs geliefert. Sammy ist um fünf nach zwölf bei ihr weg, hat dann den Unfall gesehen, seine Route zum Hammer-Eck geändert und ist durch diesen schmalen, dicht bewachsenen Fußgängerweg, der den Erlenweg mit dem Winkelgraben verbindet, verschwunden. Das deckt sich mit der Aussage unseres Zeugen.«

»Mit dem Rad wird Sammy Fischer nicht überfahren haben«, sagte Luginger.

»Nein, das nicht. Und dass der Wagen, der Herrn Fischer zuerst bedrängt und dann überfahren hat, ein Alfa Romeo war und Herrn Strauss gehörte, wird durch Spuren und eine weitere Zeugenaussage bestätigt.«

»Können wir wieder reingehen?«, fragte Luginger. »Ich habe Durst. Ihre Zeugen trocknen mich ganz aus.«

»Bleiben wir noch ein wenig«, erwiderte Frau Weibel.

Luginger steckte sich eine Zigarette zwischen die Lippen. Dann fragte er: »Und wie geht's weiter?«

»Sammy hat für die Tatzeit Freitagnacht ein Alibi. Kein gutes, aber ein plausibles. Dass er den Alfa Romeo gesteuert hat, schließe ich aus. Dass er Axel Strauss angestiftet hat, Herrn Fischer zu töten, ebenfalls. Warum sollte er einen jugendlichen Großkotz mit so was beauftragen? Und womit bezahlen? Da käme eher Frau Fischer infrage. Schließlich hat sie Strauss schon einmal 4000 Euro in den Rachen geschoben. Nur würde einer wie Strauss so was machen? Ein Ganove mit großer Schnauze ist noch lange kein Mörder. Wie viel Geld hätte sie haben müssen, um ihren Mann loszuwerden?«

»Sie hat die Kohle aus der Lebensversicherung«, bemerkte Luginger.

»Stimmt«, antwortete Frau Weibel.

»Und?«, fragte Luginger.

»Nichts und, Herr Luginger. Die Lebensversicherung ist nur dann plausibel, wenn es Sammy doch gewesen ist. Das Pärchen macht halbe-halbe, die beiden geben sich gegenseitig ein Alibi, so wird ein Schuh draus.«

»Die Idee gefällt Ihnen aber nicht«, brummte Luginger.

Frau Weibel blickte zu Boden. Luginger sah, wie sie mit ihrem rechten Fuß Pflastersteine streichelte. »Dass man in meinem Job nach Strich und Faden belogen wird, ist normal«, sagte sie schließlich. »Sie sind da keine Ausnahme, Sammy auch nicht. Trotzdem ist es gut, mit Ihnen zu reden. Wissen Sie, ich komme besser voran, wenn ich das Milieu kenne, in dem all die Oberschlauen leben, die meinen, mir was vormachen zu können.«

Während Luginger Nikotin inhalierte, drehte sich Frau Weibel um und lief zum Hammer-Eck zurück.

Luginger rief ihr nach: »Was ist mit dem Strauss-Mord?«

Die Kommissarin blieb stehen. »Ich bekomme keinen Haftbefehl. Die Staatsanwaltschaft reagiert sehr empfindlich, wenn Mitbürger mit anderer Hautfarbe vermeintlich vorschnell eines Verbrechens beschuldigt werden. Niemand möchte sich nachsagen lassen, zugereiste Afrikaner wandern schneller hinter Gitter als Eingeborene.«

Luginger glaubte seinen Ohren nicht zu trauen. Er war viel zu überrascht, um auch nur einen Ton herauszubekommen. Er atmete und rauchte gleichzeitig. Für Sekunden stiegen Bilder in ihm auf, die Frau Weibel nicht gut aussehen ließen. Schließlich zog er hörbar die Nase hoch und knurrte: »Sie kommen hier her, zünden die Friedenspfeife an, machen einen auf locker und dann so was.«

Frau Weibel kickte Steinchen Richtung Abfalleimer. »Dass Ihr Koch nichts von der Erpressung seiner Geliebten durch Axel Strauss gewusst haben will, glaube ich nicht. Wie Sie wissen, lügt er gerne, ohne mit der Wimper zu zucken. Und die fehlenden 6000 Euro im Auto von Strauss lassen sich auch damit erklären, dass der kleine Schlaumeier sich bei beiden bedient hat.«

Luginger spürte, wie ihn blanke Wut ergriff. »6000 Euro!«, schrie er. »Schaun Sie mal auf Sammys Konto. Da ist Ebbe, da war schon immer Ebbe, und da wird auf ewig Ebbe sein.«

»Beruhigen Sie sich. Das Geld hätte er sich leihen können. Er hat Freunde. Sammys Alibi für Montagabend ist aber ganz ordentlich. Fürs Erste jedenfalls. Er war von 18.30 bis 21.00 Uhr in einem Münchner Café. Das haben sein Freund, der Wirt und ein Stammgast bestätigt. Nur ausgerechnet die Bedienung kann sich an sein Gesicht nicht erinnern. Bei drei Cola und vier Weißbier, die sie an den Tisch gebracht hat, schon sehr merkwürdig. Für sie sehen alle Afrikaner gleich aus. Und Afrikaner verkehren da regelmäßig. Ebenso weiße Frauen von 40 an aufwärts.«

* * *

Es war schon halb zwölf, als Luginger die Tür zum Haus seiner Mutter aufschloss. Da sie vor zwei in der Früh niemals schlafen ging, waren seine späten Besuche keine Seltenheit. Im Flur war es dunkel, nur durch die Glastür zum Wohnzimmer schimmerte Licht. Er ging aufs Gästeklo und machte das Fenster zu, das wahrscheinlich seit Stunden sperrangelweit offen stand. Dann schlich er in die Küche und prüfte, ob seine Mutter auch alle Geräte ausgeschaltet hatte.

»Der Herd ist aus, Bub«, hörte er ihre Stimme.

»Guten Abend, Mama. Wollt nur noch mal vorbeischaun.«

»Ich wart ja auch schon den ganzen Tag. Heute Mittag hast keine Zeit gehabt? Wolltest nicht was kochen?«

»Nein, Mama, wollt ich nicht. Ich musst einkaufen, und weil mein Auto kaputt ist, war das aufwendiger als sonst.«

Die alte Frau saß in ihrem Sessel und kratzte ihr Handgelenk. Um ihren Hals trug sie einen zerfransten Wollschal, und auf ihren Beinen lag eine dicke Decke.

»Wenn dir kalt ist, kann ich die Heizung anmachen, Mama.«

Mit einer knappen Handbewegung wischte sie seinen Vorschlag beiseite. »Im September heiz ich nicht. Das weißt doch. Erst wenn die Wiesn rum ist, kannst anstellen.«

»Aber wennst doch frierst. Ist auch kühl nachts. Dass es tagsüber noch über 20 Grad hat, heißt ja nicht, dass der Herbst nicht kommt.«

»Ich frier nicht.«

»Hast den Fernseher ja gar nicht an. Geht die Fernbedienung wieder nicht?«

»Doch, ich mag aber nicht. Holst uns ein Bier aus dem Kühlschrank?«

Luginger ging in die Küche und kam mit einer Flasche und zwei Gläsern zurück. Dann machte er das Deckenlicht an, um die matte Stehlampenfunzel neben ihrem Stuhl zu unterstützen.

»Siehst nix, Bub.«

»Sparst Strom, ich weiß schon, Mama. Aber ich mag dich sehen, wenn ich mit dir red.«

Nachdem er die Flasche geöffnet und eingeschenkt hatte,

prostete er seiner Mutter zu. Die alte Frau setzte zum Trinken an, stellte dann aber ihr Glas auf den Beistelltisch zurück. Luginger hörte lautes Stöhnen.

»Geht's dir nicht gut? Hast was?«

»Die Frau, mit der du vorhin geredt hast, ist die von der Gendarmerie?«

Luginger trank in einem Zug sein Glas leer. Dann zog er einen Stuhl heran und antwortete ruhiger als ruhig: »Bist noch ganz bei Trost? Spionierst mir nach? Kann ich noch nicht mal vor meiner Kneipe reden, mit wem ich will, ohne dass du die Resi oder sonst wen hinschickst?«

»Hat die Frau Sammy mitgenommen?«

»Nein, hat sie nicht, Mama. Der Sammy hat mit dem Tod an dem Fischer nix zu tun. Die Polizei hat ganz andere Sorgen.«

Luginger hörte, wie seine Mutter erleichtert durchatmete.

»Weiß schon«, sagte sie dann. »Am Gerolsee ist der Strauss-Bub ermordet worden. Mit dem Messer. Hat schlimm ausgeschaut.«

»Ja, und deshalb war die Polizei bei mir. Weil der Mike Menzinger die Leiche gefunden hat. Und weil der sein Bier bei uns trinkt und meinen Pick-up reparieren soll. Die Kommissarin wollt nur wissen, ob er als Zeuge vertrauenswürdig ist.«

»Deshalb kommt die abends zu dir?«, fragte seine Mutter.

»Warum denn nicht? Schließlich kenn ich Mike seit Jahren.«

Die alte Frau nickte, und Luginger ahnte, dass sie mit seiner Antwort nicht zufrieden war. Sie griff nach ihrem Glas. Ihre Hand zitterte mehr als sonst.

»Pass mir auf Sammy auf, Bub. Versprich's mir. Ich möcht nicht erleben, dass er wegmuss.«

»Mama, jetzt mach dir mal nicht zu viele Sorgen. Sammy hat

ein Verhältnis mit einer verheirateten Frau, deren Mann ums Leben gekommen ist. Mehr ist da nicht.«

Als seine Mutter schwieg, wechselte Luginger das Thema.

»Was hast denn sonst heute gemacht?«

»Nix, nachgedacht hab ich, und gewartet hab ich. Und gerechnet hab ich.«

»Jetzt trink endlich mal dein Bier, Mama. Und dann erklärst mir, was du gerechnet hast.«

Nachdem sie mit dem Jackenärmel über ihren Mund gefahren war, bat sie Luginger, einen Zettel vom Küchentisch zu holen.

»Was sind das für Zahlen? 7,3 Jahre. Was bedeutet das bittschön?«

»So lange tät der Erlös reichen, wenn ich mein Haus verkauf und nach Wasserburg in die Residenz zieh.«

»Und dann bist pleite oder was?«

»Dann bin ich tot, Bub. Neunzig werd ich nie und nimmer. Niemand aus unsrer Familie ist so alt worden, und das Alter liegt in den Genen.«

»Also tät's reichen. Und falls dich täuschst und doch noch lebst, kriegst eine Spritzn. Hast dir das so vorgestellt? Und was hast da noch aufgeschrieben? 350 000! Ist das der Preis für dein Haus?«

Seine Mutter nickte.

»Und die 48 000 sind zwölf mal 4000. So viel kostet deine Residenz im Monat. Hab ich das recht verstanden?«

Erneut nickte seine Mutter, ehe sie hinzufügte: »Ungefähr.«

»Pi mal Daumen«, ergänzte Luginger.

»Pi mal Daumen«, bestätigte die alte Frau.

»Sauber«, sagte Luginger und schaute seine Mutter streng an.

»Trinken, Mama. Wenn du schon kein Wasser magst und den Tee immer wegschüttst, trink wenigstens dein Bier. Sonst verdurstest, und nix wird's mit der Residenz.«

Luginger sah, wie sich ihr Glas leerte, und bot an, eine weitere Flasche zu öffnen.

»Bist narrisch. Weißt, wie schwach meine Blase ist. Noch ein Schluck, und ich renn drei-, viermal aufs Klo in der Nacht.«

Luginger richtete ihr Bett, das seit Monaten im Wohnzimmer neben einer Regalwand stand, auf der außer unzähligen Bildern ihrer Kinder und Enkel einige Bücher, Nippes und zwei teuer gerahmte Fotografien seines Vaters standen. Strenger Scheitel, dichtes Haar, freundlicher Blick, weißer Hemdkragen mit dickem Krawattenknoten. Fünfundsiebzigster Geburtstag. Daneben als junger Mann mit freiem Oberkörper auf eine Schaufel gestützt. Im Hintergrund eine halb hochgezogene Mauer. 1953.

»Soll ich dir ins Nachthemd helfen?«

Seine Mutter verneinte.

»Brauchst noch was, Mama?«

»Tust mir einen Gefallen?«

»Jeden. Das weißt doch.«

»Hol ein Ei aus dem Kühlschrank.«

»Was? Ein Ei! Mama, geht's noch?«

»Ich zeig dir was. Was, worüber ich nachdenk.«

Luginger brachte ein Ei und legte es auf den Tisch. Dann sah er zu, wie seine Mutter das Ei anschubste. Ehe er reagieren konnte, fiel es zu Boden auf eine Zeitungsseite, die sie gerade erst unter den Tisch gelegt haben musste. Das Ei war kaputt.

»Siehst«, sagte sie, »alles bewegt sich von einer Ordnung hin zur Unordnung. Was meinst, wie lange wir warten müssen, bis das Ei wieder ganz ist?«

»Mama«, rief Luginger, »drehst jetzt durch? Dass ein Ei, das du auf den Boden schmeißt, kaputtgeht, hättest mir nicht zeigen müssen.«

»Doch«, erwiderte Anna Luginger. »So erkennt man das besser. Das ist Physik. Ein Gesetz. Zuerst die Ordnung, dann die Unordnung. Und aus der Unordnung entsteht keine neue Ordnung. Verstehst das, Bub?«

Luginger stöhnte. »Was machst jetzt mit dem Ei?«

»Das gilt immer«, flüsterte sie. »Auch für Sammy. Wenn er erst mal unten liegt, ist's vorbei.«

Luginger fuhr ihr mit der Hand durchs graue Haar. »Mama, dein Dr. Brettmann ist bestimmt ganz ein Gescheiter. Ordnung, Unordnung und so. Aber Sammy ist kein Ei, verstehst das?«

Donnerstag

Am nächsten Morgen regnete es. Kurz nachdem er aufgewacht war, hatte Barbara angerufen und ihm einen schönen Tag gewünscht. Sie war ganz aufgekratzt, und als Luginger wissen wollte, woher ihre gute Stimmung kam, hatte sie geantwortet: von unserem letzten Abend. Leichen befeuern unsere Liebe, komisch, oder? Du warst offener als sonst und hast mehr erzählt. Zwar nicht von dir, aber was du über andere gesagt hast, sagt ja auch was über dich.

Der Weg zu Menzingers zog sich. Mit einem Schirm in der Hand ging er die Rosskopfstraße entlang, vorbei am Fahrradladen, der Muckibude und dem Seniorenstift, ehe er von Weitem eine vorüberfahrende S-Bahn hörte. Kein Mensch war auf der Straße. Wie Bindfäden fiel Wasser vom Himmel. Die Kirchturmuhr schlug neun. Seine Slipper weichten langsam durch, und seine Füße wurden nass.

Der letzte Abend beschäftigte ihn noch immer. Moni und Faulhuber hatten kommentarlos zur Kenntnis genommen, dass Sammys Alibi geplatzt war. Offenbar hatten sie mit nichts anderem gerechnet und beschlossen, kein weiteres Wort über diese Angelegenheit zu verlieren. Dann die Geiger-Story. Frau Weibel hatte ihm noch ein paar Details gesteckt. Warum, wusste er nicht. Überhaupt war ihr Ton nach dem Vorfall vor dem Hammer-Eck zwar geschäftsmäßig, aber freundlich. Zuerst hatten sie über Britta Höpfner gesprochen. Die Polizei hatte die junge Frau noch nicht gefunden, dafür aber mit ihren Eltern gesprochen. Und die wussten um die Freundschaft ihrer Tochter zu Axel Strauss. An dem Jungen hatten sie kein gutes Haar gelassen, der verkörperte alles, was sich besorgte Eltern für ihre Töchter nicht wünschten: rauchen, kiffen, trinken, die falschen Klamotten, der falsche Haarschnitt, falsche Freunde, falsche Musik, mangelnder Respekt, kurz, der Strauss war ein Provokationspaket wie aus dem Bilderbuch. Wahrscheinlich war das auch der Grund, weswegen Britta ihn angeschleppt hat, hatte die Weibel gemeint. Protest gegen ihr Wohlbehütetsein, gegen den Ehrgeiz ihrer Eltern, gegen ihre dauernde Kontrolle.

Ein Lieferwagen spritzte Wasser an Lugingers Unterschenkel, und ein ganz Bekloppter sortierte Müll in Container. Arno Geiger und der alte Strauss kannten sich seit Jahren. Das war die Verbindung. Frau Weibel hatte mit ihm nach dem Fußballspiel in der Küche gestanden und kaffeetasseschwingend berichtet, wie sehr ihnen Helga Fischers Hinweis mit dem Fischladen geholfen hatte. Arno Geiger kannte auch den Axel, und er hat ausgesagt, sich über Carsten Fischers Gesicht nach so vielen Jahren richtig gefreut zu haben. Zuerst habe er gar nicht verstanden, weswegen Carsten seine Einladung auf ein Glas Wein ablehnte, bis es ihm dämmerte. Hier der Baulöwe, da der Umweltschützer. Hier der Verdacht, er, Geiger, wolle mit den Neubauten viel Geld verdienen, und da der Gutmensch, der den BI-Vorsitz anstrebte und dem ein Kontakt zu ihm nur schaden konnte. Morgen wisse sie mehr, hatte sie noch gesagt. Sepp Strauss ist dann endlich zurück. Der Vater des Opfers ist seit Wochen in China, kaum zu erreichen und führt auch sonst ein Leben, über das niemand Genaueres weiß. Selbst die Nachbarn schilderten ihn nur als einen unscheinbaren Mann, der seit dem Tod seiner Frau vor fast zehn Jahren selten zu sehen war. Und über Herrn Geigers Geschäfte habe sie dann auch genauere Vorstellungen. Schließlich gelte es ja, das Mysterium zu klären, womit Herr Fischer glaubte, seinen Studienkumpel unter Druck setzen zu können.

Bevor die Weibel gegangen war, hatte sie die Fäden noch einmal auseinandergefieselt. Ein berühmter Arzt habe einmal gesagt, man könne Pest und Cholera auch gleichzeitig haben. Der Tod des Herrn Fischer müsse ja nicht zwingend mit dem Mord an Axel Strauss zusammenhängen. Nur die zeitliche und räumliche Nähe der Ereignisse verführe, so zu denken. Und Sammy natürlich, der bei beiden Verbrechen eine nicht unbescheidene Rolle spiele. Sie denke aber nicht so. Sie glaube eher an ein zufälliges Aufeinandertreffen. Hier der tödliche Unfall mit Fahrerflucht und dort die Messerstiche im Körper von Strauss. Die Taten seien so grundverschieden, da könne sie nicht so tun, als gehörten sie zusammen.

Mit all den Weibel'schen Ausführungen im Kopf bog Luginger in den Finkenweg ein. Hinter sich hörte er ein Fahrzeuggeräusch. Er stutzte. Den Polo kannte er doch. Das war ja schon wieder Joe, der da auf ihn zufuhr.

Bremsen quietschten, von innen sprang die Beifahrertür auf.

»Los, rein mit dir, Franz. Deine Mutter ist gestürzt. Die liegt vor ihrem Haus. Mach schon, avanti, avanti.«

Luginger quälte sich mit seinem Schirm.

»Scheißdreck noch mal, Heilandszeiten.«

Dann saß er neben Joe, und ehe er noch irgendwas fragen konnte, brausten sie los.

Anna Luginger lag auf ihrer Couch und hatte die Augen geschlossen. Sammy saß neben ihr, hielt ihre Hand und wartete, dass Resi mit einem heißen Tee aus der Küche kam.

»Mama, seit wann rennst denn draußen rum?«, fragte Luginger so beherrscht wie möglich, obwohl er sich zusammenreißen musste, um seinen Ärger nicht an seiner Mutter auszulassen. Den kriegte dafür Sammy ab. »Wo kommst du denn her?«, herrschte er ihn an.

Resi stand jetzt mit ihrer Teekanne hinter ihnen und erklärte in freundlichem Plauderton: »Sammy hat sie reingetragen. Auf seinen Händen, wie man eine Braut über die Schwelle trägt, verstehst du? Sie wollte ja keinen Arzt.«

»Warum rennt meine Mutter im Regen morgens um neun aus dem Haus?«, fragte Luginger polternd. »Sie kann doch nicht mehr als zehn Schritte tun, ohne hinzufallen.«

Plötzlich schaute Anna Luginger streng. »Red nicht so aufgeregt daher. Ich hab den Buchholz Hans vom Küchenfenster aus gesehen, wie er einen Fahrschüler ausgeladen hat.«

»Du meinst Joe«, unterbrach Luginger und zeigte auf den Mann, der ihn hergebracht hatte und immer noch im Türrahmen stand.

»Wen denn sonst? Bist narrisch, oder was? Meinst, ich bin nicht mehr richtig im Oberstüberl? Ich wollt ihn was fragen und bin raus. Wollt ihm zuwinken. Dann war's aus.«

»Aha, dann war's aus. So, so! Hätt das nicht Zeit gehabt mit dem Joe und deinen Fragen? Und einen Arzt willst auch keinen haben. Wo bist denn draufgefallen?«

Luginger bückte sich und wollte seine Mutter abtasten, als sich Joe neben ihn kniete und sagte: »Lass gut sein, Franz. Erste Hilfe kann ich besser als du.«

Sammy grinste, Resi schenkte Tee ein, und seine Mutter knurrte zufrieden: »Alles halb so schlimm, nur die Hüfte. Wird blau sein.« Dann ließ sie Joe Beine und Hüfte abtasten. Während er Schmerzpunkte suchte, fragte sie: »Sag mal, Hans, du triffst doch ab und an den Dr. Brettmann, der wohnt ja hier ums Eck und besucht mich hin und wieder. Ihr seid doch beide so linke Spinner.«

Joe nickte und bat Frau Luginger, sich zur Seite zu drehen.

Sammy grinste noch immer, worauf Luginger ihn in die Seite puffte und dabei den Kopf so heftig schüttelte, dass sein Zopf zwischen den Schulterblättern hin- und hertanzte.

Seine Mutter fuhr ungerührt fort. »Axel Strauss hat bei dir Fahrstunden genommen. Richtig?«

»Richtig«, bestätigte Joe.

»Und da hat er auch rumgeprahlt, mit Mädchen und so. Richtig?«

»Richtig.«

»Und du hast doch bestimmt die eine oder andere mal gesehen. Richtig?«

Joe überlegte. »Nein, Frau Luginger, tut mir leid.«

»Au! Gütiger Heiland. Drück nicht so fest.«

»Gut. Das ist der Beckenknochen. Ich schlag vor, dass die Resi Ihnen mal hilft, sich auszuziehen. Sie schaut dann, ob die Stelle nur blau oder auch geschwollen ist.«

»Aber ein Mädel müssen Sie doch gesehen haben. Ihr Name ist Britta. Britta Höpfner.«

»Na, Sie wissen ja Bescheid«, sagte Joe, während er aufstand, die Resi unterhakte und einige Schritte mit ihr zur Terrasse ging.

Luginger hörte ihn flüstern: »Geschwollen«, »Arzt«, »anschauen«.

Dann ging Joe zur Couch zurück und sagte zu Frau Luginger: »Britta Höpfner hat bei mir ebenfalls Fahrstunden genommen.«

»Sehen Sie, die war nämlich mit dem Strauss befreundet und hatte wie der Bub bei Dr. Brettmann Nachhilfe in Mathematik. Dr. Brettmann nimmt an, dass du noch Näheres über die kleine Höpfner wissen könntest. Weil, die ist ja über alle Berge, und wenn es da schlimme Geschäfte mit Mädchen gab, dann könnte die was dazu sagen.«

»Mama, jetzt reicht's aber«, fuhr Luginger dazwischen. »Was du mit dem Brettmann bequatschst, ist eure Sache. Aber was willst denn mit dem Joe da jetzt?«

»Ich helf dem Sammy, verstehst das nicht? Sammy hat doch mit dem Strauss-Buben gar nichts zu tun. Das muss richtiggestellt werden. Damit am Sammy nix hängen bleibt.«

»Frau Luginger«, beschwichtigte Joe. »Da kann ich nicht groß helfen. Glauben Sie mir, wenn ich was wüsste, würde ich Ihnen das sagen. Manfred, ich meine Dr. Brettmann, sollte vielleicht mal mit der Polizei reden. Der hat immer noch gute Kontakte zum Gymnasium und dürfte am ehesten was wissen.«

Resi begann unwirsch zu winken. »Geht alle mal in die Küche. Ich schau mir Annas Becken an.«

Luginger suchte nach was Trinkbarem, Joe erklärte flüsternd, dass er Resi gesteckt habe, ein Arzt müsse sich die Verletzung anschauen, auch wenn er glaube, bis auf eine Prellung sei da nichts, und Sammy fragte nach einem Schraubenzieher. Die Steckdose neben dem Toaster war locker, und er zeigte Luginger ein Schräubchen, das er wieder anziehen wollte.

Milch, dachte Luginger, Milch ging gar nicht. Milch war seit seiner Kindheit tabu. Die viele Milch, die er in den ersten acht, neun Lebensjahren getrunken hatte, reichte für mehrere Leben.

Sammy setzte Wasser auf, fand Nescafé im Schrank und füllte einige Löffel in drei Tassen.

Dann kam Resi angeschlichen und verkündete knapp: »Ich ruf Dr. Drillich an. Der kann sie in seiner Mittagspause mal anschauen. Ihr Becken ist blau, aber nicht dick.«

»Gut«, sagte Luginger. »Soll ich sie in ihren Stuhl setzen?«

»Red halt mit ihr.«

Während Joe und Sammy Kaffee schlürften, ging Luginger zu seiner Mutter. Sie zitterte am ganzen Leib.

»Was ist, Mama?«

»Die Aufregung, weißt. Ich hätt mir ja alles brechen können.«

»Magst erst mal so liegen bleiben?«

Seine Mutter nickte.

»Ich komm um die Mittagszeit noch mal vorbei. Die Resi kann mich auch immer anrufen. Magst einen Schluck Tee?«

Die alte Frau hatte ihre Augen wieder geschlossen und atmete schwer. »Gut, Mama. Dann ruh dich aus. Und mach dir wegen Sammy keine Sorgen. Die Polizei ermittelt in eine ganz andere Richtung. Hat Brettmann denn mit jemandem aus Erding gesprochen?«

»Eine Frau war bei ihm. Dieselbe, die gestern bei dir war. Eine Kommissarin. Sie haben sich unterhalten.«

»Na, dann ist's ja gut.«

»Gar nichts ist gut. An der Schule bei uns geht's ja zu. Schlimm! Was Dr. Brettmann erzählt hat, ist schlimmer als Sodom und Gomorrha, Bub.«

»Mama, jetzt kümmerst dich nur mal um dich.«

»Junge Dinger«, unterbrach sie ihren Sohn mit leiser Stimme,

»die auf den Strich gehen. Gibt's denn so was. Bei uns. Ohne Not. Verstehst das? Kannst mir das erklären?«

* * *

Nein, Luginger konnte das nicht erklären. Wütend stand er vor dem Haus seiner Mutter und rauchte. Der Regen hatte aufgehört, die letzten Wolken zogen nach Osten ab. Nicht nur, dass er mit all den Namen, die da jetzt im Spiel waren, nichts anfangen konnte, sondern dass obendrein in seinem Ort eine derartige Mischung aus Gewalt, Dummheit und Gier das Leben junger Leute prägte, brachte ihn aus der Fassung. Dazu seine Mutter mit ihrer Detektivspielerei und Sammy, wegen dem sie sich wie eine bayerische Miss Marple aufführte.

Von oben griff er in den Briefkasten und fischte Werbung heraus. Ein Immobilienprofi suchte Häuser zum Kauf und Verkauf, ein Wintergartenhersteller baute jetzt auch Öfen, und Tengelmann sorgte für gute Laune, weil die Salami nur 1,49 kostete.

Als er die Prospekte in die Kiste für Papiermüll werfen wollte, sah er Dr. Brettmann von seinem Rad steigen. Zottelige Haare, zotteliger Bart, Hemd aus der Hose, Halbschuhe Marke uralt, dafür aber Satteltaschen vom Feinsten. Auch das Rad machte einen besseren Eindruck als das Äußere seines Fahrers.

»Herr Luginger«, rief Brettmann von der anderen Straßenseite herüber. »Besuchen Sie gerade Ihre Mutter?«

Luginger nickte. Brettmann überquerte den Drachenweg. Die Männer reichten sich die Hand.

»Wie geht es Anna?«, fragte Brettmann.

Luginger sah in ein Gesicht mit tiefen Furchen und funkelnden grünen Augen. Brettmanns Atem roch sauer.

»Meine Mutter ist gestürzt.«

»Was? Schlimm?« Brettmann schlug die Hände vors Gesicht.

»Nein. Sieht wenigstens nicht so aus«, antwortete Luginger.

»Kann ich was tun? Braucht sie Hilfe?«

»Dr. Drillich kommt nachher rüber. Ein blauer Fleck am Becken. Ich glaub, der Schrecken ist schlimmer.«

Brettmann stöhnte. »Ich schau sofort nach ihr. Zuerst bring ich noch die Einkäufe rüber. Sind Sie gleich wieder weg?«

»Ich wollte später noch mal reinschauen«, sagte Luginger und hatte im selben Augenblick das Gefühl, dass Brettmann enttäuscht war.

»Vielleicht können wir uns noch kurz unterhalten«, schlug Brettmann vor. »Würden Sie mit zu mir kommen? Die beiden Satteltaschen sind ziemlich schwer. Dann wäre ich auch schneller bei Anna.«

Luginger hatte noch nie so viele Bücher in einer Wohnung gesehen. Im Flur ging's los, dann die Treppe zum ersten Stock hoch und im Wohnzimmer ebenfalls. Regale mit Büchern, wohin er blickte.

Als Brettmann Lugingers Verwunderung bemerkte, sagte er: »Die gehören alle meiner Frau, ich lese nur hin und wieder. Kommen Sie, fünf Minuten können wir uns gönnen.«

Brettmann verteilte seine Einkäufe. Butter, Quark und Wurst wanderten in den Kühlschrank, Waschmittel, Shampoo und Zahnbürsten in einen Korb, der auf dem Küchentisch stand.

»Ihre Mutter ist arg durcheinander«, sagte er schließlich. »Die Ereignisse der letzten Tage machen ihr zu schaffen, zumal sie felsenfest davon überzeugt ist, dass Sammy etwas angehängt werden soll.«

»Sie sagt, Sie hätten Axel Strauss ganz gut gekannt«, bemerkte Luginger. »Haben Sie der Polizistin in Erding denn helfen können?«

»Wie soll einer wie ich denn helfen? Der Axel hatte vier Monate Nachhilfe bei mir, hat aber nichts genützt. Ein fauler Hund war das, gescheit, aber faul. In der elften Klasse fünf Fünfer, was wollen Sie da machen? Der war mit seinem Kopf immer woanders. Und dann die ständigen Querelen mit seinen Lehrern. Wissen Sie, wenn man niemanden mehr hat, der hinter einem steht, dann geht's nicht. Und sein Vater konnte oder wollte auch nichts mehr für ihn tun. Ich hab mit ihm geredet, zwei-, dreimal, aber der Tod seiner Frau hat ihn so aus der Bahn geworfen, da ging nicht mehr viel. Die vielen Geschäftsreisen taten ihr Übriges.«

»Was hat Axel denn so angestellt?«, fragte Luginger, während Herr Brettmann Zucker, Mehl und Kaffee in einen Küchenschrank räumte.

»Drogen, was sonst. Gekifft hat er, verkauft hat er das Zeug wahrscheinlich auch. Hier und da Urkundenfälschung, unentschuldigtes Fehlen, was Jungs eben so machen, wenn sie wegrutschen und ihnen niemand mehr sagt, dass man auch mal vierzig oder fünfzig wird und das Leben noch weniger nett zu einem ist, wenn man nichts gelernt hat.«

»War denn auch Herr Fischer Axels Lehrer?«

»Freilich. Deutsch und Geschichte. Mit Fischer und Strauss haben sich leider zum falschesten Zeitpunkt die Richtigen getroffen. Der eine ein Prinzipienreiter, der andere ein Provokateur. Ich habe gestern noch mal einen Kollegen besucht, weil mir der brutale Tod des Jungen irgendwie keine Ruhe lässt. Der hat mir erzählt, dass Axel auf einem Klassenausflug demonstrativ vor den Augen von Herrn Fischer einen Joint geraucht hat. Herr Fischer hat daraufhin die Schulleitung informiert und sich mächtig ins Zeug gelegt, damit der Junge von der Schule fliegt.«

Luginger nickte stumm und starrte auf ein Paket mit Klopapier, auf dem in großen Lettern »dreilagig« stand.

»Lassen wir das«, fuhr Dr. Brettmann fort, »schließlich sind wir nicht die Polizei, und Axel Strauss wird nicht mehr lebendig. Wichtiger ist doch jetzt Ihre Mutter.«

»Wie meinen Sie das?«, fragte Luginger besorgt.

»Die Gerüchte um die Mädchen, die angeblich ihren Körper verkauft haben, beschäftigen sie. Und sosehr sie dagegen ist, dass Sie Sammy als Koch angestellt haben, sosehr mag sie ihn auch. Die Kommissarin hat mich mehrmals gefragt, ob ich etwas von einer Verbindung zwischen Sammy und Axel Strauss wüsste. An diesem Punkt ist sie misstrauisch, Herr Luginger. Und nachdem alle Welt weiß, dass Sammy mit Frau Fischer ein Verhältnis hatte und Axel ihren Mann überfahren hat, verstehe ich das sogar.«

Während Luginger sich noch fragte, ob er was verpasst hatte, läutete es. Dr. Brettmann ging zum Fenster und schaute auf die Straße. Dann kratzte er seinen Bart, stapfte zur Eingangstür, und Luginger hörte Clara Weibels Stimme: »Guten Tag, Herr Dr. Brettmann. Wir müssen reden, und zwar auf der Stelle.«

Frau Weibel blickte finster. »Sie auch hier«, sagte sie, als sie Luginger in der Küche stehen sah. »Na, dann geht das ja in einem Aufwasch.«

Dr. Brettmann zog drei Stühle an den Tisch und bot Wasser und Kaffee an. Frau Weibel winkte ab, also winkte Luginger auch ab.

Noch ehe die Kommissarin saß, sagte Luginger: »Wenn Sie

sich aufregen wollen, geh ich. Meine Mutter ist gestürzt und braucht Pflege.«

Frau Weibel schlug mit der flachen Hand auf den Tisch. »Hören Sie, meine Herren, das ist hier nicht Ich-sehe-was-du-nicht-Siehst. Wenn Sie mich verarschen wollen, mach ich Ihnen die Hölle heiß.« Sie suchte Dr. Brettmanns Blick. »Sie sitzen eine geschlagene Stunde bei mir im Büro und haben die Frechheit zu verschweigen, dass Axel Strauss mit Britta Höpfner liiert war und dass das Mädchen ebenfalls bei Ihnen Nachhilfe hatte. Sie haben ausgesagt, Herrn Strauss besser gekannt zu haben, als das für ein Nachhilfeverhältnis üblich ist, und Sie werden es jetzt doch nicht wagen, den dummen Maxe zu spielen, oder?«

Dr. Brettmann war puterrot angelaufen. Selbst all die wahllos umeinanderbaumelnden Haarenden in seinem Gesicht konnten nicht verbergen, dass ihn der Auftritt der Kommissarin auf dem falschen Fuß erwischt hatte.

Während Luginger noch Zeit brauchte, um sich auf die gänzlich neue Weibel'sche Unterhaltungstaktik einzustellen, baute diese sich vor ihm auf und bellte: »Und wenn Sie mir jetzt weismachen wollen, nicht gewusst zu haben, dass Henry Ahmedou Amison schon einmal in Axel Strauss' Wagen saß, um mit ihm über den Preis eines geklauten Rennrads zu verhandeln, lass ich Ihr Hammer-Eck dichtmachen. Da fällt mir schon was ein, glauben Sie mir. Wie Sie wissen, ist Rauchen in Gaststätten seit dem ersten August komplett und ausnahmslos verboten. Und bei Ihnen wird ja munter gequarzt. Außerdem holt Herr Polterer nachher das gestern gelieferte Ersatzteil für Ihren Pick-up ab, Verdacht auf Diebesgut, Herr Luginger. Ich will genau wissen, wo das Teil herkommt, und wenn ich sage ›genau‹, dann meine ich auch ›genau‹.«

Luginger schniefte kurz. Dann ging er zum Spülbecken, füllte ein Glas mit Wasser und stellte es vor Frau Weibel auf den Tisch.

»Trinken Sie mal einen Schluck. Sie sind ja ganz durcheinander.«

Ohne das Glas anzurühren, stapfte Frau Weibel durch die Brettmann'sche Küche. »Hören Sie auf, mich beruhigen zu wollen und von oben herab einen auf cool zu machen, Herr Luginger. Falschaussagen sind genauso unwitzig wie die kleinen Geschäfte von Herrn Menzinger. Nach dem, was ich mit Ihnen schon erleben musste und gutmütigerweise unter Kumpanei oder Beschützerinstinkt abgebucht habe, dürften Sie verstehen, dass mir der Kragen platzt. Also ein für alle Mal: Was wissen Sie über die Beziehung von Sammy zu Axel Strauss?«

Luginger sagte: »Meine letzte Chance, was?«

Frau Weibel nickte entschieden.

»Alles, was ich weiß, habe ich Ihnen gesagt. Wenn Sammy mit Strauss wegen eines Fahrrads verhandelt hat, wissen Sie mehr als ich.«

»Na, das ist ja schön«, erwiderte Frau Weibel, ohne ihre Runden in Dr. Brettmanns Küche zu beenden. »Sehr schön. Und es ist ausgeschlossen, dass Sie mir nur so viel sagen, wie Sie glauben sagen zu müssen.«

»Ausgeschlossen«, antwortete Luginger laut und deutlich.

»Und wie erklären Sie sich, dass Herr Menzinger in Ihrer Gegenwart Angaben zu Frau Höpfner gemacht hat, von denen Sie genau wussten, dass sie für unsere Ermittlungen wichtig sind?«

Luginger wollte rauchen. Rauchen war gut für die Seele. Schweigend rollte er Tabak in ein Papierchen.

»Ich warte auf eine Antwort, Herr Luginger.«

Seine fertig gedrehte Zigarette klopfte Luginger mit einem

Ende mehrmals auf den Tisch. »Sie fühlen sich umzingelt, was? Überall Böse, die Ihnen das Leben schwermachen. Bleiben Sie auf dem Teppich, und hören Sie auf, hinter jedem Baum einen Idioten zu vermuten, der Ihnen die letzten Jahre bis zur Pensionierung madig machen will.«

Frau Weibel streifte die Ärmel ihres Shirts nach oben. Dann schaute sie auf ihre Uhr und sagte: »Um eins bei Ihnen oder um zwei bei mir?«

»Kommen Sie zu mir, wenn's recht ist. Ich bin da. Und Sammy auch.«

»Sehr recht, Herr Luginger. Und wenn Sie jetzt rauchen wollen, gehen Sie bitte nach draußen. Ich kann mit Dr. Brettmann auch alleine sprechen.«

* * *

Luginger saß im Hammer-Eck und konnte immer noch nicht glauben, was er da gehört hatte. Mike quatschte wie ein Wasserfall. Seit wann hatte er vergessen, was vertraulich war und was nicht? Seit wann landeten Informationen, die niemanden etwas angingen, auf dem Tisch der Polizei? Und woher wusste die Weibel, dass Sammy bei Axel Strauss ein Rad hatte kaufen wollen? Warum hat Sammy das gestern nicht gesagt? Der geht mir mächtig auf den Sack, dachte Luginger. Und die Bullentante auch. Hat jemanden aufgetrieben, der ihr das mit dem Radl gesteckt hat. Fleißige Lady. Na, und ihr Auftritt eben! Wie sie den Brettmann zusammengeklappt hat. Alle Achtung. Timing, Tonlage, Donnerhall. Da passte alles.

Während er noch über das zackige Auftreten der Kommissarin nachgrübelte und sich über sich selbst wunderte, weil er wegen ihrer Drohungen, ihn wegen der Raucherei im Hammer-

Eck anzuschwärzen oder seinen neuen Zylinderkopf konfiszieren zu lassen, keinerlei Ärger verspürte, wippte Sammy leichtfüßig mit verstöpselten Ohren ins Lokal. Aus dem Kühlfach holte er sich eine Flasche Cola. Dann legte er sein Handy auf die Theke und war schon fast durch die Tür, um nach oben zu verschwinden, als ihm Luginger schlecht gelaunt nachrief: »Die Kasse kann nie stimmen, wenn du weiterhin literweise Cola in dich reinschüttest, ohne abzurechnen.«

Sammy schwenkte lässig seine Flasche hin und her. »Deiner Mutter geht's ganz gut, glaub ich.«

»Mir weniger, Herr Amison. Entschieden weniger.«

»Hä?«

»Pack deinen Arsch zu mir, und dann will ich wissen, was du neben dem Erwerb eines Rennrads mit Herrn Strauss noch so zu besprechen hattest.«

Sammy schlenderte zu Lugingers Tisch und setzte sich verkehrt herum auf einen Stuhl. »Nichts«, sagte er, nachdem er seine Unterarme locker auf der Lehne abgelegt hatte.

»›Nichts‹ hab ich schon mal gehört. Und ›nichts‹ war die falsche Antwort.«

»Der Strauss hat gewusst, dass ich ein gebrauchtes Rad kaufen will, und hat mir eins angeboten. Ich hab einfach beschissen drauf gesessen. Also hab ich's gelassen.«

»Du hättest ein geklautes Rad gekauft, seh ich das richtig?«

»Hör auf, ja. Du nicht, Franz, du nicht.« Sammy war laut geworden, und Luginger ahnte, dass er mehr Sorgen hatte, als er hinter seiner lockeren Fassade verstecken konnte.

»Um eins kommt die Weibel, mein Lieber, und wenn's dumm läuft, ist Schluss mit lustig. Dann wird sie unnett und zählt auf, was du ihr verschwiegen hast. Und mir haut sie zum x-ten Mal meine gute Tat um die Ohren. Selbst meine Mutter riecht den Braten. Sie krabbelt aus ihrem Haus, fällt hin, und warum? Weil sie sich Sorgen macht, weil sie glaubt, ihr Lieblingsneger hockt in der Scheiße. Und je länger ich drüber nachdenke, desto mehr glaube ich, dass ihr Hirn besser funktioniert als meins.«

Sammy war aufgesprungen und lief aufgebracht durchs Lokal. »Da ist nichts. Ich war am Montagabend mit Freunden unterwegs, das können viele Leute bezeugen«, rief er. »Axel Strauss hat geklaute Räder verkauft, und ich hab mir das denken können, Mann. Das wollt ich niemandem unter die Nase reiben, ist das so schwer zu verstehen?«

»Nein. Nur musst du langsam begreifen, dass dauerndes Wegducken nichts bringt. Zuerst die Lügerei mit deiner Helga, dann diese Strauss-Scheiße. Jetzt finden die in Erding deine Fingerabdrücke in dessen Alfa Romeo, und was sollen sie bitte schön denken? Was sollen sie denken?«

»Keine Ahnung, Mann, alles läuft gegen mich grad.« Er vergrub die Hände in seinen Hosentaschen und flüsterte: »Okay, ich red mit der Kommissarin. Ich erklär's ihr.«

»Das ist ein Anfang, Herr Amison. Ein sehr guter Anfang. Dafür gibt's von Oma Anna ein Stück Zartbitterschokolade.«

»Hör bloß auf«, knurrte Sammy. »Ich hab gesagt, ich regel das, also regel ich das. Und wenn du mich weiterhin blöd anmachst, weil du mir das Alibi gegeben hast, denk mal an Moni und Faulhuber. Kein Vorwurf von denen. Noch nicht mal von Moni.«

Ohne abzusetzen, trank er die halbe Flasche Cola aus und rief auf dem Weg nach oben Luginger noch zu: »Die Kasse hier hat noch nie gestimmt. Wenn die einmal stimmen würde, mach ich ein Kreuz in den Kalender.«

Frau Weibel verspätete sich. Als sie ins Lokal trat, hatte sie eine belegte Semmel in der Hand und kaute. Schwarz steht ihr, dachte Luginger, schwarze Jeans, weißes Shirt, für eine, die nicht mehr lange warten muss, bis sie ans Ende ihrer Tage von unseren Steuergeldern ein passables Einkommen ohne Arbeit bezieht, hat sie sich gut gehalten. Kein Übergewicht, keine Hängetitten und kein Hintern, der breit und drall die Nähte zum Platzen bringt.

»Was glotzen Sie so?«

»Könnt auch was zu essen vertragen.«

»Irgendeinen Rest wird's doch noch geben, oder?«

Luginger schüttelte den Kopf.

»Traurig«, bemerkte Frau Weibel und platzierte wie immer ihre Handtasche schwungvoll auf einem Hocker vorm Tresen. »Wie geht's Ihrer Mutter?«

»Danke der Nachfrage.«

»Darf ich mich neben meine Tasche setzen?«

Luginger nickte.

»Wo ist Sammy?«

»Oben, kommt gleich.«

»Machen Sie uns einen Kaffee?«

Luginger nickte.

»Schön. Wissen Sie, in München hatte ich einen Kollegen, Spitzname Deo-Walter, weil er vor lauter Angst, man könnte seinen Schweiß riechen, dauernd Deodorant unter seine Achseln sprühte, und der hat immer gesagt, Verbrecher sind dumm. Viele glauben nur, sie seien klug, in Wahrheit aber überschätzen sie sich maßlos und sind dumm. Und Walter hat recht. Jeden Tag sehe ich, dass er recht hat. Wie dumm war also Axel Strauss? Nach Dr. Brettmanns Ansicht war er intelligent, eine Ansicht, die ich ganz und gar nicht teile. Der Junge war geltungssüchtig, hat geprahlt, hat mit Geld um sich geworfen, um zu zeigen, wie super er drauf ist. Kennen Sie einen Peter Schick?«

Luginger nickte erneut, obwohl es nichts zu nicken gab. Der Name sagte ihm nämlich nichts. »Wo soll der denn wohnen?«

»In Pötzel.«

»Direkt in Pötzel oder am Ortsrand?«

»Wollen Sie mich verschaukeln? Pötzel sind doch nur drei Häuser.«

Luginger nickte. Dann stellte er zwei Tassen unter den Automaten und ließ die Maschine kräftig gurgeln.

»Also Sie kennen ihn nicht?«

Luginger nickte.

»Ist auch egal. Wenigstens hat der den Herrn Strauss nicht nur gut gekannt, sondern auch über dessen Geschäfte Bescheid gewusst. Und unser Mordopfer hat offensichtlich alles vertickert, was geklaut werden konnte: Fernseher, Handys, Computer, Uhren. Um seine Lagerkosten niedrig zu halten, hat er auf Anfrage das Gewünschte beschaffen lassen.«

»On demand«, sagte Luginger und legte ein paar Zuckertütchen neben die Tassen.

»On demand«, wiederholte Clara Weibel anerkennend und fügte hinzu: »Wie Ihr Zylinderdingsbums, nehm ich an. Was macht so ein Ding eigentlich?«

»Es saugt.«

»Wen oder was saugt es?«

»Benzin, Luft.«

»Wozu?«

»Damit die Kiste läuft.«

Frau Weibel trank einen Schluck Kaffee. »Prima!«

Luginger nickte.

Sammy hatte sich rasiert und umgezogen. Sein rotes T-Shirt war eng genug, um seinen muskulösen Oberkörper bestens zur Geltung zu bringen.

»Schön, dass Sie mich belogen haben, Herr Amison«, sagte Frau Weibel zur Begrüßung. »Das scheint ein besonderer Service des Hauses zu sein. Die blöden Bullen foppen. Mal schauen, wann die ihre Deeskalationslinie aufgeben. Mann, Mann, Mann! Haben Sie mit Frau Fischer gesprochen?«

Sammy nickte.

»Gut. Und wollen Sie ihrer Schilderung des Freitagabends etwas hinzufügen?«

»Nein.«

Frau Weibel schüttelte den Kopf, und Luginger sah, wie sie mit einem Anflug von Verzweiflung ihre Hände Richtung Kaffeemaschine warf.

»Kennen Sie einen Peter Schick?«, fragte sie dann.

»Vom Sehen vielleicht. Der Name sagt mir aber nichts.«

»Herr Schick hat beobachtet, wie Sie im Wagen des Herrn Strauss saßen. Er nimmt an, dass sie etwas Geschäftliches zu besprechen hatten. Ist das richtig?«

»Korrekt.«

»Was für Geschäfte waren das?«

Sammy erzählte, was er eine Stunde zuvor auch Luginger erzählt hatte. Dann fragte Frau Weibel: »Gibt es noch irgendetwas, das ich wissen sollte, Herr Amison?«

»Sammy«, sagte Sammy.

»Sammy«, sagte Frau Weibel.

»Nein«, sagte Sammy.

»Fein«, sagte Frau Weibel. »Wir haben übrigens mehrere Zeugen, die gesehen haben, wie Herr Strauss am Montag gegen halb sieben seinen Grill aufgebaut hat. Und zwar allein. Schon merkwürdig, allein grillen zu wollen, und das auch noch im September, finden Sie nicht auch?«

»Mmh«, murmelte Sammy, und Luginger fragte: »Was sagt denn Peter Schick dazu?«

»Herr Schick hält es für möglich, dass er den einen oder anderen Kunden in ungezwungener Atmosphäre treffen wollte.«

Luginger nickte.

»Sammy«, hob Frau Weibel nach einer kurzen Pause an, und Luginger spürte sofort, dass ihr Ton mütterlicher werden würde, »Sie haben am vergangenen Wochenende Frau Fischer geschützt, das war für meine Arbeit zwar nicht sehr hilfreich, und im Einklang mit unseren Regeln zu wahrheitsgemäßen Zeugenaussagen steht es auch nicht gerade, ansonsten war es aber grundanständig. Kann es sein, dass Sie jetzt auch Mädchen schützen, die von Herrn Strauss bedrängt wurden?«

»Nein.«

»Sagt Ihnen der Name Britta Höpfner was?«

»Hat Mike mal erwähnt. Das Mädchen kenn ich aber nicht.«

»Was weiß denn der Schick über diese Prostitutionsnummer?«, fragte Luginger.

»Nichts Konkretes. Herr Strauss hat wohl einige Male angeberisch von einer geilen Geschäftsidee geredet, mehr nicht.«

»Hatte der eigentlich keine Freundin?«

»Gute Frage, Herr Luginger. Da hat einer Geld, fährt ein schickes Auto, sieht passabel aus, aber keine Freundin. Und wissen Sie, warum? Weil er Britta Höpfner geliebt hat. Und die wohnt jetzt in Madrid und kommt heute Abend für ein paar Tage zurück. Seit sie sich von ihm getrennt hat, war er solo.«

»Ich pack's dann mal«, sagte Sammy und reichte Frau Weibel die Hand. »Hab noch was vor.«

»Sind Sie froh, dass ich Ihnen bis jetzt nicht nachweisen kann, dass Sie am Montag am Gerolsee waren, Sammy«, erwiderte Frau Weibel. »Wenn Sie mir noch einmal dumm kommen, haben Sie Zwangsurlaub, klar?«

»Klar.«

»Eins noch. Sie haben sich mit Herrn Strauss wegen der Geschichte mit den Mädchen geprügelt, ohne eine von ihnen zu kennen. Ist das richtig?«

Sammy nickte. »Klingt merkwürdig, ich weiß. Aber Mike hat ja auch nichts gewusst oder wenigstens nichts gesagt. Aber dem hat das gestunken, der war wirklich total aufgebracht, als er davon Wind bekam. Jetzt weiß ich natürlich auch, dass er das alles über die Höpfner erfahren hat. Wir wollten dann Axel gemeinsam einen Denkzettel verpassen, er hat aber Schiss gekriegt wegen seiner Vorstrafe und so.«

Clara Weibel trank ihren Kaffee aus. Dann sagte sie: »Ob ich das alles verstehe oder nicht, ist ja völlig unwichtig. Soweit ich das überprüfen kann, scheinen Ihre Angaben zu stimmen, Sammy. Bleiben Sie bitte unbedingt erreichbar, ja?«

Sammy und Moni gaben sich die Klinke in die Hand. Der eine rauschte davon, die andere kam und wies Luginger zurecht, ohne auf Frau Weibel Rücksicht zu nehmen. »Deine Mutter braucht dich, und du verdrückst dich. Sie muss zum Röntgen. Ich hab Resi getroffen, die Gute ist völlig durch den Wind. Dr. Brettmann scheint auch keine große Hilfe zu sein.«

Dann wandte sie sich an die Kommissarin, grüßte kurz und tippte Zahlen in ihr Handy. »Ja, der Franz kommt sofort. Er kann ja mein Auto nehmen. Bis zum Ärztehaus ist's doch nur ein Katzensprung. In fünf Minuten ist er da. Also, Resi, bis gleich.«

Frau Weibel schaute irritiert. Luginger lächelte, und Moni legte ihren Autoschlüssel auf den Tresen.

»Mach hin, das dauert nicht lange. Trag deine Mutter ins Auto und setz sie auf den Vordersitz. Einen Krankenwagen will sie nicht. Du kennst sie ja.«

* * *

Zwei am Empfang, dazu eine Blonde und eine Brünette mit Unterlagen in den Händen in gemächlichem Dauerlauf und eine langbeinige, vollbusige Superschicke ohne Aufgaben. Zum Angucken. Fünf Mädels, dachte Luginger, der neben seiner Mutter saß und nichts zu tun hatte. Keine über 20, warum eigentlich?

Die Blonde rief nach einem Maximilian Kreutzer. Ein Junge erhob sich und hinkte aus dem Wartebereich.

Lugingers Mutter blätterte in einer Illustrierten. Er hielt ihren Stock in der Hand und beobachtete, wie ein junger Arzt Röntgenbilder am Empfang ablegte und Anweisungen erteilte, die für Betriebsamkeit sorgten. Schubladen in Hängeschränken wurden aufgezogen, Zettel beschrieben, eine übergewichtige Patientin beruhigt.

»Der Obama ist ja grau geworden«, sagte Anna Luginger.

Die Fischer hat der Weibel irgendwas erzählt, dachte Luginger. Irgendwas Beeindruckendes, milde Stimmendes. Warum sonst lief sie so zahm durch die Gegend? Und mit dem Geiger kommt sie nicht weiter. Das ist ein ganz Gerissener. Der schwimmt schon lange oben und weiß, wie man oben bleibt.

Ein Mädchen hörte Musik über Kopfhörer, ein braun gebrannter Mann in Arbeitsklamotten und beeindruckend behaarten Unterarmen gähnte, und eine gut gekleidete Frau in einem engen hellblauen Kostüm um die 50 blickte nervös auf ihre Armbanduhr.

»Im Weißen Haus sind die Rasenmäher kaputt«, sagte seine Mutter.

Luginger musterte die Superschicke so unauffällig wie möglich. 1,80, lackierte Fingernägel, blaue Jeans, dunkelbraunes kurz geschnittenes Haar, volle Lippen, etwas Make-up und Proportionen, um die sie viele andere Frauen beneiden würden. Null Komma null null Fett da, wo keins hingehörte, und eine Taille, die Männerhirne beflügelte.

»Die Freundin von dem Schweini ist ja Fotomodell«, hörte Luginger seine Mutter flüstern. »Ein hübsches Ding.«

Jetzt kam die Brünette und bat eine Frau Wiesner in Besprechungszimmer zwei. Zu pummelig, dachte Luginger, zu viel MacDonalds, zu wenig Bewegung, Liebeskummer und einen Job, der ihr nach ein paar Wochen schon zum Hals heraushängt.

Plötzlich griff Anna Luginger nach ihrem Stock und zeigte auf den Wartebereich im Gang, in dem niemand saß. »Komm, lass uns da drüben hinsitzen. Das dauert eh noch. Ich muss mit dir reden.«

»Hast Geheimnisse?«, fragte Luginger.

»Herr Arno Geiger«, sagte seine Mutter. »Kennst den?«

»Mama, was soll das?«

Luginger half seiner Mutter aufzustehen. Dann pilgerte er mit ihr zu drei Plastikstühlen, die vor einer Tür mit der Aufschrift »Röntgen« standen.

»Also der Dr. Brettmann, bei dem warst ja heut Morgen auch gewesen, der kauft ab und an mal frischen Fisch bei der Killert, die kennst du doch, die Tochter vom Schäfner, die den Killert Horst geheiratet hat und die früher den Fotoladen neben der Apotheke gehabt hat …

»Ja, Mama, ich weiß …«

»Der Fotoladen ist dann pleite gegangen, und jetzt hat sie das Fischgeschäft, da kriegst alles, frische Forellen, Kabeljau, Lachs, und wenn du was anders brauchst, Wildschwein zum Beispiel, das besorgt die dir …«

»Ja, Mama, und wenn die Schuh kaputt sind, kannst sie auch bei ihr abgeben.«

»Stimmt das?«

»Was willst mir denn eigentlich erzählen?«

»Dass die Polizei bei der Killert war und sie gesagt hat, dass ein Herr Geiger durch ihren Hinweis gefunden worden ist.«

»Und das erzählt sie jedem, der da durch ihren Laden läuft. Sauber«, bemerkte Luginger leise.

»Nicht jedem, aber Dr. Brettmann. Der hat nämlich ihre Schwester vor bald 20 Jahren durchs Abitur geschoben. Also ohne seine Hilfe wär das damals nix geworden.«

»Aha.«

Anna Luginger war verstummt. Die Superschicke und die Brünette liefen plaudernd zum Besprechungszimmer eins. Dann Kichern, Hände vorm Mund und Pogewackel.

»Geht's irgendwann weiter, Mama?«

»Dr. Brettmann unterstützt die Bürgerinitiative und war bei der Versammlung von denen an dem Abend, als der Herr Fischer überfahren worden ist. Da ist's scheinbar hoch hergangen, und der Fischer hat am Tisch gesagt, dass er Informationen hat, die der Bürgerinitiative mehr nützen als alles andere. Das hat Dr. Brettmann gehört.«

»Wenn du mich fragst, sollte das der Brettmann besser der Polizei erzählen als dir«, sagte Luginger und spürte, wie ihm alles viel zu viel wurde. Nicht nur, dass er seit Jahren montags für gewöhnlich von seiner Mutter über jede Tatortfolge im Ersten in Kenntnis gesetzt wurde, wobei sie mit zunehmendem Alter auch detailversessener wurde, jetzt mischte sie noch selbst mit. Mit Dr. Brettmann im Schlepptau, Keksfresser, Gehirntrainer und Expauker, der sich langweilte und unglücklicherweise genau die Leute kannte, die bei all den Toten eine entscheidende Rolle spielten.

Fischesser, die auf die Killert treffen, dachte Luginger, während seine Mutter mit ihrem Stock herumfuhrwerkte und leise anhob: »Dr. Brettman hat in seinem Computer nachgeschaut. Dieser Herr Geiger hat mehrere Firmen, die alle im Baugeschäft sind. Das ist ganz ein Großer. Und jetzt denk dir, der wohnt erst seit drei Jahren bei uns, die Polizei interessiert sich für ihn nach dem Fischer-Mord, und die Killert hat ihm mal abends eine riesige Fischplatte vorbeigebracht, und wen hat sie in seinem Haus da draußen an der Konrad-Adenauer-Straße gesehen? Weißt, wo das ist, die Konrad-Adenauer-Straße?«

»Ja, Mama«, rief Luginger gelangweilt, als die Superschicke zum Angucken erneut an ihnen vorbeischwebte und, ohne zu wissen, was sie tun sollte, abrupt stehen blieb, verlegen lächelte und wieder entschwand.

»Psst, jetzt sei doch leise«, flüsterte seine Mutter ärgerlich und griff nach Lugingers Arm. »Der halbe Gemeinderat hätt da gesessen, die Killert kennt sogar die Namen von denen, mir sagt das nix mehr, das sind ja alles Junge heute.«

Luginger stöhnte. Dann fragte er: »Jetzt sag doch bitt schön, auf was du hinauswillst? Die gute Killert übertreibt immer a bisserl, das weißt doch selbst. Wenn die dem Brettmann sagt, der halbe Gemeinderat, dann waren das zwei schwachbrüstige Hinterbänkler. Maximal! Jetzt bleibst mal sitzen, ich frag da vorn nach, wann das hier weitergeht.«

Als Luginger aufstehen wollte, zog ihn seine Mutter entschieden auf den Stuhl zurück. »Herr Geiger schmiert unsre Politiker, so sieht's aus, Bub. Und der Herr Fischer hat das spitzgekriegt, und jetzt ist er tot.«

»Du spinnst ja total, Mama. Hat der Brettmann dir diesen Floh ins Ohr gesetzt? Was willst eigentlich? Dem Sammy helfen oder die Arbeit der Polizei machen?«

Frau Luginger stampfte mit ihrem Stock auf den Linoleumboden. Dann fuhr sie sich mit der freien Hand übers Kinn, beugte sich nach vorn und sagte unbeirrt: »Red mit dem jungen Menzinger. Der ist doch ab und zu bei dir. Dr. Brettmann weiß, dass der in das Höpfner-Mädel verschossen war.«

Wie um die Worte seiner Mutter nicht an sich ranzulassen, drehte sich Luginger zur Wand. Was war das nun schon wieder? Hörten die schlechten Nachrichten denn niemals auf? Mike verliebt in die Höpfner. Wer war das eigentlich? Ein Phantom, entschwunden nach wohin? Madrid, hatte Mike nicht Madrid gesagt?

Luginger richtete sich auf und pumpte Sauerstoff in die Lungen.

Die alte Frau hatte ihren Trumpf ausgespielt, und er spürte, wie zufrieden sie neben ihm saß. Erst das Appetithäppchen Geiger, dann der Hauptgang Mike.

»Woher weiß Brettmann das?«

»Die kleine Höpfner hat's ihm erzählt. Die hatte wie der Strauss-Bub Nachhilfe bei ihm.«

Als Luginger Monis Fiesta vorm Hammer-Eck wieder abstellte, schoss ihm durch den Kopf, dass das einzig Gute heute der Befund zur Verletzung seiner Mutter war: Nichts, bis auf eine Prellung am Becken, die in wenigen Tagen abgeklungen sein würde.

Bei Menzingers war niemand zu Hause gewesen. Nachdem er seine Mutter heimgebracht hatte, war er gleich zum Finkenweg weitergefahren, hatte geläutet, war ums Haus gelaufen und hatte sogar im Schuppen nachgesehen, in dem Mike eine Werkstatt unterhielt. Keiner da, auch die Garage war leer.

Luginger gefiel das Menzinger-Haus seit jeher. Groß und flach stand es auf einem riesigen Grundstück, dessen Mittelpunkt eine verwilderte Wiese neben der Terrasse war. Fenster, Fassade und der weitläufige Eingangsbereich waren über viele Jahrzehnte gut gepflegt worden. 1952 hatte Mikes Großvater mit dem Bau begonnen, und es hatte sechs lange Jahre gedauert, bis er fertig war. Chronischer Geldmangel, Arbeitslosigkeit und Krankheiten hatten ihn immer wieder zurückgeworfen, doch zum Schluss hatte Franz-Josef Menzinger alles gepackt. Mikes Vater hatte das Anwesen später übernommen und jede freie Minute genutzt, um es zu erhalten und, wenn nötig, zu modernisieren. So hatten die Menzingers vergangenen Sommer mit vereinten Kräften rund ums Haus Dämmung angebracht und das Dach erneuert.

Deshalb wollte Mike, dass Sammy Strauss verprügelt, dachte Luginger. Weil Mike Britta Höpfner geliebt hat und nicht ertragen konnte, dass sie mit Axel Strauss zusammen war. Weil er von Britta wusste, welches Schwein der war. Weil er nicht verstand, dass Britta bei ihm geblieben ist, obwohl er außer miesen Geschäften nichts zu bieten hatte.

Wenn sich Mike jetzt verdrückt hat, wird's eng. Die Weibel

wird ihn durch die Mangel drehen, nachdem sie mit der Höpfner geredet hat. Lugingers Gedanken flogen hin und her. Brettmann! Was hat er der energischen Kommissarin heute Morgen noch erzählt? Herrje, eifersüchtiger Exknacki findet die Leiche seines Nebenbuhlers mit Zapfhahn im Arsch. Da glaubt doch kein Mensch mehr an Zufall. Jessica Weber! Sein Gspusi und seine Zeugin! Hat die Weibel nicht gesagt, die ist nicht ganz geheuer?

Luginger saß noch immer in Monis Klapperkiste und drehte Zigaretten. Auf Vorrat drehte er sonst nicht. Drehen und Rauchen waren eins. Tabak musste frisch gerollt sein, damit er schmeckte. Als er sah, wie seine Finger zitterten, legte er den Tabakwurm zurück und zerknüllte das Papierchen.

Mit Mike war das schon immer was Besonderes. Ein netter Kerl, der sich erwischen ließ, und ein Bruder Leichtfuß, der nicht merkte, wenn andere ihn ausnutzten. Mit 19 einen Porsche geklaut, weil ihm zwei Drecksäcke ein paar Hunderter angeboten hatten. Nur für eine Spritztour, wir bringen ihn zurück, mach dir nicht ins Hemd, Mann, das merkt keiner, morgen steht er vollgetankt wieder da, wo du ihn mitgenommen hast. Mit 20 Alkohol am Steuer und wenig später viel zu viel Shit im Kofferraum, um einen auf Eigenbedarf zu machen.

Als er jung war, war es ihm ähnlich gegangen. Alles Scheiße, zu wenig Geld, zu wenig Mädels und ein Kaff voller Langweiler. Leuterding vor 40 Jahren, o Gott! Noch nicht mal die Pille hatte es in die katholischen Haushalte geschafft. Sex war Gummisache, lange Haare schrien nach dummen Sprüchen, und wer Willy wählte, stand auf der Todesliste. Nur München war anders, für München brauchte man aber Geld, und er hatte selten welches gehabt. Ohne seinen R4 wäre er gestorben. Sein Vater hatte ihm damals die 400 Mark rübergeschoben, die er brauchte, um die Kiste vom Schrottplatz zu holen. Wie oft hatte er den Wagen eigentlich auseinandergenommen und wieder zusammengesetzt? Wie viele Wochenenden hatte er seinen Eltern im Lokal geholfen, um Geld für Ersatzteile aufzutreiben? Und wie viel Glück hatte er gehabt, wenn er Klamotten klaute und nie erwischt wurde. Eine echte Wrangler-Jeansjacke war mal unter einem dicken Winterpulli und einem schweren Mantel mit Hirschhornknöpfen mitgegangen. Das Bild, wie er da schweißnass im Herbst 76 aus dem Laden in der Kaufingerstraße raus ist, sah er heute noch gestochen scharf vor sich.

Plötzlich klopfte es ans Fenster, und Luginger sah Faulhubers Grinsen.

»Was machst du denn hier?«, fragte Luginger, nachdem er sich aus dem Auto gequält hatte. »Donnerstagnachmittag, da bist doch in deiner Praxis.« Dann sah er, dass Faulhuber Dexter mitgebracht hatte, und seine Stimmung wurde schlagartig besser. »Ja, Dexter, ja, bist du das.« Luginger ging in die Hocke, kraulte Hundefell und trällerte: »Och ja, feiner Hund, schöner Hund, dass du mich besuchst.«

Während Luginger sein Repertoire an Hundetext mit »hhm, ja, meine Hand, lecker, ja, süßes Viech, och, Dexter, hast blendend weiße Zähne, ja, sabberst a bisserl rum, prima, ja, ooch« abspulte, hörte er Faulhuber sagen: »Zugesperrt hab ich, Franz. Ich will einfach nicht mehr. All den Leuten im Mund rumwühlen. Für was? Für Geld? Nein! Geld hab ich genug, also hab ich beschlossen, Donnerstagnachmittag mach ich zu, fertig, aus.«

»Und da kommst zu mir, um deine Kohle loszuwerden«, sagte Luginger, nachdem er aufgestanden war und Dexters Schnauze nur noch mit seinem Schuh bearbeitete.

»Sicher. Wohin denn sonst?«

»Oder bist scharf auf die Kommissarin?«

»Ah, geh, Franz. Bei meinem Glück mit Frauen. Das glaubst du doch selber nicht.«

* * *

Als Luginger mit Dexter im Schlepptau das Hammer-Eck betrat, sah er Moni mit Markus Polterer reden. Sein gut verpacktes Paket stand noch vor der Tür zum Herrenklo. Polterer lachte, schäkerte und war bester Laune. Sein schlaksiger Oberkörper steckte wie immer in einem sauber gebügelten Uniformhemd, und seine langen dünnen Beine endeten in Schuhen, die nach wie vor zur Winterausrüstung gehören mussten.

»Grüß Sie«, sagte Faulhuber und reichte Polterer die Hand.

Luginger winkte kurz.

»Schön, dass Sie da sind, Herr Luginger. Ihr Ersatzteil da drüben ist mir zu schwer. Frau Weibel hat Ihnen ja gesagt, was sie damit will. Ich lass es aber vorerst hier, wie gesagt, allein schaff ich das nicht weg, und da ich nicht annehme, dass Sie mir helfen wollen, kann ich nichts machen. Was ist das eigentlich?«

»Ein Zylinderkopf«, antwortete Luginger.

»Teuer, was?«

»Wahrscheinlich.«

»Versichert?«

»Wie bitte?«

»Auch das noch. Wenn ich das Ding fallen lasse und es kaputtgeht, muss der Steuerzahler für den Schaden aufkommen.« Polterer blickte Luginger verschwörerisch an. »Ohne Klärung der Versicherungsfrage rühre ich das erst recht nicht an.«

Dann trank er sein Wasser aus und verschwand mit einem fröhlichen »Servus miteinand«.

Während Faulhuber zum Spielautomaten schlenderte, nahm Luginger Moni beiseite. »Was hast mit dem denn gemacht?«

»Polterer ist doch viel netter, als man denkt«, erwiderte Moni. »Der hat das Paket da nicht mal angefasst. Weißt, was er gesagt hat? Wenn er das jetzt mitnimmt, muss er sich drum kümmern. Wenn nicht, dann nicht.«

Luginger nickte. »Brillante Logik.«

»Siehst, gescheit ist er, unser Ortspolizist.«

»Sag mal, Moni, hat sich Mike gemeldet?«

»Nö.«

»Hat die Weibel noch irgendwas zu dir gesagt, als ich vorhin so schnell weg bin?«

Moni verzog die Mundwinkel. »Wird das jetzt ein Verhör?«

»Hat sie oder hat sie nicht?«

»Wir haben über den Zapfhahn im Hintern der Leiche geredet. Ob auf so was nur Männer kommen. Jemanden so auszustellen. Sie hat gesagt, nein, ich war anderer Meinung. Dann hat sie gesagt, der Zapfhahn hätte wahrscheinlich schon einige Wochen oder Monate am Gerolsee gelegen. Ihre Techniker könnten so was rausfinden.«

»Aha«, brummte Luginger. »Also war das mit dem Hinternschmuck gar nicht geplant.«

»Moni, machst mir ein Spezi?«, rief Faulhuber.

»Gleich«, kam es zurück.

»Der Zapfhahn lag einfach rum, und der Täter hat ihn zufällig entdeckt, nachdem der Strauss schon tot war«, folgerte Luginger weiter.

»Bist jetzt unter die Detektive gegangen?«, fragte Moni und

ging hinter den Tresen. »Ich glaub, die Weibel kommt ohne dich auch gut zurecht. Außerdem, Franz, könnt das mit dem Zapfhahn ja auch jemand anderes gemacht haben. Ich meine, einer sticht dem Strauss das Messer in den Bauch, und ein Zweiter richtet ihn so zu.«

»Ein Spaziergänger«, sagte Faulhuber, der zur Theke gekommen war, um sein Spezi abzuholen.

»Halb Cola, halb Fanta, der Herr«, flötete Moni.

»Wie es sich gehört«, sagte Faulhuber zufrieden.

Luginger gefiel Monis Hinweis ganz und gar nicht. In seinem Hirn schrillten alle Alarmglöckchen.

»Gab's sonst noch was?«

»Was soll es denn gegeben haben?«

»Sammy zum Beispiel.«

»Wegen des falschen Alibis hat sie nichts mehr gesagt, wenn du das meinst.«

»Das mein ich nicht.«

»Was meinst denn?«

»Sammy, Frau Fischer, du.«

»Ich! Glaubst, ich würd mit der Geschichte hausieren gehen. Schöner schwarzer Mann und so.«

»Nein.« Luginger war genervt. »Hat sie über Sammy noch was wissen wollen?«

»Meinst, wie gut er im Bett ist und ob er einen Mordsapparillo hat?« Luginger sah, wie Moni in Fahrt kam, und wusste im selben Augenblick, dass er die Sache ganz falsch angepackt hatte. »Was willst wissen, Franz? Ja, Sammy hat mehr Talent für Sex als die meisten von euch, und wenn er gut drauf ist, vögelt er jede Frau in den siebten Himmel. Auch die Fischer. Soll ich ihr das gesagt haben?«

Luginger schloss die Augen und fuhr sich verzweifelt übers Kinn. Dann flüsterte er: »Nein, Moni, das will ich gar nicht wissen. Es geht nur um Sammy, verstehst. Wie stark er noch unter Beschuss steht. Ob die Weibel noch was in der Hinterhand hat.«

»Nix hat sie in der Hinterhand. Was soll's denn geben? Ist doch alles gesagt.«

»Bist nicht a bisserl misstrauisch, Moni? Weil die so nett und verständnisvoll daherkommt, mein ich.«

»Soll sie rumschreien? Soll sie uns einbuchten, weil du gelogen hast? Weil der gute Sammy gelogen hat? Du spinnst ja. Weißt, wie oft die schon angelogen worden ist, wenn's um so blöde, narrische Fickgeschichten geht? Hättest du am Samstagabend gesagt, prima, Frau Polizistin, als der Mann meiner Freundin überfahren worden ist, bin ich grad aus ihrem Bett gestiegen? Die hat doch von Anfang an gespannt, dass du ihr einen Scheiß erzählt hast.«

»Lass gut sein«, brummte Luginger. Erschöpft sank er auf einen Stuhl und drehte sich eine Zigarette. Dann hustete er ausgiebig, suchte sein Zippo, ließ die Flamme nach oben schießen und steckte sich eine an. Rauchend winkte er Dexter zu. Der Hund lag unter der Garderobe. Als er Lugingers Handbewegung wahrnahm, schlug er die Augen auf und trottete los.

»Frauen«, flüsterte Luginger in Dexters Ohr, während er seinen Hals massierte, »Frauen, ich versteh sie nicht. Ich hab die Moni doch nur was Einfaches gefragt. Warum kann sie nicht einfach antworten, Dexter? Verstehst das. Und so geht das ein Leben lang.« Kraulen, Fellsortieren, Ohrziehen. »Ich wollt doch nur wissen«, fuhr er leise fort, »was die Weibel über Sammy noch wissen könnt, eine unverdächtige Frage, oder? Und dann geht sie ab, die Moni. Herrje, weißt, Dexter, es gibt Momente, da kannst alles nur falsch machen, und die Mädels warten drauf, und dann kriegst eins übergezogen, und hinterher fragst dich, was für ein Film das jetzt war.«

* * *

Gegen neun war die Hütte voll. Am Fenstertisch saßen Jugendliche, die mit ihren Rädern gekommen waren und reichlich Weißbier tranken. Unter Leinwand und Beamer diskutierten Bayern-Fans das gestrige Spiel, die Gomez'sche Formschwäche und die Gewichtsprobleme von Uli Hoeneß, und neben dem Kicker kicherten unter Erikas Regie Frauen, ohne dass Luginger eine Ahnung hatte, was sie so belustigte.

»Von der Mitte zur Titte, zum Sack, zack, zack.«

Die jugendlichen Radler wurden übermütig, und Luginger ahnte, dass eine schwierige Phase anbrechen würde. Moni reagierte in letzter Zeit immer empfindlicher auf betrunkene Milchgesichter, und wenn sie dann auch noch dumme Sprüche absonderten und rumkrakeelten, war der Ofen ziemlich schnell aus.

»Hopp, hopp, ab in de Kopp.«

»Nördlich des Mains«, sagte Heider.

»Mainzer Ecke da oben«, ergänzte Gernot.

»Furchtbar«, sagte Faulhuber.

Luginger nickte.

Moni zapfte vier Helle, und Sammy trug Schnitzelsemmeln durchs Lokal.

Einer der Radler stolperte mit hochrotem Kopf zum Klo, als Tequila-Joe das Lokal betrat und direkt auf Luginger zuging.

»Hey, Joe.«

Joe nickte in die Runde. Dann fragte er Luginger: »Hast du mal fünf Minuten?«

* * *

Es war schon drei Uhr durch, und Luginger konnte einfach nicht schlafen. Er lag auf seinem Bett und starrte ins Halbdunkel. Noch immer war der Mondschein kräftig genug, um der Nacht eins auszuwischen. Bis um zwei war er planlos durch die Wohnung gelaufen, hatte Musik an- und abgestellt, geraucht, gespült, Wäsche zusammengelegt und mehrmals erfolglos Barbara zu erreichen versucht.

Was Joe ihm erzählt hatte, beschäftigte ihn seit Stunden. Verena Lauscher, eine von Joes Reitschülerinnen, hatte ausgepackt. 19 Jahre das Mädchen und mit den Nerven völlig am Ende. Niemand wusste was, ihre Eltern nicht, ihr Freund nicht, ihre Klasse nicht, wirklich niemand, bis auf Axel Strauss und Britta Höpfner. Britta wusste alles. Dann war sie weg. Und Britta wurde bestimmt genauso erpresst wie Verena und weitere junge Dinger. Strauss hat sie nie zusammengebracht, also, sie kannten sich bestimmt vom Sehen und von der Schule und so, hatten aber keine Ahnung, wer von ihnen mit Strauss zusammenarbeitete. Verena war nach zwei Männern ausgestiegen. Ekel, wahnsinniger Ekel, das hätte sie vorher nie gedacht. Hätte sie das gewusst, wäre sie niemals auf Axels Angebot eingegangen. Axel hatte alles vermittelt und pro Kunde 300 kassiert, sie 500. Und dann hat er sie erpresst. Als sie gesagt hat, Ende, Axel, das ist nichts für mich, hat er immer wieder von Fotos erzählt, die er habe und die er ins Internet stellen würde, wenn sie zur Polizei ginge oder sonst wem was erzählte. Und um zu zeigen, wie ernst er es meinte, hat er es auch gemacht. Für drei Tage hat er auf Facebook Bilder und Infos einer jungen Frau ausgestellt und Verena gesagt, sie solle sich das mal anschauen. Sie kannte die Frau nicht, was sie aber gesehen hatte, war so schrecklich, dass sie wochenlang völlig am Ende war. Wenn dich so die Welt sieht, hat sie Joe erzählt, deine Freunde, deine Eltern, die Familie, bist du ruiniert. Jeder, der will, kann dich fertigmachen, und bis so was gestoppt ist, hast du dich längst umgebracht.

Joe hatte gesagt, Franz, wir wissen gar nicht mehr, was da abgeht. Rufmord innerhalb von Sekunden, und zwar weltweit. Zur Polizei geht doch keines der Mädchen, das ist mal klar. Jetzt ist die Verena erst recht fix und fertig, weil sie glaubt, bei den Ermittlungen würden die Fotos auftauchen. Wo sollen die denn herkommen?, hatte Luginger Joe gefragt. War Axel denn dabei, als sie mit den Typen gevögelt hat? Nein, das nicht, sie ist aber davon überzeugt, dass er was in der Hinterhand hat. Axel hätte nie was dem Zufall überlassen. Hübsches Ding, gutes Elternhaus, Geld wie Heu, weißt, Franz, das Pferd, das sie reitet, gehört ihr, versteht man so was? Warum hat Axel die Mädchen denn so schnell von der Leine gelassen? Der wollte keinen Ärger, hatte Joe gesagt. Der wollte zufriedene Kunden und keine Mädchen, die in teure Hotelkissen weinen. Für 800 liefert Axel Strauss nur beste Ware. Hat er das so gesagt?, hatte Luginger Joe gefragt, und Joe hatte traurig genickt.

Britta Höpfner, dachte Luginger, immer wieder dieser Name. Wie kann man seine Freundin nur an andere verkaufen? Waren diese Gören denn von allen guten Geistern verlassen? Und Mike will nichts davon gewusst haben. Hat bei dem Typen sein Dope gekauft, der das Mädchen, das Mike liebte, zur Hure gemacht hat. Wie fertig musste man eigentlich sein, damit einen die einfachsten Dinge nicht mehr juckten?

Verena würde niemals zur Polizei gehen, hatte Joe gesagt. Er hatte ihr versprechen müssen, die Klappe zu halten. Das geht nicht, hatte Joe gesagt, wenn du Hilfe willst, und die willst du ja, muss ich mit jemandem reden. Sie hatte dann nur noch geheult. Franz, die könnte unsere Tochter sein, wir müssen unbedingt jemanden finden, der mit der Polizistin redet, damit diese Scheißfotos oder was immer der Strauss da vorbereitet hat, lautlos verschwinden. Meinst, das Mädchen tut sich was an?, hatte Luginger gefragt. Joe hatte genickt, und Luginger hatte Tränen gesehen, die Joes Augen glänzen ließen.

Luginger stand wieder auf. Er schenkte sich seinen dritten oder vierten Whisky ein, holte Eis aus dem Kühlschrank und setzte sich an seinen Küchentisch. Dann kramte er Papier aus der Schublade und schrieb: *Warum ist Britta Höpfner an Weihnachten weggezogen, und warum kommt sie erst heute zurück, drei Tage nach dem Mord an ihrem ehemaligen Freund Axel? Was hat Mike am Gerolsee wirklich gesehen, und wie glaubwürdig ist Jessica Weber? Können Mike und Sammy den Strauss nicht zusammen fertiggemacht haben? Warum hat Frau Weibel mir alles Mögliche erzählt, nur nichts über das Höpfner-Mädchen? Hat die Polizei bei Axel Strauss einen Computer sichergestellt, und was war da drauf? Mails, Fotos, Software? Wer redet mit der Kommissarin, um Verena zu retten?*

Luginger zögerte einen Moment, dann notierte er: *MAMA!*

Freitag

»Was schaust du denn so, Franz?«

Barbara tippelte zur Spüle.

Beine bis zum Gehtnichtmehr, dachte Luginger. Wollen gar nicht aufhören. Und dann der Hintern. Kruzifix. Kannst ein Weißbier drauf abstellen.

»Hast du was?«

Dazu knallenge rote Hosen, damit's auch so recht brezelt.

Getippel zum Bad.

»Sag mal, träumst du?«

Und selbstverständlich Unschuldsmiene und Unschuldstonlage.

»Franz, bist du noch da?«

Getippel zum Schuhesuchen.

Herrschaftszeiten! Läuft runder als jede Junge und macht einen auf sorry, sex no have.

»Also, das Auto steht im Hof. Tanken müsstest du vielleicht.«

Getippel für Bussi links, Bussi rechts.

Eilig hat sie's. Früher wär das anders ausgegangen. Von wegen Bussi und sonst nix.

»Die S-Bahn, weißt schon.«

Bumm, zu die Tür. Das war's.

PR-Branche, da bist richtig, Barbara-Schatz, dachte Luginger, als er den Rest seiner Semmel in den Mund schob. Na ja, vögeln morgens um halb neun kannst vergessen, und mit einer Frau, die ihr Auto hat rausrücken müssen, erst recht.

Dringend, hatte er um sieben ins Telefon gerufen. Mike sitzt in Erding, verhaftet. Rolf hat mich grad angerufen, die Menzingers sind fix und fertig. Könntest dich mal umhören? Mike wird einen gscheiten Anwalt brauchen, ich kenn keinen, und ich kenn auch keinen, der einen kennt. Stöhnen am anderen Ende und dann Scheiße, ich muss nachher pünktlich sein und top in Form und gut ausschauen, da kommen Japaner, die wollen Trommler durchsetzen. Europaweit! Europaweit, hatte er geantwortet, für Mike gibt's knastweit, wenn ich da nicht hinkomm. Kurze Pause. Gut, ich lass mir was einfallen, Franz. Gib mir eine halbe Stunde, ich bring Semmeln mit.

* * *

Clara Weibel schlürfte widerwillig Kaffee. Mike schaute zu Boden und fummelte nervös Hautfetzen von seinen Fingern. Vor ihm standen Aufnahmegerät und Mikrofon. Luginger lehnte am Türrahmen, schüttelte den Kopf und grüßte kurz.

»Herr Luginger«, sagte Frau Weibel, »mit Ihnen hätte ich jetzt nicht gerechnet.«

»Darf ich mit Mike reden?«

»Dazu hatten Sie genug Zeit. Jetzt rede ich mit ihm. Wie kommen Sie eigentlich hier rein?«

»Ihr Kollege war so freundlich.«

»Aha, mein Kollege, das war aber nett von ihm.«

»Braucht Mike einen Anwalt?«

»Das will ich meinen. Fürs Erste geht es aber auch ohne.«

»Mike, du musst nichts sagen«, brummte Luginger. »Du kannst …«

»Lass nur«, erwiderte Mike ruhig. »Ich sag, was zu sagen ist.«

Frau Weibel war aufgestanden und hielt Luginger ihre leere Tasse hin.

»Sie können sich nützlich machen. Bringen Sie mir bitte noch ein Tässchen. Der freundliche Herr Fröhlich weiß, wo alles steht. Etwas Milch, kein Zucker.« Und zu Mike gewandt, fragte sie: »Wollen Sie nicht auch etwas trinken?«

»Nein«, kam es zurück.

»Selbstverständlich dürfen Sie sich ebenfalls bedienen, Herr Luginger. Und lassen Sie uns ruhig noch ein paar Minuten Zeit, ja.«

Luginger schlich durch die Gänge. Er schwitzte, band seinen Zopf neu, starrte auf seine Armbanduhr und wusste nicht, wohin mit seinen 90 Kilo.

Gestern Abend war die Bombe also geplatzt. Polterer hatte es ihm vorhin im Auto ins Ohr gezwitschert. Ein Telefonat der Extraklasse. Britta Höpfner hatte bestätigt, dass Mike in sie verschossen war, und Jessica Weber war nach tagelangem Schweigen und Lügen mit der Wahrheit rausgerückt. Das junge Ding konnte nicht mehr. Welche Wahrheit?, hatte Luginger gefragt. Ich bitte Sie, hatte Polterer geantwortet. Ich bin Polizist und kein Auskunftsbüro. Warten Sie's ab, noch ist nicht aller Tage Abend. Aber ich kann Sie beruhigen, dass Mike den Strauss erstochen hat, steht nicht zur Debatte.

Aber dass er was gesehen hat, steht zur Debatte, dachte Luginger. Und die junge Weber ebenfalls. Und das wird mehr gewesen sein als nur die Leiche von Axel Strauss. Außerdem ist Eifersucht ein Motiv, ein sehr gutes sogar.

Luginger steckte sich eine Zigarette an. Dann suchte er einen Aschenbecher.

»Hier dürfen Sie nicht rauchen«, hörte er Frau Weibel hinter seinem Rücken rufen.

»Ich muss aber«, knurrte er zurück.

Frau Weibel öffnete ein Fenster hinten im Gang.

»Raus damit.«

Luginger gehorchte.

»Kommen Sie in mein Büro. Herr Menzinger wird noch etwas hierbleiben, kann aber in ein, zwei Stunden wieder gehen.«

»Kann ich ihn mitnehmen?«

»Nein. Ich bringe ihn nach Hause und rede mit seinen Eltern. Seine Mutter kommt ja fast um vor Sorgen.«

Auf dem Schreibtisch der Kommissarin lagen lauter Papierstapel übereinander. Daneben standen große Wasserflaschen und eine Tüte Bonbons.

»Setzen Sie sich«, sagte sie zu Luginger.

»Ich stehe lieber.«

»Setzen Sie sich. Ich kann mit Ihnen nicht reden, wenn Sie so rumstehen.«

Luginger quälte sich in einen durchgesessenen Freischwinger.

»Über die unerfüllte Liebe von Herrn Menzinger haben Sie nichts gewusst?«

Luginger nickte.

»Heißt das Nein?«

Luginger nickte erneut.

»Gut. Oder nicht gut, wie man's nimmt. Frau Höpfner hat uns auch noch nicht viel weitergeholfen, dennoch bin ich Ihnen für Ihre Kooperation in dieser Angelegenheit dankbar. Das Mädchen Jessica Weber hingegen hat ihre eigene Aussage und die von Herrn Menzinger präzisiert. Herr Menzinger hat das alles im Wesentlichen bestätigt. Die beiden haben Axel Strauss am Montag schon früher gesehen, das war gegen sieben Uhr abends. Von Weitem konnten sie erkennen, wie er mit seinem Grill beschäftigt war. Dann sind sie um den See gelaufen, haben geraucht und geknutscht, bevor sie etwa eine Stunde später wieder an dem Ort vorbeigekommen sind, an dem Herr Strauss sich niedergelassen hatte. Herr Menzinger sah in etwa 30 Metern Entfernung eine Gestalt eine Anhöhe hochlaufen, Lederjacke, jung, männlich, mittelgroß, Turnschuhe, dunkle Jeans. Dann ist ihm aufgefallen, dass Herr Strauss nicht zu sehen war. Er lief vom Weg weg Richtung See und hat Herrn Strauss tot hinter einem Gebüsch gefunden. Als seine Begleiterin nachgekommen ist, hat er neben der Leiche gekniet und gekichert, so hat sich Fräulein Weber wenigstens ausgedrückt. Der Tote lag da mit heruntergezogener Hose, und Herr Menzinger hat ihm, immer noch kichernd und merkwürdig geistesabwesend, den Zapfhahn in den Hintern geschoben. Das war's.«

Luginger fühlte sich besser. Viel besser sogar. Das waren gute Nachrichten. Für Leichenverschönerung in bekifftem Zustand gab's Ohrfeigen, aber nicht lebenslänglich.

»Und wo soll er den Zapfhahn hergenommen haben?«, fragte er schließlich.

»Herr Strauss soll darauf gelegen haben. Wenn Sie so wollen, hat er ihn nur wenige Zentimeter bewegt, um ihn dorthin zu schaffen, wo er sich schlussendlich befand.«

»Und keine Fingerabdrücke?«

»Nichts, was wir verwerten könnten.«

»Wieso?«

»Tja, das bleibt etwas dunkel. Beide haben ausgesagt, dass Jessica Weber an dem Zapfhahn rumgewischt hat.«

»Das junge Ding?«, fragte Luginger erstaunt.

»Das Paar hatte gekifft, und sie war bedröhnt. Da mag einiges verrutschen.«

»Und dann?«, wollte Luginger wissen.

»Haben sie sich getäuscht, zum Glück, möchte ich sagen.«

»Was heißt getäuscht?«

»Sie glaubten, gesehen worden zu sein, haben Stimmen gehört und Panik geschoben. Kann sein, kann nicht sein. Wenigstens haben sie dann die Polizei verständigt, um nicht in Verdacht zu geraten.«

»Haben denn die Polizisten vor Ort nicht mitgekriegt, dass die zwei was geraucht hatten?«

»Offensichtlich nicht. Herr Menzinger hat das wohl gut unter Kontrolle, er raucht ja öfter mal was, und die junge Weber war so durcheinander, dass jeder glauben musste, sie stehe unter Schock.«

»Und jetzt lassen Sie Mike einfach laufen?«

»Ihnen sagt der Name Weber nichts, oder?«

»Nein«, erwiderte Luginger.

»Also Wolfgang Weber ist Oberstaatsanwalt in München. Zusammen mit seiner Tochter war er hier, und sie hat ihre Aussage gemacht. Alles hieb- und stichfest inklusive ärztlichem Attest, dass seine Tochter tagelang unter Schock stand und sich deshalb nur bruchstückhaft erinnern konnte.«

Luginger nickte.

»Sehen Sie, das ist ganz prima für Herrn Menzinger. Er hat nämlich nur geschwiegen, um das junge Ding nicht in Verlegenheit zu bringen. Er hat sie beschützt, vor uns, vor der Presse, vor Freunden und so weiter.«

»Ein guter Mensch, der Mike«, ergänzte Luginger.

»Das behauptet auch Herr Weber. Das Einzige, was ihn gestört hat, ist die Kifferei, zu der Mike Menzinger seine Tochter angestiftet hat.«

Luginger suchte eine bequemere Sitzposition und schlug die Beine übereinander. Dann bemerkte er trocken: »Und Sie glauben das?«

Frau Weibel schob sich etwas Rotes in den Mund. Sie lutschte bedächtig und schwieg eine Weile.

»Na ja«, sagte sie schließlich, »wenn ich bei dem bleibe, was wichtig ist, bleibt wenig, worüber zu grübeln sich lohnt. Herr Menzinger wird kein junges Mädchen mit zum Gerolsee nehmen, um Herrn Strauss umzubringen. Mord aus Eifersucht wegen verschmähter Liebe, nachdem Britta Höpfner gar nicht mehr hier wohnt? Nimmt man zum Abstechen des Nebenbuhlers das Töchterchen des Oberstaatsanwalts mit? Irgendwie nicht. Und das Töchterchen selbst? Warum, wieso? Hinzu kommt die fehlende Tatwaffe. Bleiben die blöde Kifferei und die Unvollständigkeit der Aussagen. Dass sich Herr Menzinger nach dem Tod von Herrn Strauss zu einer dummen Aktion hat hinreißen lassen, ist sogar in Anbetracht dessen, was wir über Herrn Strauss in Erfahrung gebracht haben, so unverständlich auch nicht.«

»Und so ein Oberstaatsanwalt, der mit allen Mitteln seine Tochter schützen wird, tut ein Übriges«, ergänzte Luginger.

Frau Weibel lächelte süffisant.

»Ein Punkt bleibt allerdings widersprüchlich«, sagte sie nach einer kleinen Pause. »Jessica Weber glaubt, die davongeeilte Person könnte auch eine Frau gewesen sein, während Herr Menzinger das ausschließt. Eine Frau würde aber mehr Sinn machen. Zum Beispiel eine, die von Herrn Strauss erpresst wurde, eine der Schülerinnen, die sich prostituiert hat und nicht mehr mitmachen wollte. Die heruntergezogene Hose, kein schlechtes Indiz für den Versuch, jemanden zu sexuellen Handlungen zu nötigen. Dann brennt der Frau die Sicherung durch, sie greift nach einem Messer, das Herr Strauss zum Grillen mitgebracht hat, und sticht zu.«

Luginger strich sich mehrmals über die Nasenspitze. Die Weibel'sche Version des Tathergangs überzeugte ihn nicht. Andererseits kam ihm die Wendung der Unterhaltung gerade recht. Wer über eine Frau als möglichen Mörder nachdenkt, hat nicht unbedingt Sammy im Visier.

»Was haben Sie denn auf dem Computer von Axel Strauss gefunden?«, fragte er, nachdem er aufgestanden war, um seinen Stuhl weiter in die Mitte des Zimmers zu rücken.

Frau Weibel nahm die letzte volle Wasserflasche vom Schreibtisch und trank einen großen Schluck. Dann schaute sie Luginger lange an, ehe sie antwortete: »Herr Strauss hat mit Ihrem Lokal und Ihren Gästen nichts zu tun. Herrn Strauss muss auch keiner mehr helfen. Er ist tot. Was bleibt, ist ein Mord, den wir auch ohne Sie aufklären werden.«

Luginger nickte. Dann nickte er noch einmal und noch einmal. »Ich biete Ihnen einen Deal an«, sagte er schließlich.

»Niemand kann mir einen Deal anbieten, Herr Luginger«, kam es entschieden zurück. »Und Sie schon gar nicht. Wenn Sie etwas wissen und uns vorenthalten, machen Sie sich strafbar.«

Luginger schwieg und kramte seinen Tabak aus der Hosentasche. Dann drehte er eine Zigarette. Und noch eine. Die zweite bot er der Kommissarin an.

»Danke, nein, sehr freundlich von Ihnen, aber ich habe noch nie geraucht.«

»Meine Mutter hat auch erst mit 60 angefangen. Wir rauchen ab und an zusammen. Ihr schmeckt's, und ich rauch gern in Gesellschaft.«

»Was wollen Sie?«

»Wir können die Tür abschließen und später die Fenster aufmachen.«

»Seien Sie nicht kindisch, ja.«

Luginger steckte sich seine Zigarette an und formte ein Blatt Papier zu einem Aschenbecher.

»Reden Sie mit meiner Mutter. Die hilft Ihnen gerne. Sie weiß was.«

»Was weiß sie? Herr Luginger hören Sie auf, einen Affen aus mir zu machen.«

»Die Schülerinnen, die Hurerei, die Zusammenhänge, sie weiß was, sagt's mir aber nicht. Frauenkram eben.«

Frau Weibel kniff die Augen zusammen. Dann lief sie zum Fenster und riss es sperrangelweit auf. »Sie deuten an, dass Ihre Mutter Namen von Betroffenen kennt, Hintergründe, Einzelheiten. Richtig?«

Luginger nickte.

»Und was ist der Deal?«, fragte sie, als plötzlich die Tür aufging und Herr Fröhlich empört lospolterte: »Hier wird nicht geraucht.«

»Wenn's der Wahrheitsfindung dient, Herr Kollege, gönnen wir Herrn Luginger noch einen Zug. Dann wird er sich wieder an die Regeln halten.« Frau Weibel blickte um Verständnis bittend auf Fröhlichs Tränensäcke. »Kommen Sie, Lungenkrebs durch Passivrauchen für Ermittlungsfortschritte in einer schmutzigen Sache, die unbedingt aus der Welt muss«, schob sie nach, und Luginger beobachtete, wie zum ersten Mal an diesem Morgen ein Lächeln über ihr Gesicht huschte.

Fröhlich ließ kommentarlos einige Schnellhefter auf Frau Weibels Schreibtisch fallen, hob die Hände über den Kopf, um anzudeuten, wie sehr er missbilligte, was er sah, und verschwand.

»Welcher Deal?«, wiederholte sie ihre Frage.

»Ich möchte wissen, was Sie bei Axel Strauss gefunden haben. Was war auf seinem Computer, was in seinem Zimmer, was sonst wo?«

»Ich soll Ihnen polizeiliche Ermittlungsergebnisse mitteilen?«, fragte Frau Weibel verblüfft. »Sind Sie von allen guten Geistern verlassen?« Und mit wachsender Empörung fügte sie hinzu: »Sie sind übergeschnappt, völlig gaga, was geht in Ihrem Hirn eigentlich gerade vor?«

Luginger schnippte die Zigarette aus dem Fenster. »Machen Sie mal halblang, Sie erzählen mir sonst auch einiges.«

»Ich erzähle Ihnen nur, was Sie auch sonst erfahren würden«, stellte Frau Weibel energisch klar. »Was Ihnen Herr Menzinger oder das Weber-Mädchen auch erzählen würden. Nicht mehr und nicht weniger.«

Luginger stand am offenen Fenster und atmete warme Spätsommerluft.

»Müsste mal wieder regnen«, sagte er.

»Geht es Ihrer Mutter denn besser?«, fragte Frau Weibel.

»Meiner Mutter machen diese jungen, dummen Hühner mehr zu schaffen als ihr blauer Fleck«, erwiderte Luginger.

Frau Weibel stöhnte kurz, lief um den Schreibtisch, ließ ihren Bürostuhl kreisen und gab Luginger die Zigarette zurück, die er ihr gedreht hatte.

»Eine Frage«, sagte sie schließlich.

»Haben Sie irgendwas gefunden, womit Axel Strauss die

Mädchen erpressen könnte? Nacktaufnahmen, Adresslisten, so was?«

»Nein.«

»Nein?«, fragte Luginger erstaunt.

»Nein«, wiederholte Frau Weibel.

»Nein«, brummte Luginger vor sich hin. »Wie erklären Sie sich das?«, fragte er dann.

»Eine Frage, so war es ausgemacht, Herr Luginger«, antwortete Frau Weibel, während sie einen Umschlag öffnete und einige Papiere gut sichtbar auf ihren Schreibtisch legte. »Entschuldigen Sie mich bitte. Bin gleich zurück.«

* * *

Luginger parkte Barbaras Wagen vor der Sparkasse. Das Schild »Nur für Kunden« störte ihn nicht. Dann ging er über die Dürerstraße zum Markt, um für seine Mutter Kartoffeln und etwas Schinken einzukaufen. Nachher würde er für sie kochen und mit ihr reden. Noch wusste sie von nichts, und er war sich nicht sicher, ob sie mitspielen würde.

Gleich vorne entdeckte er einen Informationstisch der Bürgerinitiative. Neben Peter Gmeiner und einer Frau, die er nicht kannte, stand Helga Fischer und verteilte Flugblätter.

Als sie Luginger sah, winkte sie kurz und kam auf ihn zu. »Hier, nehmen Sie eins.«

Luginger las halblaut: »Immer nur Geld, Geld, Geld! Warum unser Ort anders sein will. Keine neuen Häuser am Winkelgraben.«

»Sie lesen jetzt aber arg quer«, bemerkte Frau Fischer.

»Na ja, ich les, was am größten geschrieben ist.«

Helga Fischer lächelte gequält.

»Sie engagieren sich jetzt mehr als früher«, sagte Luginger.

Frau Fischer zog ihn zur Seite und antwortete leise: »Zu Hause werde ich verrückt. Ich muss unter Leute.«

Luginger nickte.

»Ich packe das einfach nicht. Alles ist jetzt ganz anders, verstehen Sie?«

»Sammy geht's auch nicht gut«, sagte Luginger. »Er hat Sorgen, und ich glaube Ihretwegen.«

Verlegen spielte die kleine Frau an ihrem Ohrring. »Ja, er vergräbt sich mehr als sonst. Er hat Angst, dass ich ihn fallen lasse, obwohl das dumm ist.«

Luginger zögerte einen Moment. Dann fragte er: »Warum haben Sie dem Strauss die 4000 Euro gegeben?«

Helga Fischer blickte zu Boden. »Er hat gedroht, das Schaufenster meines Reisebüros zu besprühen. Ich wäre ruiniert gewesen. Ruiniert, verstehen Sie? Zum Gespött gemacht. Und mein Sohn und mein Mann wären gleich mit untergegangen.«

Luginger nickte. »Der hätte Sie doch weiter ausgenommen wie eine Weihnachtsgans. Mit 4000 Piepen wären Sie das Arschloch nie und nimmer losgeworden.«

»Vielleicht, vielleicht auch nicht. Ist jetzt eh egal, oder? Wenn ich gewusst hätte, dass er ein paar Tage später tot am Gerolsee rumliegt, hätte ich mir das Geld sparen können.«

Luginger schwieg. Frau Fischer trat von einem Fuß auf den anderen und wusste nicht, wo sie hinschauen sollte.

»Und Sammy hat von alldem nichts gewusst?«, fragte Luginger schließlich.

»Nein«, erwiderte sie entschieden. »Nichts. Warum hätte ich ihn mit Dingen belasten sollen, die nur mich was angehen?« Dann biss sie sich auf die Unterlippe und fuhr mit gesenkter

Stimme fort: »Ich wünschte, die Tage vergingen schneller. Zeit ist jetzt alles. Zeit, die vergeht und alles zurechtrückt. Ich bin kein schlechter Mensch, und was mir und meinem Sohn widerfahren ist, ist keine Strafe Gottes. Es ist passiert, wie so vieles passiert, das nicht passieren dürfte.«

Luginger legte seine Arme um ihren schmächtigen Körper und drückte sie an sich. Dann ließ er sie los, wischte sich Haare aus dem Gesicht und lächelte kurz. »Hoffentlich geht's Ihnen bald besser. Und wenn Sie Hilfe brauchen, melden Sie sich.«

Auf dem Weg zum Gemüsestand wich er Müttern mit Kleinkindern aus. Die einen trugen sie auf dem Rücken, die anderen vor der Brust. Dazu Kinderwagen, Buggys und Bobbycars.

Während man ihn fragte, ob er mehlige oder festkochende Kartoffeln wünschte, sah er an einem Stand nahe des Eingangs zum Kirchhof Viktor Powolow Wein verkaufen.

»Festkochend«, antwortete Luginger, ohne nachzudenken.

Powolow, herrje, was macht der denn hier? War schon eine Weile her, dass der Russe wie aus dem Boden gestampft im Hammer-Eck aufgetaucht war und abwechselnd so viel Weißbier und Wodka getrunken hatte, dass er später völlig dicht vom Hocker kippte. Ein Russe in Leuterding, so was gab's selten. Moni war an dem Abend ganz besorgt gewesen, weil sie fürchtete, der Typ würde die Zeche prellen, was er aber nicht getan hatte. Am nächsten Morgen hatte ihn Luginger in aller Frühe vom Boden aufgelesen und seine Geschichte gehört. Sein Bruder hat ihn rausgeschmissen, weil Tymoshchuk seinen Bruder rausgeschmissen hat. Anatoliy Tymoshchuk war letztes Jahr als Mittelfeld-Ass vom FC Bayern verpflichtet worden und hatte seinen eigenen Pressesprecher, Powolows Bruder eben, aus Sankt Petersburg mitgebracht. Doch Louis van Gaal, der Bayern-Trainer, hatte ihn zum Edelreservisten degradiert. Powolow hatte gejammert, Tymoshchuk nur noch Ersatz, nix mehr Geld, nix mehr Glück, nix notwendig Presse, van Gaal holländisches Arschloch, liebe nur holländische Spieler wie van Bommel, Bammel, Bummel, nix sehen Potenzial von Tymoshchuk, Spieleröffnung prima, Abwehr prima, Gegner zack Beine weg, zack Ball weg, nix Gegentore.

Luginger ging schnurstraks zum Weinstand. Powolow erkannte ihn sofort, schenkte zwei Gläser voll und rief enthusiastisch: »Mann von Boazn. Ha, Überraschung, komm, trink.«

Luginger war perplex. »Boazn, Viktor, wo hast Bayerisch gelernt?«

»Megagoile Boazn, dein Hammer-Eck, wie klingt megagoile Boazn? Klingt gut? Ich lerne schnell. Viel a, viel o, gefällt mir.«

Die beiden tranken, und Luginger schüttelte sich. »Ziemlich trocken, Viktor.«

»Ja, trocken, muss sein, Weißwein vom Bodensee, immer trocken.«

»Wie kommst denn zu dem Job?«

»Habe neue Freundin, verkauft Wein für Bauer vom Bodensee, helfe.«

»Du, sag das noch mal, megagoile Boazn. Das gefällt mir, Viktor.«

»Megagoile Boazn.«

»Absolut echt, damit kommst weit bei uns.«

»Du kaufen, ich mach guten Preis.«

»Lass mal, Viktor. Wein trink ich nicht. Willst nicht mal wieder vorbeikommen?«

»Schwierig, wohne weit weg. Buchloe.«

»Buchloe! Herrschaftszeiten, wie bist denn da gelandet?«

»Freundin, weißt schon.«

Luginger nickte. Dann trank er den Rest Wein und klopfte Powolow auf die Schulter. »Machs gut und viel Glück.«

»Megagoile Boazn«, brummte Luginger vor sich hin, während er einen Wurststand suchte. Gibt's denn so was, akzentfreies Oberbayerisch von einem Russen, der ansonsten lustig vor sich hin stammelte.

Vor einer Chiemgauer Ökobäckerei blieb er stehen, weil ihm der Duft von frischem Brot in die Nase stieg. Er kaufte je einen halben Laib Bauernbrot und Dinkelvollkorn, von dem er wusste, dass seine Mutter es mochte. Danach schlenderte er am Fischstand und am Käseangebot des alten Herburger vorbei, der bestimmt schon zehn Jahre hier war und wahrscheinlich seitdem keinen Freitag ausgelassen hatte.

Schinken, dachte Luginger, gibt's da vorn. Da vorn waren aber erst mal Stehtische mit Kaffeetrinkern, und unter ihnen erkannte er Tequila-Joe mit einer jungen Frau im Schlepptau.

Joe rührte in seiner Tasse und redete gleichzeitig. Die junge Frau trug schwarze Jeans und eine schwarze Lederjacke. Kurze dunkle Haare, sportliche Figur. Britta Höpfner, dachte Luginger, das muss sie sein, das Phantom, Joes ehemalige Fahrschülerin und der heiße Draht zu der ganzen Sexscheiße am Gymnasium.

»Servus«, grüßte Luginger.

Sofort verstummte das Gespräch.

»Stör ich?«

»Nein, Franz, ganz und gar nicht. Darf ich vorstellen, Frau Höpfner.«

Luginger reichte ihr die Hand. »Sind Sie von hier?«, fragte er.

»Ja, aber ich wohn jetzt woanders.«

»Also zu Besuch?«

»Kann man so sagen.«

»Kommen Sie mit Joe doch mal im Hammer-Eck vorbei. Ich bin der Wirt. Würd mich freuen.«

Britta Höpfner grinste verlegen. »Vielleicht.«

Für einen kurzen Moment dachte Luginger daran, sie nach ihrem toten Exfreund Axel Strauss zu fragen. Unschlüssig trommelte er mit seinen Fingern auf die helle Tischplatte. Schließlich zog er seinen Zopf straff und reichte ihr die Hand.

»Ich geh dann mal weiter«, brummte er. Und zu Joe gewandt sagte er noch: »Wegen unseres Gesprächs gestern Abend hab ich eine Lösung. Meine Mutter macht das. Ich geh gleich zu ihr und red mit ihr.«

Joe blickte verwundert. »Deine Mutter, aha. Meinst, dass das gut geht?«

Luginger nickte.

* * *

»Du musst mehr rühren, Bub, sonst gibt's Klumpen.«

Luginger schlug den Schneebesen, so schnell er konnte.

»Los, die Milch, Franz, das ist zu fest.«

Luginger schüttete Milch in den Topf.

»Gut, schalt jetzt den Herd runter, so viel Hitze brauchst gar nicht.«

Er schaltete den Herd auf Stufe zwei.

»Jetzt musst noch abschmecken«, grummelte Anna Luginger. »Salz und Pfeffer. Aber pass auf, der Schinken und die Zwiebel machen schon Geschmack.«

»Salz und Pfeffer«, wiederholte Luginger geduldig. »Nicht

zu viel, nicht zu wenig, der Schinken und die Zwiebel machen nämlich schon Geschmack.«

»Gleich nimmst die Kartoffeln aus dem Wasser, ja. Sonst werden sie matschig.«

»Auf jeden Fall«, erwiderte Luginger, während er die Pfeffermühle über den Topf mit der Béchamelsauce hielt.

»Weißt was, Bub. Wir nehmen das Geschirr von drinnen.«

»Klar, die guten Teller, Mama. Die, die man mit der Hand spülen muss. Super Idee.«

Eine halbe Stunde später saßen sie satt am Küchentisch.

»Béchamelkartoffeln, einfach und gut«, sagte die alte Frau zufrieden. »Weißt, beim nächsten Mal nimmst Wammerl. Dann lässt den Schinken weg, Wammerl macht die Sauce noch würziger, kräftiger, verstehst?«

Luginger nickte.

»Und jetzt raus damit, Bub. Was willst eigentlich?«

Luginger ging zum Kühlschrank und holte eine weitere Flasche Mineralwasser.

»Dass du herkommst und kochst, hat doch einen Grund«, insistierte seine Mutter.

»Meinst, nur so tät ich das nicht machen?«

»Nicht am Freitag. Sonntags schon, ab und zu wenigstens.«

Luginger goss Wasser in Gläser. »Komm, ich helf dir raus auf die Terrasse. Da rauchen wir eine.«

Langsam tippelte die alte Frau an Lugingers Arm durchs Wohnzimmer.

»Sag mal, Mama, was hast denn da auf deinem Couchtisch liegen?«, fragte Luginger, nachdem er seine Mutter in ihren Gartenstuhl gesetzt hatte.

»Meinst die Filme?«

»Ja. Schaust jetzt DVDs an?«

»Komm, bring alles mal her.«

»Tatort: München-Box«, las Luginger vor. »Ist a bisserl von vorgestern, Mama. Gustl Bayrhammer und Helmut Fischer. Die sind doch schon tot.«

»Mausetot, Bub, mausetot. Aber die anderen mit dem Batic und dem Leitmayr sind neuer.«

Luginger schaute auf die zweite Schachtel. »Sechs DVDs. Schaust dir die jetzt abends an?«

»Oder mittags, wenn niemand kommt und kocht.«

Luginger drehte Zigaretten.

»Papa hat den Bayrhammer gemocht«, sagte sie. »Ist bestimmt schon 30 Jahr her.«

»Obwohl der schwul war?«, fragte Luginger.

»Der Gustl doch nicht. Das war der Sedlmayr, Bub, den sie umbracht ham.«

Luginger zog erstaunt die Augenbrauen nach oben.

»Glaubst, wir hätten nicht gewusst, was draußen los ist?« Die Stimme seiner Mutter verriet Empörung. »Glaubst, Schwule gibt's erst, seit jeder Depp sagen darf, dass er verkehrt rum ist? Wir haben schon gewusst, wie es zugeht in der Stadt.«

»Und hier bei uns in Leuterding, kennst da Schwule?«, fragte Luginger.

Beide rauchten.

»So einer, von dem die anderen das gewusst hätten, hätt hier nicht leben können. Heute schon, vor 30 oder 40 Jahren nie und nimmer.«

»Wo hast die Filme denn her?«

»Dr. Brettmann hat die besorgt. Übers Internet.«

»Und wie machst das mit der Technik? Kriegst das hin?«

»Freilich, ist doch alles da.«

»Hat der Brettmann dir das gezeigt?«

Anna Luginger nickte.

Beide rauchten.

»Weißt was? Ich frag mal Barbara, ob sie nicht Lust hat, mit uns zusammen so einen alten Schinken anzuschauen. Ich glaub, die steht auf den Fischer.«

»Das war ein Stenz, mein Lieber, mein Lieber«, flötete die alte Frau und verzog anerkennend die Mundwinkel.

»Weißt, und da schaun wir noch mal, ob das alles funktioniert mit den Kabeln und dem DVD-Player.«

»Das funktioniert. Glaubst, ich weiß nicht, wie das geht? Nachher, wenn du weg bist, mach ich's mir an. Den Ivo mag ich am liebsten.«

Luginger schritt durch den Garten. Überall Unkraut und Katzendreck und ein Schmetterlingsbaum, der im August schön geblüht hatte.

»Irgendjemand muss sich mal kümmern«, sagte er zu seiner Mutter.

»Sammy hätt doch Zeit«, kam es postwendend zurück.

»Ja, der hat Erfahrung mit so was«, antwortete Luginger trocken. »Sein Urgroßvater, sein Großvater und sein Vater haben in Afrika auf riesigen Plantagen geschuftet, wenn sie nicht grad auf Bäumen gehockt und weißen Frauen hinterhergepfiffen haben.«

Lachend drückte Anna Luginger ihre Zigarette aus. Dann sagte sie: »Du redst einen Quatsch daher, Bub. Ich würd ihn gut bezahlen. Der soll doch nix umsonst machen.«

»Gut, Mama, ich frag ihn. Dahinten hast ja ein paar Birnen.«

Wenig später stopften sie sich grünes Obst in den Mund.

»Nix Dolles«, bemerkte Anna Luginger.

»Stimmt. Schmecken ruppig«, sagte ihr Sohn.

»Ruppig. Schmarrn, nach nix schmeckens. Nach gar nix.«

Luginger warf die angebissenen Früchte hinter einen Fliederstrauch. Dann sagte er: »Du kennst dich ja schließlich aus, Mama. Was bei uns grad passiert ist, gab's so was schon mal im Fernsehen?«

»Du meinst als Krimi? Mit Schülerinnen, die sich für Geld hergeben, obwohl sie gar keins brauchen?«

Luginger nickte.

»Na, noch nie.«

»Würdest da mal mitmischen wollen?«

»Wie meinst das?«

»Joe, also Hans Buchholz, braucht Hilfe. Eins der Mädchen, das für Axel Strauss die schmierigen Geschäfte da gemacht hat, hat ihm was gesteckt. Joe glaubt, die könnt sich was antun, weil sie Angst hat, die Polizei könnt in den Sachen von dem Strauss was gefunden haben, und dann würd rauskommen, was sie für'n Mist gemacht hat.«

Anna Lugingers Augen glänzten. »In die Sach kommt Bewegung, stimmt's?«, sagte sie mit Nachdruck. »Das Mädel möcht damit nicht zur Polizei gehn, aber ich soll mit der Kommissarin reden, um ihr zu sagen, wie ernst die Lage ist, und sie soll mir versprechen, nichts nach draußen dringen zu lassen, wenn sie was weiß, weil sonst noch ein Unglück passiert. Hast dir so was gedacht, Bub?«

»So was, ja.«

»Von Frau zu Frau«, ergänzte Anna Luginger stolz. »Omas unter sich sozusagen. Die Kommissarin ist ja auch schon 60.«

»Mama, woher weißt denn das?«

»Ist doch klar, Bub. Die Höpfner ist zurück, die ist befragt worden, und wenn die was weiß, rollen Köpfe. Jetzt heißt's aufpassen, dass es nicht die falschen sind.«

»Wer soll da aufpassen?«, fragte Luginger verblüfft.

»Du, ich, Dr. Brettmann. Verstehst das nicht? Die Polizei klärt auf, das ist ihre Arbeit, wir aber müssen schauen, dass eine Ordnung bleibt. Und wenn junge Gänse Fehler gemacht haben, die sie nicht noch mal machen, dann müssen wir was machen, dass nicht jeder dumm rumreden kann.« Die alte Frau war laut geworden. »Hab's dir doch schon vor ein paar Tagen mit der Frau Fischer gesagt. Nix ist schlimmer, als wenn sich alle das Maul zerreißen, weil sie angeblich wissen, was im Schlafzimmer anderer Leute passiert.«

»Mama, seit wann redst denn so daher? Dich trifft das ja richtig.« Luginger war verwirrt. Er hatte seine Mutter schon lange nicht mehr so aufgewühlt erlebt.

»Komm, hol den Kräuterschnaps aus dem Schrank«, sagte Anna Luginger. »Dann drehst noch mal Tabak, und ich erzähl dir eine Geschicht, die schon lang her ist.«

Während Luginger volle Schnapsgläser nach draußen trug, begann seine Mutter zu erzählen: »Nach dem Krieg hat sich hier eine umgebracht. Die beste Freundin meiner Cousine. 1952 war das. Die hat Liebhaber gehabt, alles amerikanische Soldaten, also mehrere halt, und dann ist sie schwanger geworden. Die hat alles gehabt, Kleider, Parfüm, gutes Essen, Kaffee. Klar, die Leut waren neidisch, haben getuschelt, hinter vorgehaltener Hand natürlich auch geschimpft und schlecht über sie geredt. Dann sind die Soldaten zurück, und sie ist hiergeblieben; alle haben sich gewundert, aber sie wollt gar nicht weg, sie wollt bei ihrer Mutter bleiben. Und die gleichen Leut, die vorher von ihr was zugesteckt bekommen haben, haben sie dann schikaniert. ›Flittchen‹ hat man damals gesagt und ›Amihure‹. Ihr Kind ist 1950 geboren worden, bald danach ist ihre Mutter verstorben. Und dann hat sie sich aufgehängt, der Vater ihrer Tochter kam her, aus Texas, das weiß ich heut noch, und hat das Kind mitgenommen.«

»Von wem redest eigentlich?«, fragte Luginger leise.

Die alte Frau trank ihren Schnaps und schwieg eine Weile. »Erinnerst dich an die Hornhaut-Maria?«, fragte sie dann.

Luginger schüttelte den Kopf.

»Da wirst 15, 16 gewesen sein. Die hat so einen Laden für Fußpflege und Maniküre gehabt, gar nicht weit vom Ärztehaus, an der Brunnenstraße. Hornhaut-Maria hieß die nur. Das war die Tochter, die zurückkommen ist, ganz jung war die damals, und blass und zerbrechlich hat sie gewirkt, als sie hier das Geschäft aufgemacht hat. Ein paar Jahre später war sie auch tot. Ist an Krebs gestorben. Heute lebt niemand mehr von der Familie. Steinhofer hießen die. Nur Marias Vater, der war ab und zu mal hier, hat immer im Alten Hof gewohnt. Wird auch tot sein, der war noch älter als ich. Mit dem Papa hat er Karten gespielt.«

* * *

Luginger saß mit Faulhuber abseits vom Thekengedränge an einem Tisch. Schon eine ganze Weile grübelten sie, warum die Weibel wollte, dass Luginger wusste, mit was Arno Geiger in jungen Jahren sein Geld verdient hatte. Im Hintergrund dümpelte das Freitagabendspiel der Bundesliga vor sich hin. Bis auf Heider nahm niemand so recht Notiz von der Partie Eintracht Frankfurt gegen SC Freiburg. Heider hatte zu Zeiten von Trainer Stepanovic und Fußballern wie Jay Jay Okotcha, Uli Stein und Karlheinz Körbel in Frankfurt gelebt, was ihn bis heute mit dem Verein verband.

Heider stöhnte, und der Kommentator stöhnte mit. Luginger sah mit einem Auge, wie ein Frankfurter verzweifelt ins Gras biss, weil der satte Fernschuss eines Mannschaftskollegen vom Freiburger Torhüter gerade noch mit den Fingerspitzen aus dem Eck gefischt worden war.

Moni machte ein paar Ramazottis, Erika prüfte ihre Fingernägel, und Sammy briet Schnitzel in der Küche.

»Also«, sagte Faulhuber, »vielleicht sympathisiert die Weibel mit der BI. Sonst hätte sie dir nicht gesteckt, was für ein finsterer Geselle der Geiger mal war.«

»Wahrscheinlich kann sie Typen wie Geiger einfach nicht leiden«, brummte Luginger und trank einen Schluck. »Verdient sich sein Studium mit Edelnutten und haut ab, als die Luft dünn wird.«

Faulhuber schwenkte sein Wasserglas. »Unter Druck setzen könnten wir den schon«, bemerkte er leise. »Ich meine, dass der Axel Strauss die Idee mit den Schülerinnen hatte, kommt doch von dem. Die haben sich doch gekannt. Der Vater Architekt mit regelmäßigen Aufträgen von Geiger, der Sohn ab und an mal dabei, Palaver, Palaver, auch von früher, eins gibt das andere.«

»Du glaubst doch nicht im Ernst, dass der Geiger seine Vergangenheit hinausposaunt hat«, erwiderte Luginger. »So was hält man doch unter der Decke. Außerdem ist das so lange her, dass es schon gar nicht mehr wahr ist.«

»Vielleicht hat Axel das auch zufällig rausgekriegt. Übers Internet zum Beispiel. Der war doch ein richtiges Ass im Netz.«

Faulhuber machte Moni ein Zeichen.

»Seit wann trinkst denn zwei Wasser hintereinander?«, fragte Luginger.

»Ich bin zu dick. Vorm Spiegel sehe ich scheiße aus«, brummte Faulhuber.

»Ich auch«, beruhigte ihn Luginger.

Beide stießen an.

»Jedenfalls, dass es einen Zusammenhang zwischen der Studentinnenprostitution von Geiger und der Strauß-Einnahmequelle mit den Gymnasiastinnen gibt, liegt auf der Hand«, fing Faulhuber wieder an.

Luginger nickte.

»Und dass der Fischer als Studienkumpel vom bunten Treiben des Herrn Geiger was gewusst hat, ebenso.«

Luginger nickte.

»Und dass sich daraus eine Erpressungskonstellation ergeben hat, auch. Und dass die Weibel dir Informationen zuschiebt, heißt ja wohl, dass sie meint, du könntest dich in der Angelegenheit etwas engagieren.«

Moni stellte wortlos ein weiteres Wasser neben Faulhuber. Dann wandte sie sich um, ging zum Spielautomaten, versenkte Münzen im Schlitz und wartete. Luginger und Faulhuber warteten auch. Die Maschine blinkte, stockte kurz und spuckte Geld aus. Moni griff ins Ausgabefach und warf Euros aufs Tablett.

»Keine Miene verzieht die dabei«, sagte Luginger.

»Magisch«, sagte Faulhuber.

»Deshalb hält die das aus hier«, sagte Luginger. »Weil der Automat sie nicht im Stich lässt, weil sie sich auf den verlassen kann.«

Plötzlich flog die Küchentür auf, und Sammy raste mit seinem Handy am Ohr durch den Gastraum zur Tür hinaus.

»Was war das denn?«, rief Heider und drückte den Ton des Fußballspiels leiser.

Luginger wusste, dass der Abend nur noch Ärger bringen würde. Er lief in die Küche, nahm zwei Pfannen vom Herd und prüfte, ob alle Platten ausgeschaltet waren. Dann trommelten seine Finger auf ein großes Holzbrett. Während er nachdachte, herrschte im Lokal verlegenes Schweigen. Heider tuschelte mit Erika, Moni tippte eine SMS.

Ohne Rücksicht auf volle und leere Gläser schoss Luginger auf Faulhuber zu. »Komm, schmeiß deinen Daimler an, ich weiß, wo er hin ist.«

Beide stürmten nach draußen.

»Weißt, wo die Fischer wohnt?«, fragte Luginger.

* * *

Am Maibaum bog Faulhuber ab. »Überall Tempo 30«, maulte er.

»Mach 60 draus«, brummte Luginger.

Links und rechts standen parkende Autos im Weg.

»Da vorne geht's rein«, sagte Luginger.

»Herrje, ist das eng hier«, knurrte Faulhuber und zog sein Lenkrad scharf nach links. »Wo im Winkelgraben?«, fragte er.

»Siebzehn.«

Polizeiwagen mit Blaulicht, ein Krankenwagen, Nachbarn auf der Straße und Sammys Rad vor dem Fischer-Haus.

Faulhuber bremste. Luginger stieg aus.

Markus Polterer diskutierte mit Kindern, und Helga Fischer saß weinend auf ihrer Eingangstreppe. Luginger blickte sich um. Keine Spur von Sammy. Noch ehe er Helga Fischer fragen konnte, stand Kommissar Fröhlich neben ihm.

»Was machen Sie denn hier?«, fragte er barsch. »Sie sind ja überall, wo's brennt, oder?«

Ohne ihn zu beachten, ging Luginger zu der kleinen Frau auf der Treppe, die mit den Händen ihr Gesicht verborgen hielt. Er kniete sich vor sie und nahm ihren zitternden Körper in die Arme. »Was ist passiert?«, fragte er leise.

»Mein Nachbar ist tot. Der Flegel.«

Fröhlich tippte Luginger auf die Schulter. »Das reicht jetzt, ja. Wir müssen Frau Fischer noch befragen.«

Luginger stand auf und sah, wie Faulhuber mit Polterer redete.

»Wo ist Sammy?«, fragte er Fröhlich, der mit verrutschtem Krawattenknoten und verschwitzten Haaren immer noch neben ihm stand.

»Sie meinen den jungen Schwarzen, der uns mit seinem Rennrad fast alle über den Haufen gefahren hätte, ehe er ins Haus von Herrn Flegel gerannt ist?«

Luginger marschierte los. Die uniformierten Beamten am Hauseingang interessierten ihn ebenso wenig wie Fröhlichs Geschimpfe in seinem Rücken. »Sie können da nicht rein. Hören Sie, das ist ein Tatort. Bleiben Sie gefälligst zurück. Wie ich das hasse, macht denn hier eigentlich jeder, was er will?«

Sammy stand am Treppengeländer, und Luginger hörte ihn zu Frau Weibel sagen: »Ja, hab ich. Ja, ich hab das gesagt.« Dann sah er Luginger im Flur stehen. »Hören Sie«, fuhr er fort, »er war ein Arschloch. Er hat Helga beleidigt. Er wollte sie fertigmachen, dafür gibt's Beweise. Fragen Sie Helga.«

Von einer Sekunde auf die andere fing er an zu schluchzen.

Luginger hatte ihn noch nie weinen sehen. Frau Weibel reichte ihm ein Taschentuch.

»Niggerfotze hat er sie genannt«, stammelte Sammy, »und dass sie eine Schande für jede deutsche Frau sei. Früher hätte man eine wie sie einfach zugenäht ...«

»Das reicht, Sammy, das reicht«, unterbrach ihn Frau Weibel. »Wir unterhalten uns später. Ich sage einem Kollegen Bescheid, der kümmert sich um Sie.«

»Ich will mit Helga reden.«

»Das geht jetzt nicht. Wir müssen erst wissen, was hier passiert ist. Wo waren Sie denn heute ab achtzehn Uhr zum Beispiel?«

»Ich war im Hammer-Eck. Vorher bin ich Rad gefahren, einfach so, zum Gerolsee und dann Richtung Grafing.«

»Hat Sie jemand im Hammer-Eck gesehen?«

»Ab sieben war ich in der Küche, davor hab ich geduscht, Musik gehört und so.«

»Gut, Sammy. Jetzt warten wir mal ab, was der Arzt sagt. Bevor ich den genauen Todeszeitpunkt nicht kenne, bleiben Sie bei uns. Nach Lage der Dinge hatten Sie allen Grund, Herrn Flegel die Treppe runterzuschubsen. So ein Motiv wiegt schwer, wissen Sie. Und wenn ich berücksichtige, in was Sie in den vergangenen Tagen sonst noch verwickelt waren, fällt es mir selbst beim bestem Willen schwer anzunehmen, Sie seien unschuldig.«

Luginger sah, wie Sammy sich die Tränen abwischte.

»Guten Abend«, sagte er und reichte Frau Weibel die Hand. Dann wandte er sich an seinen Koch. »Faulhuber ist draußen, ich sag ihm Bescheid, wenn du willst.«

»Das geht nicht, Herr Luginger«, bemerkte Frau Weibel.

»Sammy sieht vorerst niemanden außer Polizisten und einen Anwalt, wenn er das möchte.«

Luginger nickte. »Die Vorschriften, wie?«

»Die Sachlage, Herr Luginger. Die Zeugen, die Möglichkeiten, die Verzweiflung.«

Luginger nickte. Dann sagte er zu Sammy: »Ich ruf Barbara an. In einer Stunde hast du einen Anwalt.«

Sammy wurde nach draußen geführt.

»Rauchen Sie ruhig eine, wenn Sie wollen«, sagte Frau Weibel. »Herr Flegel hat auch geraucht, also tun Sie sich keinen Zwang an. Wo kommen Sie eigentlich her?«

»Intuition«, sagte Luginger.

»Ihre Familie strotzt ja nur so vor Intuitionen. Wissen Sie, wo ich herkomme?«

Luginger verneinte.

»Von Ihrer Mutter, Herr Luginger. Die Dame ist ja ganz eine Eigene.«

Luginger steckte sich eine Zigarette an.

»Na ja, die jungen Mädchen, die ihre Höschen haben fallen lassen, müssen erst mal warten. Bei Ihnen in Leuterding geht's ja zu wie im Fernsehen. Nette Gemeinde. Drei Tote in einer Woche, richtig beschauliches Speckgürtelleben, und immer ist Sammy im Spiel. Kommen Sie, wir suchen uns einen Kaffee und warten, was der Arzt zu sagen hat.«

* * *

Luginger stand mit einem Becher Kaffee in der Hand neben Faulhuber im Vorgarten des Flegel'schen Reihenhauses. Barbaras Rückruf war überfällig.

»Die Dinge laufen richtig scheiße«, brummte Faulhuber.

»Korbinian Flegel, wenn der Name Programm ist, dann gute Nacht.«

Luginger schwieg.

»So ein feiger Hund mit Nazisprüchen, Franz. Sucht sich Sammy und die Witwe für seinen Privatkrieg gegen Sittenverfall und Unmoral.«

Lugingers Handy zeigte den Eingang einer SMS an.

Bin gleich bei dir. Bringe den weißen Ritter mit. Barbara

Luginger reichte Faulhuber das Handy.

Faulhuber lächelte. »Das klingt gut, Franz. Wenn der Anwalt teuer ist, lege ich was dazu.«

Luginger schwieg, und Faulhuber klopfte ihm auf die Schulter.

Dann kam Clara Weibel mit Fröhlich aus Helga Fischers Haus. Frau Fischer folgte ihnen und stieg in einen Streifenwagen.

Die Kommissarin sprach mit Polterer, kramte Bonbons aus ihrer Manteltasche und ging entschlossen auf Luginger zu.

»Tut mir leid. Die Dinge sehen nicht gut aus. Herr Flegel ist zwischen 17 und 18 Uhr gestorben. Todesursache wahrscheinlich Genickbruch. Er könnte gefallen sein, er könnte gestoßen worden sein, wir wissen es nicht. Fest steht nur, dass Sammy Herrn Flegel heute Mittag gegen 15 Uhr vor seinem Haus massiv bedroht hat. Dafür gibt es Zeugen. Die Herren wurden handgreiflich, und Sammy hat zu Herrn Flegel gesagt: Ich mache Sie einen Kopf kürzer, wenn Sie Frau Fischer nicht sofort in Ruhe lassen. Na ja, und zwei, drei Stunden später ist er tot. Frau Fischer hat Herrn Flegel gegen 21 Uhr in seinem Keller gefunden, uns und Sammy verständigt, den Rest haben Sie ja selbst mitbekommen. Die Tür zu seinem Haus stand offen, das hat Frau Fischer stutzig gemacht. Sie hat gerufen, aber keine Antwort erhalten. Also ist sie rein, und dann lag er da. Alles Weitere ist Spekulation. Natürlich kann man die Treppe runterfallen und sich das Genick brechen. Genauso gut kann da aber auch jemand nachgeholfen haben. Wir fahren jetzt nach Erding und machen unsere Arbeit.«

»Sie nehmen Sammy und Frau Fischer mit?«, fragte Faulhuber.

»Ja.«

»Und was sollen wir machen?«

»Nichts.«

* * *

Sie saßen im Eingangsbereich der Polizeidirektion und warteten: Luginger, Faulhuber, Barbara und Moni. Mittlerweile war es ein Uhr durch, und die Kaffeevorräte, für die Moni gesorgt hatte, nachdem sie um elf das Hammer-Eck zugeschlossen hatte, um nach Erding zu fahren, gingen zur Neige. Dass Moni überhaupt aufgetaucht war, hatte Luginger gewundert. Solidarität mit Sammy war ihre Sache nicht, und jede Minute, die sie abends früher heimgehen konnte, nutzte sie gewöhnlich, um die Hammer-Eck-Entourage hinter sich zu lassen. Lugingers erstaunten Blick hatte sie schweigend übergangen, Tassen verteilt und sich nach dem Stand der Dinge erkundigt.

Niemand wusste, ob es ein gutes oder schlechtes Zeichen war, dass sich nichts tat. Alles ruhig, niemand kam, niemand ging. Die Anwältin, die Barbara mitgebracht hatte, war jung, schick und wirkte beängstigend professionell. Kühler Blick, wenig Worte, fester Händedruck. Dazu Köfferchen, marineblaues Kostüm, weiße Bluse und Stöckelschuhe, in denen sie lief, als ob sie nichts anderes an ihren Füßen duldete. Dr. Hilgard, hatte sie sich vorgestellt, und einen guten Abend gewünscht. Ich tue, was ich kann. Haben Sie etwas Geduld. Mehr war ihr nicht zu entlocken gewesen.

Während Faulhuber gähnte und Moni mit Barbara schwatzte, sah Luginger Frau Hilgard durch die Tür schreiten, die ihnen bis jetzt verschlossen geblieben war.

»Für ihren Freund, Mister Sammy, entwickeln sich die Dinge positiv«, sagte sie geschäftsmäßig. »Er wird bald auf freiem Fuß sein.« Luginger spürte, wie alle an ihren Lippen hingen. »Mister Sammy hat zum vermeintlichen Tatzeitpunkt kein Alibi, das ist zwar nicht so gut, aber auch kein Beinbruch. Noch gibt es keine Zeugen, die ihn zwischen 17 und 18 Uhr am oder im Haus des Opfers gesehen haben. Herr Flegel hatte 1,8 Promille Alkohol im Blut. Er hat die Kontrolle verloren und ist gestürzt, eine Möglichkeit, die aktuell plausibler erscheint, als Frau Fischer oder Mister Sammy zu verdächtigen. Dass jemand gegen 15 Uhr eine Drohung ausspricht, die er zwei, drei Stunden später wahr werden lässt, scheint niemandem einzuleuchten. Und dass derjenige obendrein gegen 21.15 Uhr zum Tatort rast, um sich festnehmen zu lassen, erst recht nicht. Allerdings können wir nicht ausschließen, dass ein besonders spitzfindiger Staatsanwalt genau das für wahrscheinlich hält. Ein Täter, der sich extra so dumm verhält, um von seiner Tat abzulenken. Der Oberdumme als der Oberschlaue sozusagen. Außerdem gibt es keine Kampfspuren. Niemand ist gewaltsam bei Herrn Flegel eingedrungen, auch im Haus deutet nichts auf eine tätliche Auseinandersetzung hin. Herr Flegel hat Frau Fischer, seit ihre Beziehung zu Herrn Sammy bekannt ist, öfter beschimpft. Es gab Telefonanrufe, Briefe und Pöbeleien auf offener Straße. Einige Nachbarn haben das bestätigt, allerdings ist wohl niemand Frau

Fischer beigestanden. Morgen wird die Polizei Arbeitskollegen von Herrn Flegel befragen, und wenn sie bestätigen, was sein Bruder gerade ausgesagt hat, ist mir um Mister Sammy nicht bange. Herr Flegel hatte ein Alkoholproblem, und es wäre nicht das erste Mal, dass er in betrunkenem Zustand gestürzt ist. Vor nicht mal zwei Jahren hat er sich das Schlüsselbein gebrochen, nachdem er in der Dusche ausgerutscht war. 2,3 Promille. Weitere Details folgen später.«

Schweigen und freundliches Lächeln der Anwältin. »Kommen Sie, gehen Sie nach Hause. Hier wird nichts mehr passieren. Ich gehe noch mal nach oben und hoffe, Mister Sammy die Nacht in einer Zelle ersparen zu können.«

»Fluchtgefahr«, brummte Faulhuber knapp.

»Nicht auszuschließen, ja.«

»Aber er ist doch nicht vorbestraft«, bemerkte Moni.

»Das hilft ihm, das hilft ihm sogar sehr. Dass einer wie er ausrastet, weil ein Nachbar seine Freundin wieder und wieder beleidigt, ist völlig verständlich. Und dass eine im Zorn geäußerte Drohung nicht überbewertet werden darf, ebenso.«

»Was ist das Schlimmste, was ihm passieren könnte?«, fragte Moni.

»Dass ein glaubwürdiger Zeuge gesehen hat, wie Mister Sammy Herrn Flegel die Treppe runtergestoßen hat. Dann hätte er verloren.«

Luginger zupfte Tabakreste von seiner Zigarette, kramte sein Zippo aus der Hosentasche und zündete sich eine an.

»Was wird aus Frau Fischer?«, fragte er.

»Kein hinreichender Tatverdacht. Außerdem hat sie für die fragliche Zeit ein Alibi. Sie hat über eine Stunde lang mit ihren Eltern und ihrem Sohn telefoniert.«

Dr. Hilgard machte kehrt und schwang ihre Hüften Richtung Hauptgebäude. Barbara schüttete Kaffee in eine Tasse und reichte sie Luginger.

»Komm«, sagte sie und strich ihm über den Unterarm, »gehen wir. Frau Hilgard macht das schon. Dein Sammy ist und bleibt ein Guter. Und verliebt ist er, ist doch schön, oder?«

* * *

In Faulhubers Daimler saß jetzt auch Helga Fischer. Polterer hatte sie vor zehn Minuten nach unten begleitet und allen eine gute Nacht gewünscht. Die kleine Frau war gefasst und strahlte eine Energie aus, die Luginger nach dem, was vorgefallen war, kaum glauben konnte.

Barbara hatte sie gefragt, ob sie irgendwas für sie tun könne, und sie hatte geantwortet, nein, sie sei ganz zufrieden. Zufrieden! Ja, das klinge vielleicht unverständlich, aber Flegels Tod mache vieles leichter. Er habe ihr gedroht, ihrem Sohn von seiner geilen Mutter zu erzählen. Man solle sich das mal vorstellen! Dann war sie von einer Sekunde auf die nächste verstummt, hatte sich auf dem Rücksitz angeschnallt und zu Faulhuber gesagt: Schönes Auto, Carsten wollte auch immer Mercedes fahren, dabei weiß doch heute kein Mensch mehr, welches Auto unter welchen Bedingungen zusammengeschustert wird.

Faulhuber hatte Musik angestellt. Van Morrison und *Moondance,* dachte Luginger, das schaukelt uns jetzt heim. Keine Aufreger mehr, nur noch Pause und Ruhe und Ende. Als er sich umdrehte, sah er, dass Barbara die Augen geschlossen hatte. Frau Fischer erwiderte seinen Blick und lächelte.

»Wissen Sie, morgen kommt Tommy zurück. Ich freue mich so auf den Jungen, und gleichzeitig habe ich eine Höllenangst.

Was wird er mich fragen? Wie soll ich ihm erklären, was passiert ist? Was weiß ein Dreizehnjähriger über den Tod? Was weiß ich über den Tod?«

Sie rückte ein Stück nach vorne, legte beide Hände auf Faulhubers Nackenstütze und fuhr nach einer kurzen Pause fort: »Carsten und ich hatten Probleme. Probleme zwischen Mann und Frau. Darum hatten wir eine Abmachung. Falls ich einen anderen Mann haben sollte, kein Wort davon. Also habe ich ihm nichts gesagt, und er hat nicht gefragt. Er hätte nie gefragt. Nie! Verstehen Sie? Ich bin kein schlechter Mensch, ich bin nur aus Fleisch und Blut, ich meine …« Frau Fischer schniefte kurz. »Frau Weibel habe ich es erzählt. Da führte kein Weg dran vorbei, aber sonst weiß es niemand. Sie war sehr verständnisvoll und zurückhaltend. In Bezug auf Sammy. Sie hat ihn nicht gleich ins Gefängnis gesteckt. Sie hat mir geglaubt. Und jetzt erzähle ich es Ihnen, hier und jetzt, in dem schönen Auto, das so leise über die Autobahn fährt. Danach muss Schluss sein, endlich Schluss, verstehen Sie.«

Luginger spürte, wie sich irgendwas in seinem Innern zusammenzog und ihn tief in den Beifahrersitz drückte. Für einen kurzen Moment wollte er aufhören zu atmen. In seinem Kopf tat sich nichts. Kein Gedanke, keine Frage, kein Kommentar.

Still war's im Daimler. Und es dauerte, bis Luginger schließlich fragte: »Sammy?«

»Ja, Sammy«, sagte Frau Fischer, und Luginger war sich sicher, dass niemand vorher seinen Namen so zärtlich ausgesprochen hatte, »Sammy ahnt was, weiß aber nichts.«

Samstag

Der Morgen begann, wie die Nacht geendet hatte. Desolat. Barbara hatte im Schlaf japanische Trommler beschimpft, sich hin- und hergewälzt und Luginger so weit an den Bettrand gedrängt, dass er beinahe hinausgefallen wäre. Als gegen sieben auch noch das Telefon klingelte, war er sofort aufgesprungen und aus dem Schlafzimmer gerannt, damit das Gebimmel sie nicht weckte.

Seine Mutter hatte nicht schlafen können. Familienschicksal, dachte Luginger, während sie auf ihn einredete. Frau Weibels Besuch am frühen gestrigen Abend hatte sie aufgewühlt. Später war auch noch Dr. Brettmann aufgetaucht, und vor lauter Gedanken im Kopf hatte sie sich um fünf in der Früh einen Kaffee gemacht.

»Wir haben die Lage sondiert, Bub«, sagte sie, »du musst sofort was unternehmen. Die Kommissarin glaubt, dass Axel Strauss ein Versteck hat, in dem er einen Computer aufbewahrt. Wenn du den findst, können wir für die Mädchen was tun. Sie sagt, ein geschickter Computernutzer kann heute alles so hindrehen, dass es ausschaut wie echt. Sie glaubt auch, dass der Kerl keine versteckte Kamera benutzt hat, um In-flagranti-Bilder zu machen. Viel einfacher wär es heute, wenn er die Mädchenköpfe mit anderen Frauenkörpern zusammenbringt. Weißt, das geht alles am Computer, also er nimmt das Bild einer nackerten

Frau, schneidet ihr den Kopf ab und setzt den von einer anderen drauf. Kennst das?«

Luginger gähnte, und sein Hirn sortierte Beschreibungen und Begriffe, die ihm völlig neu waren. »Die Lage sondieren« hatte er aus dem Mund seiner Mutter noch nie gehört. Genauso wie »Computernutzer« oder »In-flagranti-Bilder«.

»Bist wach, Franz?«

»Nein, kenn ich nicht, Mama. Am Computer kann ich nicht viel.«

»Also, das Versteck musst finden, bevor es ein andrer findet.«

»Mama, lass das doch die Polizei machen. Die wird dafür bezahlt.«

»Red nicht so gescheit daher. Die Kommissarin interessiert das überhaupt nicht. Sie sagt, sie sucht den Mörder. Wenn die Mädchen nackert in Hotelbetten liegen und sich begrapschen lassen, müssen sie eben schauen, wo sie bleiben.«

»Aber, Mama, wie stellst dir das vor? Woher soll ich wissen, wo der Scheißkerl von Strauss ein Versteck hat?«

»Dr. Brettmann redet mit der Höpfner. Und du fragst mal den Sammy, die Jungen haben doch Ideen.«

Luginger stöhnte. Dann griff er sich in den Schritt und schob die Beine übereinander. Er musste pinkeln.

»Mama, ich kann jetzt nicht lang reden. Ich muss aufs Klo.«

»Geh halt, ich wart so lang.«

»Was ist denn das jetzt? Können wir nicht später noch mal reden?«

»Nein. Wenn dich nicht kümmerst, frag ich den Sammy.«

Luginger stöhnte tiefer. Er wusste, dass er nur nachgeben konnte. »Ich kümmer mich schon. Geht's nicht a bisserl langsamer, Mama? Es ist kurz nach sieben. Heilandszeiten, du tust ja so, als ob dieses blöde Versteck, das bis jetzt niemand gefunden hat, gleich auffliegen tät.«

Am anderen Ende der Leitung war Sendepause. Anna Luginger schwieg. »Jetzt trink erst mal einen Kaffee, Bub«, sagte sie schließlich, und ihre Stimme klang versöhnlicher. »Kommst später mal rüber?«

Luginger war schon unterwegs zum Klo. »Mach ich.« Er wollte das Gespräch gerade beenden, als ihm was einfiel. »Was macht denn die Polizei mit den Sachen von dem Strauss, wenn sie sein Versteck gefunden hat?«

»Nix, Franz, die suchen doch gar nicht. Das hab ich dir doch grad erzählt.«

»Glaubst das, Mama? Ich glaub das nicht. Die suchen, verlass dich drauf.«

Luginger saß auf der Klobrille. Wenn Barbara bei ihm übernachtete, pinkelte er im Sitzen. Das gehörte genauso zu seiner Ärgervermeidungsstrategie wie Rauchen bei offenem Fenster, leises Husten oder der offensichtliche Wille, schmutziges Geschirr zügig in die Spülmaschine zu räumen.

Er könnte duschen. Barbara duschte immer direkt nach dem Aufstehen. Augen auf, Beine aus dem Bett, und schon prasselte Wasser in die Wanne.

Duschen hatte Zeit. Keine Zeit hingegen hatte die Klärung der Frage, ob Sammy schon da war. Luginger zog seine Boxershorts hoch, spülte kurz und ging auf leisen Sohlen ins Treppenhaus. Die Tür zu Sammys kleiner Wohnung war zugesperrt. Sammy schloss nie ab, wenn er da war. Nicht mal bei Frauenbesuch. Luginger rüttelte leicht am Türknopf. Nichts. Dann klopfte er. Nichts. Er ging zurück und wählte seine Handynummer. Die Mailbox sprang an. »Sammy, Nachrichten nach dem Piep.«

Luginger legte auf und versuchte es bei der Polizeidirektion Erding. Niemand konnte Auskunft erteilen, Frau Weibel und Herr Fröhlich waren nicht im Haus.

Er ging in die Küche und setzte Kaffeewasser auf. Dann suchte er im örtlichen Telefonbuch die Nummer von Polterer. Keiner hob ab. Das Letzte, was ihm einfiel, war die Wache in Leuterding. Eine freundliche Frauenstimme sagte, sie wisse von nichts.

Er füllte Kaffee in den Filter und goss Wasser drauf.

Barbara trottete aus dem Schlafzimmer, winkte kurz und verschwand im Bad. Klospülung, Wasser, Dusche.

Während Luginger den Backofen heizte, um ein paar Semmeln aufzubacken, fuhr er seinen Laptop hoch. Mit einer Tasse in der Hand suchte er im elektronischen Telefonbuch eine Dr. Hilgard in München. Treffer, Glück gehabt. Dr. Andrea Hilgard, Rechtsanwältin. Er schaute auf die Uhr und brummte: »Scheiß drauf.«

»Hilgard«, meldete sich die Stimme, die er kannte.

»Luginger.«

»Guten Morgen, Herr Luginger, Sie sind aber früh dran.«

»Sie auch.«

»Ich immer. Ich hatte Sie erst so ab acht auf der Liste. Das heißt nicht Sie, sondern Ihre Freundin. Ihre Nummer habe ich ja gar nicht.«

»Wo ist Sammy?«

»Ja, Mister Sammy ist noch in Haft. Er hat seine Aussage, nachdem Frau Fischer weg war, vervollständigt. Er wollte ihr wohl keine schlaflose Nacht zumuten. Er hat zugegeben, noch einmal mit dem Rad am Haus von Herrn Flegel vorbeigefahren zu sein. Unangenehmerweise war das gegen 18 Uhr. Er wollte ihn noch einmal zur Rede stellen, sah dann die offene Eingangstür, hat gezögert und ist wieder weggefahren. Kurz und gut, wir haben ein Glaubwürdigkeitsproblem, und die leitende Kommissarin war schwer angefressen, wenn ich mich mal so ausdrücken darf.«

Das gibt's doch nicht, dachte Luginger. Zweimal innerhalb einer Woche die gleiche Scheiße. Erst so, dann so. Häppchenweise das ausspucken, was eh rauskommt. Die Weibel und angefressen. Unter der Decke wird sie gehangen haben, die Deeskalationsspezialistin.

»Sind Sie noch dran?«, fragte Frau Hilgard.

»Und wie geht's weiter?«, fragte Luginger

»Das hängt letztendlich vom Haftrichter ab. Für eine positive Entwicklung spricht, dass Mister Sammy aus freien Stücken seine nochmalige Fahrt zu Herrn Flegel eingeräumt hat, wohl wissend, dass ihn das belasten würde. Weniger günstig, aber auch relativ unerheblich ist, dass Frau Weibel, die Kommissarin, wutschnaubend gegen zwei Uhr die Polizeidirektion verlassen hat und nach Hause fuhr. Die Dame hat in den letzten Tagen wohl einiges mitgemacht.«

»Ihr Tipp?«

»Wir sind nicht beim Fußball, Herr Luginger. Für mich hat sich nichts geändert. Ob Mister Sammy noch ein- oder zwei- oder dreimal vor dem Haus von Herrn Flegel aufgetaucht ist, tut nichts zur Sache. Der Mann war ein Trinker und nicht immer voll bei Kräften. Das hat übrigens auch Frau Weibel bestätigt. Er hat am Montag Mister Sammy mit einer Aussage, die sich dann als wenig haltbar herausstellte, schwer belastet.«

Während Barbara nackt ins Schlafzimmer zurückhuschte, war Luginger völlig bedient. Flegel war das gewesen. Der Drecksack, der bei der Fischer Post in den Kasten geworfen hatte. Korbinian Flegel, Säufer, Rassist, Spitzel und so fertig mit der Welt, dass es nicht mal zu einer sauberen Falschaussage gereicht hat. Halb zwölf, Viertel vor zwölf, zwölf und so weiter.

»Wollen Sie mir etwas sagen?«, fragte Frau Hilgard.

»Nein. Tut mir leid, bin in Gedanken. Ist grad a bisserl viel auf einmal.«

»Verstehe. Dass Mister Sammy nicht wusste, wie der Zeuge heißt, der ihn wegen des Tötungsdelikts an Herrn Fischer belastet, ist übrigens sehr hilfreich.«

»Aha«, brummte Luginger. »Hilfreich, das ist ja schön.«

»Unbedingt«, sagte Frau Hilgrad. »Stellen Sie sich mal vor, wir müssten das Motiv Rache in zweifacher Hinsicht aus der Welt schaffen. Zum einen wegen der Zeugenaussage in Sachen des Herrn Fischer, zum anderen wegen der Beleidigungen in Sachen der Frau Fischer.«

»Das tröstet mich«, flüsterte Luginger. Dann fragte er: »Kann die Spurensicherung Sammy entlasten?«

»Wie denn? Gut möglich, dass man an Herrn Flegels Kleidung etwas finden wird. Aber was soll uns das sagen, nachdem unbestritten ist, dass Mister Sammy mittags handgreiflich geworden ist?«

»Warum sagen Sie eigentlich immer ›Mister Sammy‹. ›Sammy‹ reicht völlig.«

»Meinem Mandanten gefällt es, und ›Sammy‹ ohne Anrede geht nicht.«

»Geht nicht«, wiederholte Luginger übellaunig.

»Stört Sie das?«, fragte Frau Hilgard.

»Ja«, sagte er, als er sah, wie Barbara in einer seiner Unterhosen durch die Küche schlich. Barfüßig, barbusig, barbäuchig, barbeinig, dachte er, während er sich fragte, warum ihm Dr. Hilgard so auf die Nerven ging.

»Ich bin um zehn Uhr mit Mister Sammy verabredet, danach treffe ich die ermittelnde Kommissarin«, sagte die Anwältin in ruhigem und bestimmtem Ton. »Ich hoffe, dass dann auch der Obduktionsbefund vorliegt. Die haben einen besonders eifrigen Rechtsmediziner. Ich kenne den Herrn. Wir nennen ihn Dr. Zack-Zack.«

»Na gut«, sagte Luginger kraftlos. »Ich geb Ihnen meine Nummer. Wenn Sammy was braucht, sagen Sie Bescheid, ja?«

»Mach ich. Schönen Samstag noch.«

»Guten Morgen«, rief Barbara aus dem Badezimmer. »Wer war das?«

»Die Anwältin. Sammy sitzt noch. Er hat, als wir alle weg waren, zugegeben, noch mal bei Flegel gewesen zu sein. Zur Tatzeit, versteht sich.«

Barbara fummelte mit einem Wattestäbchen in ihren Ohren herum. Sie stand jetzt vor ihm und kniff die Augen zusammen. »Meine Güte, das klingt aber schlecht.«

»Ich bin von Trotteln umzingelt«, ereiferte sich Luginger und schob heftiger als nötig das Blech mit den Semmeln in den Ofen. »Von Trotteln, die zur falschen Zeit am falschen Ort sind«, rief er lauter werdend und knallte sein Tabakpäckchen auf den Tisch.

Barbara räumte den Kühlschrank leer. Marmelade, Butter und einen Rest Salami mit Pfefferrand. »Mach mal langsam, Franz. Mike ist in diese Britta verschossen und Sammy in Frau Fischer. Die Jungs machen Fehler, weil sie helfen wollen. Und helfen wollen sie, damit sie Pluspunkte sammeln. Also sind sie dort, wo es brennt, und kriegen Blasen.«

Schön gesagt, dachte Luginger. Eine Konstante im Leben. Frauen wollen Beweise und ordentlich Musik drum herum. Und je blöder, desto tiefer die Liebe. Steinzeit, Mittelalter, Neuzeit, Erbinformation beinhart.

Luginger freute sich. Erbinformation beinhart, das merk ich mir, das werd ich brauchen können. Futter für sinnlose Debatten.

»Findest nicht, dass ich recht habe?«, fragte Barbara nach, während sie in Lugingers Rücken Kaffee einschenkte.

»Doch«, erwiderte er.

»Du könntest mal Eier besorgen. Ein Samstagmorgen ohne Ei ist nicht wirklich prickelnd.«

Beide saßen am Küchentisch. Barbara griff nach Lugingers Hand.

»Du machst dir Sorgen, was?«

Luginger schwieg und schlürfte viel zu laut Kaffee.

»Bitte«, mahnte sie, und ihre Stimme verriet Anzeichen von Missmut.

»Sag mal, geht das mit der Liebe nicht auch a bisserl einfacher. Ohne Blasen, mein ich?«

Barbara schob die Marmeladengläser hin und her. »Schon«, sagte sie, »wie bei uns. Oder meinst du, das ist keine Liebe?«

Luginger ahnte den Abgrund. Fragen dieser Art konnte er nur falsch beantworten. Entweder er sagte, was er dachte, oder er sagte, was er glaubte, ihr könne es gefallen. Beides würde nicht durchgehen.

Er drehte sich zum Ofen um. »Meinst, die sind fertig?«

»Willst Zeit gewinnen, Franz?«

Luginger bückte sich und holte mit Topflappen bewaffnet die Semmeln raus.

»Passt schon«, sagte er. »Weißt ja, für Feuerwerke bin ich der Falsche.«

»Stimmt, bis du mal eine Rakete zündest, muss die Welt untergehen.«

»Gefällts dir nicht?«

Barbara blickte ihm in die Augen. »Na ja, zu nüchtern manchmal, finde ich. Und zu routiniert.«

Luginger schnitt die heißen Semmeln auf. »Mir gefällt's.«

»Ja, das glaube ich dir aufs Wort. Dir gefällt's. Passt schon. So geht dein Leben dahin, Franz. Aber wenn andere mehr wollen, was machst dann?«

»Es wollen ja alle mehr. Mama, Sammy, Mike, selbst Faulhuber hat einen Plan, wie er sich einmischen kann, und baggert an mir rum.«

Barbara tauchte ihr Messer in die Butter. »Siehst du, nur auf mich kannst dich verlassen«, sagte sie bemüht. »Ich will nicht mehr.«

Luginger nickte. Dann langte er nach einem Haarband und bändigte seine Mähne am Hinterkopf.

Er überlegte kurz, ehe er fragte: »Hättest mal Lust, mit mir meine Mutter zu besuchen? Sie hat sich vom Brettmann alte Tatort-Filme auf DVD besorgen lassen. Ich glaub, mit der Technik wird's hapern.«

Barbara verzog das Gesicht zu einer Monstergrimasse. »O Gott, Franz, was ist denn das für ein bescheuerter Vorschlag? Seit wann schauen deine Mutter und ich gemeinsam fern? Seit wann verbringen wir auch nur eine Minute miteinander, wenn wir nicht unbedingt müssen? Ich und deine Mutter! Dass ich nicht lache. Soll ich dasitzen und Chips knabbern, während sie mich spüren lässt, dass ich deiner Moni im Weg bin?«

Luginger ignorierte ihre Empörung. »Weißt noch, dass der Helmut Fischer früher Tatort-Kommissar war? Den magst doch.«

»Franz, bist noch ganz richtig im Kopf? Ich habe gerade zart angedeutet, dass dich mehr ins Zeug schmeißen könntest, und jetzt bietest mir einen Fernsehabend mit Anna an? Gibt's das? Außerdem mag ich den Fischer nur als Monaco.«

»Du übertreibst a bisserl«, sagte er ruhig. »Mama mag dich. Und den Schmarrn mit Moni darfst nicht überbewerten. Das kennst doch. Für sie gibt's einen Wirt nur mit Wirtin. Was anderes kann sie nicht denken.«

Barbaras Messer klatschte auf den Teller. »Siehst, und das kann ich nicht anders denken. Mit deiner Scheißgelassenheit missachtest mich. Du regelst alles, wie es dir passt, und ich soll hinter dir hertrotteln.«

Sie stand auf und lief ins Schlafzimmer. Als sie zurückkam, trug sie ihren Slip, BH und Bluse.

»Und das mit Moni schätzt du ganz falsch ein, mein Lieber«, rief sie aufgebracht. »Das ist kein Schmarrn. Für dich ist das Schmarrn, wie für dich alles Schmarrn ist, was dir nicht in den Kram passt. Für sie ist das bitterer Ernst. Für sie bin ich das Betthupferl, aber nie und nimmer eine passende Frau an deiner Seite.«

Im Stehen trank sie einen Rest Kaffee. Ihre Hände zitterten, und in ihrem Blick sammelte sich eine Mischung aus Wut und Enttäuschung, die Luginger allzu gut kannte.

»Ist ja gut, tut mir leid«, sagte er. »Dann lassen wir's halt mit dem Tatort. Komm, setz dich wieder.«

»Nein, ich setz mich nicht wieder. Ich geh. Mir reicht's, Franz. Wo ist meine Hose, verdammt noch mal?«

»Jetzt reg dich nicht so auf. Ich hab mich doch entschuldigt. Ich hätt besser aufpassen sollen, stimmt ja.«

Luginger war aufgestanden und reichte ihr die Jeans, die unter einer Decke auf dem Sofa lag.

»Irgendwie ist das krampfig mit uns«, sagte sie resigniert und wäre beinahe hingefallen, als sie versuchte, ihre langen Beine in die Hose einzufädeln. »Ich mag nix mehr hören, verstehst? Mir ist das zu viel. Dein Trott, deine Haltung, all der Hammer-Eck-Scheiß!«

* * *

Luginger saß immer noch hungrig vor seinen Frühstücksresten und wunderte sich nicht. Er hatte es kommen sehen. Nach Barbaras Frage »Oder meinst du, das ist keine Liebe?«, hatte er gewusst, dass es enden würde, wie es geendet hatte. Er hatte nur die Wahl zwischen einer Liebesdiskussion und einem Rundumschlag gehabt. Letzteres war ihm lieber. Rundumschläge kannte er, Rundumschläge betrafen das Große und Ganze und waren zu parieren, wenn nicht heute, dann morgen. Bei dem Liebesthema wäre er untergegangen. Die ganze Konstellation zielte auf Tiefschürfendes. Der gestrige Abend mit Sammy, der kurz vorm Bundesverdienstkreuz stand, dann Helga Fischer, die geliebt wurde wie sie eben nicht, und schließlich Moni, die für alle überraschend in Erding aufgekreuzt war und sich gekümmert hatte wie selten. Luginger hatte das schon vor dem Zubettgehen geahnt. Irgendwas war im Anmarsch, was Grundsätzliches, was fraulich Niederschmetterndes. Fürsorge und Misstrauen, gefährlicher konnte es nicht werden. Nackt am Frühstückstisch und dann die Helden der Herzen Mike und Sammy. Da war ihm der Krawall wegen Mama und Moni schon lieber. Bekanntes Terrain, klare Fronten. Hier er, der Depp, der nicht sehen wollte, was die alte Frau wirklich dachte, dort sie, das Anhängsel, die schicke Schnepfe, die ihm die Zeit stahl, Moni endlich ein glasklares Angebot zu machen.

Einkaufen, dachte Luginger. Eier mussten her, etwas Obst, ein gescheiter Schinken, Landjäger, Käse, Joghurt. Das war natürlich ganz schlecht gewesen, Barbara mit einem fast leeren Kühlschrank zu konfrontieren. Präziser: mit seinem fast leeren Kühlschrank, nachdem er sie gebeten hatte, bei ihm zu übernachten. Sorgen hin oder her, unvorbereitet eine Frau wie Barbara ins Bett zu lotsen, konnte teuer werden. Musste nicht, konnte aber.

Als erneut das Telefon läutete, dachte Luginger noch, für Barbara passt das hier nicht, und die vergangenen Tage brachten zu viel von dem, was ihr nicht passte. Kleinstadtmist, Männergehakel und dann auch noch die polizeilichen Ermittlungen, die ihn erst recht ablenkten.

»Luginger.«

»Joe hier. Guten Morgen, Franz. Bist schon ansprechbar?«

»Was gibt's?«

»Ich treff nachher die kleine Lauscher. Wir müssen reden. Am besten sofort.«

»Sofort«, wiederholte Luginger wenig begeistert.

»Kriegst auch ein Frühstück. Eier, Speck, Orangensaft.«

* * *

Auf Sammys Rad fuhr er die Dorfstraße entlang. Linker Hand eine verwaiste Bretterbude, in der man vor Monaten Erdbeeren und Spargel direkt vom Bauern hatte kaufen können, rechts parkende Lastwagen und Brettmann mit einer verwaschenen

Jutetasche. Der Nachbar seiner Mutter war zu Fuß unterwegs und schlich mehr, als er ging. Dr. Hilgard und Dr. Brettmann, dachte Luginger, besser geht's nicht. Stöckelschuh und Birkenstocks, Kostüm und Schlabberhosen, Schreiten und Schlurfen, glitzerndes Köfferchen und die verblichene Antiatomkraftsonne auf einem uralten Einkaufsbeutel.

Noch ehe er grüßen konnte, war Brettmann hinter der Zugmaschine eines Sattelschleppers verschwunden. Wahnsinn, diese parkende Karawane mitten im Ort, dachte Luginger. Das gab's vor drei, vier Jahren noch nicht. Und jetzt stellen die hier alles zu, weil es nichts kostet, weil es bequem ist, weil die Riesendinger irgendwohin müssen. Und die Gemeinde tut nichts, lässt es einfach laufen. Warum eigentlich?

An der Ampel vor der S-Bahn-Unterführung musste er bremsen. Vor ihm zwei protzige Geländewagen, auf der Gegenspur ein klitzekleiner Porsche. Siehst du, Franz, die fahren nur zum Semmelholen, hätte Barbara gesagt. Die fahren auch dann noch jeden Meter, wenn der Sprit zwei Euro kostet oder auf der hundertdreizehnten Klimakonferenz auf einem U-Boot im Bodensee mit Bedauern festgestellt wird, dass Holland nicht mehr zu retten ist.

Barbara! Er musste was tun. Er verhielt sich falsch. Sie hatte recht.

Die Ampel sprang auf Grün.

Roberto winkte. Roberto Materazzi, Materazzi wie der italienische Innenverteidiger, der Zidane im WM-Finale vor vier Jahren zu der gediegensten Tätlichkeit hatte hinreißen können, die Luginger jemals gesehen hatte. Kopfstoß auf die Brust. Der Ball weit weg, das Spielgeschehen ganz woanders, und dann Materazzi am Boden, gefällt von Zidanes hoher Stirn, nachdem der Italiener seine Mutter, seine Schwester – um wen ging's da eigentlich? – übel beleidigt hatte.

Dass Roberto mit Nachnamen Materazzi hieß, wussten in Leuterding nur wenige. Für seine Gäste war er Roberto und Schluss. Seit bald 20 Jahren betrieb er ein Restaurant, das es immer wieder schaffte, sich zu behaupten. Dabei war die Konkurrenz heftig. Italiener und Friseure, sagte Moni immer, damit kannst hier die Straßen pflastern. Pizza, Pizza, Pizza, an jeder Ecke Pizza.

Roberto aber hielt stand. Guter Service, gute Küche, guter Wein. Und mittendrin er selbst, sieben Tage die Woche bei seinen Gästen, plaudernd, aufmerksam und bester Laune.

Luginger bremste erneut.

»Francesco, wie geht es dir?«

»Danke. Und selbst?«

»Bene. Wo ist dein Pick-up?«

»Kein gutes Thema, Roberto.«

»Ha, endlich kaputt. Total.« Roberto lachte. »Kauf eine Ferrari. Mann in deine Alter braucht sportliche Auto. Gut bei den Frauen.«

Luginger nickte. »Frauen sind auch kein gutes Thema, Roberto.«

Roberto lachte noch mehr. »Ja, schwierig. War immer schwierig, wird immer schwierig sein. Frauen und Restaurante passt schlecht. Zu viel Arbeit, zu wenig Zeit, zu wenig Geld. Magst einen Espresso?«

»Danke, mein Lieber. Ich bin zum Frühstück eingeladen.«

Die beiden reichten sich die Hand, und Luginger stieg wieder in die Pedale, um eine leichte Anhöhe nach oben zu fahren.

Um halb neun klingelte er bei Joe. Joe sah prima aus. Weißes

Hemd, neue Jeans, silbernes Kettchen um den Hals, top rasiert und keine Falte im Gesicht.

»Wie machst das?«, fragte Luginger bewundernd. »Du bist doch auch schon über 40 und schaust aus wie so einem Wellnesstempel entsprungen.«

Joe lächelte. »Meditation, Franz. Jeden Morgen wenigstens eine halbe Stunde, am Wochenende eine. Das hilft.«

»Erzähl das bloß nicht Barbara«, erwiderte Luginger. »So eine Phase hatte sie auch mal. Lotussitz und nix denken. Danach grünen Tee und weite Klamotten, damit sich alles schön entfalten kann.«

Joe führte ihn in ein Zimmer ohne Stühle. Auf dem Boden lagen nur Kissen.

»Wo soll ich mich hinsetzen?«, fragte Luginger.

»Wo du magst. Wir haben eh nicht viel Zeit. Ich muss zum Reiten. Um Viertel nach neun treffe ich Verena.«

»Hast vorhin nicht irgendwas von einem Frühstück gesagt?«

»Ich wollt's dir grad bringen, Franz. Ist alles fertig.«

Luginger stand unschlüssig vor den Kissen und starrte die Wände an. Alles weiß, nur weiß, sonst nichts. Säuft wie ein Loch und macht einen auf Buddha, dachte er. Essen auf dem Boden, Heilandszeiten, mir bleibt aber auch nichts erspart.

Als Joe mit einem Tablett zurückkam, fragte Luginger: »Können wir nicht in die Küche gehn?«

Joe grinste. »Wie du willst.«

»Sieht ja gut aus«, sagte Luginger. »Und du? Isst nix?«

»Hab schon.«

»Was hast schon?«

»Tee, Reis, Banane. Dazu eine Mischung aus frisch gemahlenen Körnern mit Joghurt.«

Luginger schnitt den Speck klein und tunkte ihn ins Spiegelei. »Und das hast nur für mich gemacht?«

»Ich dachte, so was kannst heute Morgen vertragen. Der Müslityp bist ja nicht gerade, oder?«

Luginger kaute zufrieden, und Joe schaute zu.

»Willst nicht anfangen?«, fragte Luginger mit halb vollem Mund. »Hast doch wenig Zeit.«

»Iss erst mal. Danach reden wir.«

Luginger nahm einen Schluck frisch gepressten Orangensaft und betrachtete Joes Hände. Nagelbett heißt das, dachte er. Joe hat gepflegte Nagelbetten an schönen Händen. Ich hab nur Nagelbetten und Hände.

»Britta Höpfner ist sehr nervös«, sagte Joe, nachdem er abgeräumt hatte. »Sie hat sich verändert, seit ich sie zum letzten Mal gesehen hab. Das war vor Weihnachten. Jetzt macht sie Krafttraining, rennt jeden Tag zehn Kilometer und ist sanft wie ein Lämmchen. Früher war sie frech, um es mal freundlich auszudrücken. Der Tod von Axel scheint sie nicht sonderlich zu berühren. Sie hat mir gesagt, mit dem Arschloch hätte sie längst abgeschlossen. Ich hab ihr von Verena erzählt, selbstverständlich ohne ihren Namen zu nennen, und dass man was tun müsste, um niemanden noch tiefer reinzureiten. Sie weiß aber nicht viel. Wenigstens gibt sie vor, nicht viel zu wissen. Axel sei einfach pervers drauf gewesen. Sie selbst habe zum Beispiel nie für Geld mit anderen Typen geschlafen. Axel habe das zwar mal rumerzählt, um zu zeigen, dass er cool genug sei, sogar seine Freundin zu vermieten, dabei wäre er in Wirklichkeit total ausgerastet, hätte sie so was gemacht. Ihr habe das damals gefallen, Ficken für Kohle, die Oberschlampe, also nur das Bild, nur das Gerede, das ganze Gemache drum herum, in echt weiß Gott nicht, auf keinen Fall. Und soweit sie weiß, waren das eh nur drei Mädchen, die mitgemacht haben. Sie kennt sie aber nicht.«

Joe presste noch ein paar Orangen aus. Luginger rieb sich das Kinn und schwieg.

Dann fragte Joe: »Hat deine Mutter schon mit der Kommissarin gesprochen?«

»Noch ist nichts aufgetaucht, was deine Verena beunruhigen müsst«, antwortete Luginger zerstreut, weil er mit seinen Gedanken noch bei Joes Erzählung war. »Meine Mutter meint auch, die Polizei würd in diese Richtung nicht mehr ermitteln, sondern sich nur darauf konzentrieren, Axels Mörder zu finden. Frau Weibel nimmt an, dass Axel Strauss am Computer ein Ass war und es ihm nicht schwergefallen sein dürfte, Fotos mit nackten Frauen so zusammenzubasteln, dass nur die Köpfe der betroffenen Mädchen wirklich zu ihnen gehörten. Den Rest, also die Körper, würde er sich bei Beate Uhse besorgen.«

»Das hat Britta auch gesagt«, ergänzte Joe, »mit digitaler Bildbearbeitung kannte er sich aus. Es heißt aber auch, auf seinem Rechner sei nichts gefunden worden.«

»Genau, und daraus schließt meine Mutter, es müsse ein Versteck geben, in dem Axel seine ganzen Sauereien abgelegt hat. Es gibt nämlich auch sonst nichts. Keine Adressen, keine Hinweise, nichts, was auf seine sauberen Geschäfte hindeutet.«

»Von einem Versteck hat Britta nichts gesagt. Nur dass Axel sie ab und an genervt hat. Er hat sie auf seine verquere Art wohl wirklich geliebt und wollte, dass sie zurückkommt.«

»Und sie? Wie hat sie darauf reagiert?«, wollte Luginger wissen.

»Keine Ahnung«, erwiderte Joe. »Anscheinend hat sie das

nicht besonders beeindruckt. So wie die drauf ist, hat sie ihn abblitzen lassen.«

»Hat sie erzählt, wie Axel überhaupt auf die Idee mit den Gymnasiastinnen gekommen ist? Ich mein, für einen kleinen Scheißer ist das so naheliegend ja nicht.«

Joe schenkte Luginger Saft nach.

»Das hat sie, Franz. Ein Bekannter habe ihn daraufgebracht, ein Mann, der in jungen Jahren damit viel Geld verdient hat. Escortservice heißt so was. Männer mit Geld würden wirklich was springen lassen, wenn sie Nutten vögelten, die nicht wie richtige Nutten daherkämen. Schicke junge Frauen, gebildet, mit Flair und Benehmen, also nichts Ordinäres, und je jünger, desto besser.«

»Und das hat Britta Höpfner so erklärt?«, fragte Luginger ungläubig.

Joe nickte.

»Heiliger Strohsack.« Luginger stöhnte. »Und was war mit den anderen Geschäften?«

»Sie weiß, dass er ständig irgendwas am Laufen hatte. Aber alles, was er angepackt hat, war wohl so wie die Idee mit den Schülerinnen. Aus der Hüfte geschossen, eher um selbst Spaß zu haben als daraus ein richtiges Geschäft zu machen.«

»Geld hatte er ja auch von seinem Alten, oder?«

»So ist es«, antwortete Joe. »Britta sagt, Geldsorgen hätte Axel keine gekannt.«

»Wie lange bleibt das Mädchen noch?«

»Montag will sie zurück.«

»Hat sie einen Verdacht, wer Axel umgebracht haben könnte?«

»Nein. Das hat sie auch der Polizei so gesagt.«

»Mannomann«, brummte Luginger. »Das sind ja Sachen. Sag mal, hat sie was über Mike Menzinger gesagt?«

»Über Mike? Nein. Warum das denn?«

»Die beiden kennen sich, deshalb. Sammy hat in Mikes Auftrag den Axel mal vermöbelt, weil es dem gestunken hat, wie mies Axel einige Mädchen behandelt hat.«

»Davon weiß ich nichts, Franz. Also Mike hat sie mit keinem Wort erwähnt.«

Luginger nickte und begann eine Zigarette zu drehen.

»Meinst, die Höpfner würd uns helfen?«, fragte er schließlich

»Wem und inwiefern?«

»Das blöde Versteck zu finden zum Beispiel. Faulhuber hat da so eine Idee.«

»Was soll sie denn tun?«

»Axels Bekannter, von dem die Höpfner erzählt hat, heißt wahrscheinlich Geiger. Arno Geiger, ein Bauunternehmer. Faulhuber will dem heute auf den Zahn fühlen. Könnte sein, dass der die Britta Höpfner später anruft, weil er sich mit ihr treffen will. Sie müsste mir nur sagen, ob er das gemacht hat oder nicht.«

Joe überlegte. Dann sagte er: »Glaub schon, dass sie da hilft. An dem Versteck wird sie auch interessiert sein. Und du meinst, der Bauunternehmer weiß was?«

Luginger hob die Schultern. »Vielleicht.«

»Und wie kommt ihr da drauf?«

Luginger stöhnte leise. »Meine Mutter.«

Joe grinste. »Na ja, dann.«

Als sie vor seiner Garage standen, musste Luginger noch was loswerden. »Sammy sitzt in Haft. Gestern Abend ist ein weiterer Toter aufgetaucht.«

»Was?«, fragte Joe entsetzt, und Luginger erzählte eine Kurzfassung der Ereignisse, die sich offensichtlich noch nicht bis in jeden Leuterdinger Winkel herumgesprochen hatten.

* * *

Als Luginger die Tür zum Haus seiner Mutter aufschloss, roch es verbrannt.

»Mama, was ist los? Wo steckst denn?«, rief er aufgeregt.

Schnurstracks marschierte er in die Küche und sah sofort, was schiefgegangen war. Sie hatte Brot getoastet und vergessen, den kaputten Toaster auszustellen.

Dieses alte Scheißding, dachte Luginger. Nur weil sie zu geizig ist, einen neuen zu kaufen, fackelt sie noch die ganze Hütte ab. Ich benutz den nicht mehr, Franz, kannst ihn stehen lassen, nein, da wird mir das Brot eh zu hart, brauchst keinen andern besorgen. Wenn Sammy mal da ist, kann er ja schauen, die Neger reparieren doch alles. Mist, erbärmlicher, Kruzifix noch eins.

»Mama, jetzt sag halt, wo du bist?«

Luginger rannte durchs Wohnzimmer auf die Terrasse.

Stumm saß sie in ihrem Gartenstuhl. Das verkohlte Schwarzbrot lag auf einem Teller. Sie hatte den ovalen kleinen Tisch gedeckt. Etwas Butter, Honig, Milch und eine Tasse Kaffee, die mittlerweile kalt war.

»Mama, was ist?«

Anna Luginger blickte auf ihre gefalteten Hände im Schoß.

»Bernie Faulhuber hat angerufen, da hab ich's vergessen«, sagte sie schließlich mit zittriger Stimme.

»Jetzt lüft ich erst mal. Wirst sehen, in ein paar Minuten merkt keiner mehr was.«

Luginger lief los und riss in Küche und Wohnzimmer alle Fenster auf. Dann sprintete er die Treppe hoch und tat in der oberen Etage das Gleiche.

»Ich muss ins Heim«, flüsterte seine Mutter apathisch, als er einen Stuhl heranzog und sich neben sie setzte.

»Quatsch. Erstens willst in eine Residenz, und zweitens kann das doch jedem passieren. Den Toaster nehm ich nachher einfach mit. Du hast doch gesagt, du benutzt das Ding nicht mehr.«

Sie schniefte und wischte sich mit der Schürze übers Gesicht.

»Ich bin zu alt, um allein zu wohnen, Bub. Das war ein Zeichen.«

»Jetzt hör aber auf, Mama. Ein Zeichen! Das war ein kaputter Toaster, den du nicht wegschmeißen wolltest, weil dir das Geld zu schad ist. Na ja, musst ja auch a bisserl sparen für die Residenz und all den Schmarrn da in Wasserburg.«

Anna Luginger stöhnte tief und ausgiebig.

»Wie geht's denn deinem Becken?«

»Total blau, Bub.«

»Hast was zum Einreiben?«

Sie nickte.

»Machst das auch?«

Seine Mutter suchte nach einem Taschentuch in der Schürzentasche.

»Ich sag der Resi Bescheid. Die kann dich morgens und abends doch einreiben.«

Anna Luginger schnäuzte sich. Dann sagte sie: »Bernie Faulhuber hat dich gesucht. Ihr habt um eins einen Termin bei dem Herrn Geiger.«

Jetzt stöhnte Luginger.

»Du sollst dich bei ihm melden. Du wüsstest schon Bescheid.«

»Und für die kurze Auskunft hat der so lang gebraucht, dass dein Brot völlig verbrannt ist«, bemerkte Luginger.

Seine Mutter schwieg erneut.

»Sammy ist im Gefängnis«, sagte sie dann, und ihre Stimme klang, als würde sie ihr eigenes Todesurteil verlesen. »Er hat's mir erzählt. Alles hat er mir erzählt, alles, was du mir heut Morgen nicht erzählt hast.«

Luginger drehte Zigaretten.

»Deshalb bin ich ja hier. Um es dir zu sagen. Am Telefon geht so was nicht.«

»Jetzt haben sie ihn endlich, den Sammy. Ich hab's gewusst, von Anfang an hab ich's gewusst.«

»Mama, jetzt mach mal halblang. Sammy hat eine sehr gute Anwältin. Barbara kennt sich da aus.«

»Barbara!«, knurrte die alte Frau. »Ja, deine Barbara. Und was hat's geholfen? Nix hat's geholfen. Barbara und ihre Anwältin, dass ich nicht lach.«

Woher wusste Faulhuber eigentlich, dass Sammy nicht heimgekommen ist, dachte Luginger. Mit wem hat der in der Früh schon wieder telefoniert?

»Gleich trifft sich die Anwältin mit dem Staatsanwalt, und du wirst sehen, da ist nichts, absolut nichts, was sie dem Sammy anhängen können.«

»Und warum sitzt er?«

»Weil er die Kommissarin geärgert hat«, erwiderte Luginger, obwohl er wusste, dass seine Mutter gar nicht hören wollte, was sich wirklich zugetragen hatte. »Er hat nicht gleich alles gesagt, was er weiß, als sie ihn verhört haben.«

»Wird schon seine Gründe haben, der Sammy, wenn er aufpasst, was er redt.«

»Mama, willst dich jetzt a bisserl mit mir unterhalten oder willst granteln?«, fragte Luginger und steckte zwei Zigaretten an.

Als er ihr eine davon hinhielt, sagte sie übellaunig: »Ist mir zu früh, Bub, morgens mag ich nicht.«

Auf einer alten Untertasse, die neben dem riesigen Topf mit kümmerlich dreinschauenden Rosen auf einer Fensterbank stand, drückte er ihre Zigarette aus. Dann holte er eine Flasche Wasser aus der Küche, nahm Gläser mit und fragte: »Als die Kommissarin bei dir war, hat die was zu der Britta Höpfner gesagt?«

»Dass sie noch mal mit ihr reden will. Dass sie nicht davon überzeugt ist, dass die über die andern Madl nichts weiß.«

»Über was hat die Weibel denn bitt schön mit der geredet?«, fragte Luginger nach.

»Was weiß ich, Bub! Die Höpfner ist doch nicht so wichtig. Die lebt ja und kann sich wehren. Besser als dieses andere Madl jedenfalls.«

»Und das mit dem Versteck, Mama. Es kann doch nicht sein, dass die Polizei sich nicht dafür interessiert. Ich stell mir vor, da gibt's einen Computer mit Informationen, die zum Mörder führen können. Das weiß doch die Weibel.«

Anna Luginger setzte sich auf. »Deshalb hat sie auch so getan, als ob sie das gar nicht interessiert«, sagte sie, munterer werdend. »Weil sie nicht will, dass dich einmischst. Und genau das musst machen, Franz!«

Luginger rauchte.

»Wenn die Höpfner nicht weiß, wo der Strauss sein Wissen gebunkert hat«, sagte er, »wie soll ein anderer das rauskriegen? Die war doch am nächsten an dem dran.«

»Du musst halt denken, wie der Strauss denkt, verstehst«, erwiderte seine Mutter bestimmt. »Das ist im Fernsehen auch so. Wie die ticken, verstehst?«

»Ticken«, wiederholte Luginger. »Wie redst denn daher?«

»Deshalb brauchst den Sammy, das ist ein Junger, der könnt so was wissen.«

»Mama, warum sollte Sammy wissen, wie Axel Strauss tickt? Bist noch zu retten?«

Doch seine Mutter ließ sich nicht beirren. »Ein Versuch ist's wert. Oder ein anderer Junger, den du kennst. Der Menzinger zum Beispiel, der dein Auto repariert.«

Mike, dachte Luginger, mit dem muss ich sowieso reden. Was der jetzt macht, nachdem die Höpfner eingeschwebt ist? Ob er sie treffen will? Ob er weiter Dummheit an Dummheit reiht, damit die Liste seiner Schwachsinnsaktionen auch ja nicht aufhört? Und der Zylinderkopf für den Dodge. Wo kommt der her, bitt schön? Ich will wieder Auto fahren, Schluss mit Radeln, also soll er das Ding schleunigst einbauen. Ist doch egal, was die Weibel will, wenn er drin ist, ist er drin.

»Wo bist denn grad mit deinem Kopf, Bub?«, fragte seine Mutter. »Der Menzinger wär doch eine Möglichkeit.«

Luginger nickte. Dann sagte er: »Soll ich dir eigentlich ein gscheites Brot holen? Das Verkohlte da wirst ja nicht essen wollen.«

»Lass gut sein. Ich mag nix mehr.«

»Jetzt, damit ich's auch wirklich versteh, Mama«, sagte Luginger. »Du hast der Weibel etwas über das Lauscher-Mädel erzählt, ohne ihren Namen zu nennen. Richtig? Was hat sie denn dazu gesagt?«

»Genickt hat sie, wie du auch immer nickst. Und erzählt hat

sie mir die Sache mit dem Computer und wie die Bilder da entstehn, die jeden in den Schmutz ziehen können.«

»Also weiß die gar nix, oder?«

»Richtig! Der Strauss-Bub ist denen da in Erding ein Rätsel.«

»Und dein Dr. Brettmann will noch mal mit der Höpfner reden, hast mir vorhin erzählt. Stimmt das?«

»Na ja, wenn er sie trifft. Ich weiß ja gar nicht, wie lang die hier ist.«

»Die wird sich bedanken«, erwiderte Luginger. »Auch noch mit dem alten Brettmann reden zu müssen. Das wird nix.«

»Ich hab der Frau Weibel gesagt, dass sie den Mörder von dem Strauss unter den Madln oder deren Freunden suchen muss. Burschen wie der werden nicht alt. Aus Rache halt. Rache als Motiv, verstehst.«

Luginger nickte. Irgendwelche Viecher sausten über seine Füße. Er hatte Durst und schenkte Wasser ein.

»Ich ruf mal Bernie an«, sagte er schließlich.

Er ging ins Haus und ärgerte sich, dass es immer noch verbrannt roch.

»Kein gscheiter Durchzug«, brummte er, als er durch den Flur zu dem kleinen Tischchen lief, auf dem Mutters neues Telefon stand.

Schnurlos, strahlungsarm, handlich, großes Display. Dreißig Jahre hatte sie an ihrem alten Gerät gehangen, Siemens brutal, wie Sammy gesagt hatte, ein Kabeltelefon mit richtiger Gabel zum Draufknallen des Hörers, wenn es endlich gut war mit dem Geschwafel. Grün war es gewesen und unverwüstlich. Große Zahlen hatte es gehabt, und nicht diese Miniziffern, die alte Leute nicht mehr lesen können.

»Also, Bernie, was ist?«, fragte Luginger.

»Um eins geht's los. Ich hol dich ab. Geiger hat die Kröte geschluckt.«

»Nur um es gesagt zu haben, Bernie. Ich bin Wirt und kein Finanzjongleur. Mein Koch hockt im Knast, heut Mittag ist Fußball, und die Leute haben Durst.«

»Ja, ich weiß. Und die Wiesn wird auch noch eröffnet, und alles ist schwierig, und du willst deine Ruh.«

»Genau, die Scheißwiesn hab ich ganz vergessen«, knurrte Luginger.

»Interessiert dich doch eh nicht, Franz. Außerdem sind wir in einer Stunde zurück.«

»Kannst das nicht allein machen?«, fragte Luginger.

Faulhuber schwieg kurz. »Allein mach ich das nicht. Ohne meinen Räuberhauptmann bleibe ich daheim.«

»Gut«, erwiderte Luginger, »also gut.« Und nach einer schöpferischen Pause fragte er noch: »Sag mal, woher weißt eigentlich, dass Sammy noch sitzt?«

»Der Polterer hat es mir heute Morgen gesagt.«

»Der Polterer, so, so«, antwortete Luginger. »Mit dir redt ja jeder zu jeder Uhrzeit, was?«

»Quatsch, die arme Sau hatte Zahnweh. Ich habe gebohrt, und wir haben uns unterhalten.«

»Samstagmorgen bohrst du?«

»Beim Polterer schon, mein Lieber, beim Polterer schon.«

* * *

»Wo müssen wir eigentlich hin?«, fragte Luginger, während er im Spiegel der Sonnenblende sah, wie Dexter aus dem hinteren Seitenfenster blickte.

»Konrad-Adenauer-Straße 19«, antwortete Faulhuber.

»Da oben war ich schon Jahre nicht mehr«, sagte Luginger. »Wohnt da nicht unser Schönheitschirurg, der a bisserl so ausschaut wie der Wepper? Weißt noch? Harry, hol schon mal den Wagen.«

Faulhuber lächelte. »Genau, da müssen wir hin. Nur ist Dr. Degenhardt deutlich größer als Derricks Hiwi.«

»Richtig, Degenhardt. Mann, was für ein Kotzbrocken«, bemerkte Luginger. Dann drehte er sich nach hinten und grinste Dexter an. »Der hätt dir gefallen, Dexter. Zum Reinbeißen, das Arschloch.«

»Der Degenhardt wohnt aber schon lange nicht mehr da«, sagte Faulhuber. »Ist vor drei, vier Jahren weggezogen. Nimmt sich eine Auszeit auf Mallorca.«

»Du meinst, der Geiger wohnt jetzt in seinem Haus?«

Faulgruber fuhr durch den Theodor-Heuss-Weg, und Luginger registrierte, wie die Thujenhecken vor den Häusern immer höher wurden.

»So ist es, Franz. Das heißt auch, dass der Herr Geiger kein armer Schlucker ist. 3000 kostet der Palast mindestens. Kalt. Wenn nicht mehr.«

Als die großen, von neugierigen Blicken abgeschotteten Grundstücke an Luginger vorbeizogen, musste er an Sammy denken und sein Telefonat mit Dr. Hilgard vor knapp einer Stunde. Sammy blieb vorerst in Haft. Die in Erding spielten auf Zeit. Erstens bestehe Fluchtgefahr, zweitens liege der endgültige Bericht der Rechtsmedizin noch nicht vor, drittens sei die Spurensicherung heute Morgen noch einmal in das Haus des Opfers gefahren. Man wolle mit absoluter Sicherheit ausschließen, dass Mister Sammy nicht log. Seiner Aussage nach war er nämlich nie im Haus von Herrn Flegel gewesen. Und viertens sei er bei der Kripo kein unbeschriebenes Blatt mehr. Seine Verwicklungen in die Fälle Fischer und Strauss könne man nicht auf die leichte Schulter nehmen. Die Hilgard hatte gereizt geklungen. »Die spielen Spielchen, Herr Luginger, tut mir leid. Dass Dr. Zack-Zack noch keinen Bericht geliefert haben soll, glaube ich nicht, und der Verdacht der Fluchtgefahr steht auf wackligen Füßen. Für einen Haftbefehl reicht das nicht. Aber sie können Mister Sammy noch etwas festhalten. Ich rede später noch mal mit der Frau Weibel, dann sehen wir weiter.«

»Wie im Knast hier«, bemerkte Luginger. »Keiner kann reinschauen, keiner kann rausschauen.«

Faulhuber parkte vor einer Doppelgarage und zeigte auf goldene Torgriffe.

»Damit du weißt, wo du bist, mein Lieber«, sagte er gut gelaunt, bevor sie ausstiegen. »Da drinnen erwartet dich einiges. Zum Beispiel eine Gästetoilette vom Feinsten. Marmorfliesen, goldene Armaturen und Spiegel mit verschiedenen Beleuchtungsmöglichkeiten. Damit das Schminken leichterfällt. Und wenn du auf der Schüssel sitzt, kannst du auf einer Leinwand sehen, was gerade aus dir rausfällt.« Faulhuber grinste und antwortete auf Lugingers fragenden Blick: »Ich war hier mal eingeladen. Ist schon ein paar Jahre her.«

Bevor Luginger hinter Faulhuber hermarschierte, fuhr er Dexter übers Maul und blapperte was von »Aufpassen«, »Guter Hund« und »Wir sind gleich wieder zurück«.

Nach dem Klingeln öffnete sich eine gusseiserne Eingangstür. Der Weg zum Haus maß gut und gerne 30 Meter, die sie auf großen Natursteinplatten zurücklegten. Vorm Haus wartete eine junge Frau im dunklen Kleid und weißer Schürze. Luginger hielt seine Kippe in die Luft.

»Einfach fallen lassen«, sagte die Frau mit glockenheller Stimme. »James eins muss nachher eh noch fegen.«

»James?«, fragte Faulhuber Hände schüttelnd.

»Kommen Sie rein. Herr Geiger wird gleich für Sie da sein. Er hat noch Besuch.«

Dann standen sie neben einer Garderobe mit goldenen Bügeln und bewunderten das auf Hochglanz polierte Parkett.

»Wer ist bei Ihnen für so was zuständig?« Faulhuber zeigte voller Ehrfurcht auf den Boden.

»James zwei«, erwiderte die Frau vergnügt.

»Und der Rasen«, fuhr Faulhuber fort, »ist deshalb so grün, weil James drei ihn regelmäßig nass spritzt.«

Die Augen der jungen Frau leuchteten. »Da täuschen Sie sich. James drei gibt es nicht. Der Rasen wird automatisch abends um 20 vor neun gewässert.«

»Warum das denn?«, fragte Faulhuber.

Die Frau lachte. »Weil wir nicht wissen, wie wir die Sprenkelanlage anders einstellen können. Sie sprenkelt einfach täglich zur gleichen Zeit. Und zwar vom 1. April bis zum 30. September. Wenn wir die Zeitschaltuhr verändern, passiert nichts. Keine Reaktion.«

Luginger stemmte die Hände in die Hüften, während Faulhuber schöne Augen machte. Dann ging eine Tür auf, und Luginger sah für eine Sekunde ein bekanntes Gesicht. Noch ehe er Faulhuber auf seine Entdeckung aufmerksam machen konnte, war Arno Geiger bei ihnen.

Der sieht ja aus wie Arjen Robben, dachte Luginger. Hohe Stirn, Glatzenneigung, mittelgroß, schlank, hellhäutig. Weite Leinenhose, weites offenes Hemd, passabel frisiertes Brusthaar, schmaler Mund, schmales Gesicht, schmale Nase, leicht abstehende Ohren. Wenn der in seinem Job so gut wie Bayerns Bester ist, fliegen wir hier gleich hochkant raus.

»Guten Tag, die Herren«, sagte Arno Geiger. »Sie sind bestimmt Herr Faulhuber und Sie Herr Luginger. Kommen Sie, gehen wir in das Zimmer da drüben. Ich habe noch Besuch, tut mir leid. Irgendwie ist mein Zeitplan durcheinandergeraten. Möchten Sie etwas zu trinken?«

»Ein Weißbier«, sagte Luginger und spürte sofort, dass der Typ sie auflaufen lassen würde. Von wegen Zeitplan und so.

»Für mich auch, aber ein leichtes, bitte«, ergänzte Faulhuber.

»Marie, kriegen wir das hin?«, fragte Geiger lächelnd und wies seinen Besuchern den Weg.

Marie verschwand Richtung Kellertreppe, und Arno Geiger öffnete die Tür zu einem Zimmer, in dem um einen runden schwarzen Holztisch Stühle mit weinroten Polstern standen.

»Also, meine Herren, Sie haben ein Anliegen. Schießen Sie los. Setzen wir uns.«

Faulhuber schlug die Beine übereinander. »Als der Gemeinderat beschlossen hat, das große Grundstück östlich vom Winkelgraben bebauen zu lassen, haben sich einige Leuterdinger Bürger zusammengetan, um Ihnen zum richtigen Zeitpunkt ein interessantes Angebot zu machen.« Faulhuber machte eine Pause. Luginger ahnte, dass er an seinem Auftritt feilte und wissen wollte, wie seine ersten Sätze auf Geiger wirkten. Geiger saß ihm reglos gegenüber. Faulhuber fuhr fort: »Sie müssen wissen, hier im Ort haben nicht gerade wenige mit Immobilen gutes Geld verdient, und sie möchten das gerne wiederholen. Die Bürgerinitiative spricht ja nur für den kleineren Teil der Leuterdinger. Unterstellt, der Preis für ein durchschnittliches Reihenhaus betrüge 350 000 Euro, so würden wir gerne sieben Millionen investieren, um einige Häuser zu erwerben. Mit einem entsprechenden Rabatt, versteht sich. Für Sie würde das Leben ja auch leichter, wenn wir Ihre Finanzierung unterstützten.«

Marie klopfte an und brachte gefüllte Biergläser. Arno Geiger schien nachzudenken, und Lugingers mieses Gefühl verstärkte sich mit jeder Sekunde, in der er Geigers supercoole Fassade ertragen musste.

»Und Sie, Herr Faulhuber, vertreten zusammen mit Herrn Luginger diese unbekannte Anzahl Leuterdinger Bürger. Sehe ich das richtig?«

»Vertreten ist zu viel gesagt, Herr Geiger. Sagen wir mal so. Wir haben uns getroffen und uns ausgetauscht, was zu tun ist, nachdem Herr Fischer umgebracht wurde. Sie werden verstehen, es gibt Gerüchte, und es gibt Fakten. Und Sie unterhalten seit Jahren Geschäftsbeziehungen zu Herrn Strauss, dessen Sohn kurz nach Herrn Fischers Tod ebenfalls ermordet wurde. Solche Zusammenhänge erzeugen Nervosität. Außerdem glauben mittlerweile nicht nur einige in der Bürgerinitiative, sondern auch in der Gemeinde, dass Sie zu gegebener Zeit mit polizeilichen Ermittlungen rechnen müssen.«

Luginger trank sein Bier. Während Geiger die Hände hinter seinem Kopf faltete und Faulhuber lange anschaute, überredete er sich selbst, Bernies Auftritt nicht zu vermasseln.

Dann sagte Geiger: »Aber warum werden Sie nervös? Sie müssen doch nicht investieren. Und wenn Sie glauben, die Polizei würde mir das Leben schwermachen, würde ich Ihnen auch nicht dazu raten. Bitte, wo liegt Ihr Problem?«

»Wir haben kein Problem, Herr Geiger«, erklärte Luginger und bemühte sich betont sachlich zu klingen. »Wir machen uns nur Gedanken. Probleme haben Sie. Wir gehen davon aus, dass Herr Fischer Sie erpresst hat. Escortservice, Hamburg. Dann die Prostitution mit Minderjährigen durch Axel Strauss, Leuterding. Und einige der möglichen Investoren, übrigens nicht gerade Leute ohne Einfluss im Ort, haben Mädchen kurz vor dem Abitur hier auf dem Gymnasium und fragen sich, ob ihre Töchter nicht auch benutzt worden sind. Strauss hat Fischer getötet, das steht wohl außer Frage, und könnte von Ihnen dafür bezahlt worden sein. Im Handschuhfach seines Wagens lagen einige 1000 Euro. So weit die Gerüchte.«

Arno Geiger schaute unbeeindruckt geradeaus. »Wie Sie schon sagten, Herr Luginger, Probleme habe nur ich. Aber die sind von ganz anderer Art, als sie vermuten. Sepp Strauss war heute Morgen zum Frühstück bei mir. Er ist sehr niedergeschlagen und macht sich schwerste Vorwürfe. Was sein Junge angestellt haben soll, ist fürchterlich. Mit Herrn Fischer war ich zu gemeinsamen Studienzeiten in Hamburg befreundet, und es tut mir leid, was da passiert ist. Falls in Ihrem Investorenkreis darüber gesprochen wird, inwieweit Carsten Fischer mich erpresst haben könnte, so können Sie Ihre Partner beruhigen. Ich wüsste nicht, mit was man mich erpressen könnte, und Carsten hat das auch nie versucht.«

Luginger sah, wie Faulhuber sein leichtes Weißbier austrank.

»Was halten Sie denn von sieben Millionen?«, fragte Faulhuber.

»Das ist viel Geld, Herr Faulhuber. Nur, solange der Gemeinderat nicht gegen eine mögliche Mehrheit der hier lebenden Bürger entscheiden kann und will, muss sich niemand mit Investitionen beschäftigen. Entschuldigen Sie, aber mein Besucher wartet.«

Arno Geiger war aufgestanden und schob seinen Stuhl ordentlich unter den Tisch.

»Axel Strauss war lange Zeit mit einem Mädchen namens Britta Höpfner befreundet«, sagte Luginger, der auch aufgestanden war. »Und Britta Höpfner sagt jedem, der es hören will, dass Axel die Idee mit der Schülerinnenprostitution von einem Bekannten übernommen hat. Und da die Leuterdinger sich partout nicht vorstellen können, dass einer aus ihren Reihen mit derartigen Geschäften Erfahrungen haben kann, bleibt nur ein Zugereister.«

Geiger hatte zugehört und keine Miene verzogen. Als sich Luginger schon zur Tür wandte, sagte Faulhuber noch: »Na ja, da soll es einen Laptop geben, auf dem Axel Strauss seine Geschäfte, seine Verbindungen und diverse Geldbewegungen verwaltet hat. Frau Höpfner könnte vielleicht etwas dazu sagen. Die Polizei tappt in dieser Hinsicht noch im Dunkeln.«

»Schön«, sagte Geiger. »Da können Sie in Ihrer Gemeinde ja nach Herzenslust spekulieren.« Er reichte Faulhuber und Luginger die Hand. »Das wird sich alles aufklären«, fuhr er fort. »Ich verstehe natürlich, dass irgendwo ein böser Mann hermuss, aber glauben Sie mir, meine Rolle überschätzen Sie maßlos.«

Marie begleitete die Herren hinaus.

»Falls Herr Geiger doch mal einen James drei sucht, merken Sie mich vor«, sagte Faulhuber. »Ich würde gerne mit Ihnen zusammenarbeiten.«

Luginger räusperte sich, und die junge Frau schloss lächelnd die Tür.

»Musste das sein?«, fragte Luginger.

»Was?«, kam es gut gelaunt zurück.

»Du weißt, was ich meine.«

»Sie hat Humor, Franz. Die Nummer mit James eins und zwei war doch klasse.«

Als sie wieder in Faulhubers Daimler saßen, fühlte sich Luginger schlecht. Sehr schlecht sogar. Selbst Dexters freudiges Begrüßungshecheln konnte ihn nicht aufheitern. Typen wie Geiger ließen ihn davon träumen, dumm wie Mike Tyson zu sein. Zuschlagen, zahlen, fertig. Außerdem hatte ihn die ganze Hektik geschafft. Für gewöhnlich verbrachte er seine Samstagvormittage mit kleinen Einkäufen, Rumhängen und routinierten Vorbereitungen des kommenden Betriebs im Hammer-Eck. Heute hingegen hatte er schon so viel hinter sich gebracht, dass er gar nicht mehr wusste, mit wem er wann über was geredet hatte.

Faulhuber startete den Motor. »Hast du gesehen, wer da bei dem Geiger in der guten Stube saß?«, fragte er.

Luginger nickte müde.

»Der Beckstein, mein CSU-Spezl«, fuhr Faulhuber fort. »Ich wüsste ja zu gern, was die zwei zu besprechen hatten. Samstags um die Mittagszeit. Und der nette Herr Geiger hat keinen Wert darauf gelegt, dass wir uns begegnen.«

Luginger stöhnte leise.

»Überfordert dich das, Franz?«

Angespannt schaute Luginger geradeaus. »Bernie, ich bin Wirt. Ich will nur, dass Sammy zurückkommt und Mike nicht wieder einfährt. Wie soll das denn jetzt weitergehen? Meinst wirklich, der Geiger macht sich in die Hosen, nur weil wir ihm aufs Dach gestiegen sind?«

»Der muss reagieren«, erwiderte Faulhuber überzeugt. »Was wir ihm gesagt haben, wird ihn nicht kaltlassen.«

»Vorausgesetzt, er hat wirklich was mit dem Mord am Fischer zu tun«, bemerkte Luginger.

Faulhuber bremste. Dexter bellte. Kinder liefen hinter einem Ball her, und eine Frau fuchtelte aufgeregt mit den Armen.

»Wenn die Höpfner Joe nicht angeschwindelt hat«, sagte Faulhuber, »passiert heut noch was. Glaub mir, Franz. Die Höpfner und der Geiger, die hängen da drin.«

* * *

Mit Heider und Gernot saß Luginger am Tisch und schaute zufrieden Richtung Leinwand. Bayern gegen Köln 0:0. Zehn Minuten waren gespielt, und noch war nichts passiert. Zu wenig Tempo, keine Torchance, gepflegte Langeweile mit 73,88 % Ballbesitz der Roten. Dexter lag zu seinen Füßen und schlummerte ein wenig.

»Oje«, sagte Heider.

»Abwarten«, brummte Gernot.

Mike saß direkt vor ihnen und genoss die Aufmerksamkeit, die ihm Lugingers Stammgäste schenkten, seit er hier aufgetaucht war. Dass er Strauss' Hintern mit dem Zapfhahn verschönert hatte, hatte sich rumgesprochen und wurde durch Kommentare und Gesten befürwortet. Heftiges Schulterklopfen, Weißbier auf Gernots Deckel und Bemerkungen wie »Versenkt ist versenkt« oder »Ganz schön eng so ein Arschloch« sorgten für Heiterkeit, die nur Moni nervte.

Gut jetzt, Jungs, hatte sie vorhin hinterm Tresen stehend gerufen, ich muss hier arbeiten, und bei euerm säuischen Gelaber krieg ich schlechte Laune.

Ach, sei doch nicht so, hatte Luginger Faulhuber erwidern hören, Männer brauchen das, Rumferkeln, verstehst, und die Frage, wie ein bis oben hin zugedröhnter Mike den Hahn da reingebracht hat, ist technisch gesehen durchaus interessant.

Ohne Gleitmittel, hatte Edi hinzugefügt, trocken, Moni, trocken, weißt, was das heißt. Übung, hatte Heider gejuchzt und sofort böse Blicke geerntet.

Van Bommel auf Schweinsteiger, Schweinsteiger auf van Bommel, prima Kurzpassspiel am Anstoßkreis. Die Kölner zupften derweil gelangweilt an ihren Trikots, und Luginger fand Zeit, rüber zur Küchentür zu linsen, hinter der Sammy werkelte, als wäre nichts geschehen.

Sammy war zurück. Ein Stein war Luginger vom Herzen gefallen, als er ihn im Hammer-Eck mit Moni am Tresen plaudernd vorgefunden hatte. Faulhuber hatte ihn gerade abgesetzt und noch gerufen, er komme dann pünktlich zum Anstoß, als er von einer Sekunde auf die nächste spürte, wie erleichtert er war.

Sie klatschten sich ab, grinsten, umarmten sich. Alles in Ordnung?, hatte Luginger gefragt. Alles bestens, hatte Sammy geantwortet. Flegel war besoffen und ist gestürzt. Die Obduktion hat nichts ergeben, und Arbeitskollegen von Flegel haben ausgesagt, dass er ordentlich geschluckt hat und auch schon mal auf dem Finanzamt hingefallen ist. Luginger hätte sich am liebsten jedes seiner Worte einrahmen lassen, so glücklich war er gewesen. Die Frau Weibel hat mich hergefahren, hatte Sammy noch gesagt, danach ist sie weiter zum Flughafen. Was will die denn da?, hatte Luginger gefragt. Ist doch völlig wurscht, Franz, hatte Moni geantwortet und drei Persiko eingeschenkt. Sammy ist raus, Flegel ist tot, und die Helga Fischer muss sich wegen der Dumpfbacke keine Sorgen mehr machen.

Der Flegel-Tod hatte im Lokal später auch nicht für viel Gesprächsstoff gesorgt. Niemand hatte den Typen richtig gekannt, und dass bei seinem Sturz jemand nachgeholfen haben sollte, war nicht ernsthaft in Erwägung gezogen worden. Weder der Polizeieinsatz gestern Abend noch der Umstand, dass Frau Fischer und Sammy nach Erding hatten mitfahren müssen, war einen Aufreger wert gewesen.

Luginger wunderte sich noch immer. Gut, weder er noch Faulhuber, noch Moni hatten ein Wort über die letzte Nacht verloren, dass die Buschtrommeln aber derart versagt haben sollten, war schwer zu glauben. Er fand nur eine Erklärung. Der Winkelgraben war zu weit weg, lag abseits im Ort, und die Bewohner dort führten ein Leben, das keine Berührungspunkte mit dem seiner Gäste hatte.

»Machst mit, Franz?«, fragte Erika.

Luginger wurde aus seinen Gedanken gerissen. »Wer hat denn den Spruch heute ausgesucht?«

»Faulhuber.«

»Bernie? Hat der überhaupt Ahnung?« Dann ließ Luginger seine Hand auf Dexters Schnauze fallen und wiederholte seine Frage, während er Grimassen schnitt und Dexter anlächelte. »Na, Dexter, was meinst? Hat der Bernie überhaupt eine Ahnung von Fußball? Sollen wir zwei da mitspielen, mein Guter?«

»Also der Spruch ist super«, sagte Erika kopfschüttelnd, »und bis jetzt hat keiner erraten, von wem er stammt.«

»Wie viel hast eingenommen?«, fragte Luginger.

»16 Euro.«

»Gut, weil's Bernie ist«, sagte Luginger.

»Und ihr?«, fragte Erika Gernot und Heider.

Beide stöhnten. Ein Kölner Angreifer war gerade genau dorthin gelaufen, wo van Bommel grätschen musste.

»Leg los«, sagte Gernot, und Heider nickte.

»Freistoß aus relativ nicht schlechter Distanz«, las Erika vor.

»Wie bitte?«, fragte Gernot.

»Wunderbar«, sagte Erika. »Oder?«

»Freistoß aus relativ nicht schlechter Distanz«, wiederholte Luginger anerkennend, wobei er fleißig Dexters Kopf streichelte. »Unser Bernie. Das hätt ich dem nie zugetraut. Also, Männer, was ist?«

»Ein Mann, ganz klar, kein Deutscher«, fing Gernot an.

»Richtig, ein Österreicher, so was können nur Österreicher«, ergänzte Heider.

»Oder Markus Babbel«, sagte Luginger.

Alle lachten.

»Nein, ein Ausländer, keiner von hier und ein Journalist«, sagte Gernot, dessen Knie zu zittern begann.

Luginger holte sein Portemonnaie raus und legte zwei Euro auf den Tisch. »Ich hab keine Ahnung. Ich zahle.«

Gernot und Heider dachten nach.

»Der Faulhuber soll uns mal einen Tipp geben«, sagte Heider. »Also, wenn österreichischer Journalist stimmt, dann muss die Frage als beantwortet gelten. Wer kennt denn schon die Sackgesichter da unten.«

Erika zögerte. »Wenn ja, dann statt des Zwickerls nur einen Euro. Einverstanden?«

Gernot stoppte sein Knie. Dann sagte er: »Nur weil's für Moni ist. Und weil wir schon so lange sammeln, ohne dass was passiert.«

Seit drei Jahren geht das schon, dachte Luginger, während Ribéry am Sechzehner auf Müller spielte, der den Ball nicht richtig unter Kontrolle brachte. Damals war ein Typ namens Boysen hier aufgekreuzt, und wirklich jeder hatte geglaubt, diesmal wird's was, jetzt hat's geschnackelt, Moni heiratet. Also hatten sie zum Sammeln angefangen für ein schönes Geschenk, was Großes, was Einzigartiges, und dazu war das Spiel erfunden worden, das bis heute Geld in ein mächtiges Sparschwein spülte. Die Regeln waren einfach, wie alles einfach sein musste, was im Hammer-Eck funktionierte. Abwechselnd durfte sich jeder Gast einen Spruch aussuchen, der mit Fußball zu tun hatte, und die, die mitmachen wollten, sollten erraten, von wem er war. Einzige Bedingung: Die Quelle musste offengelegt werden, damit niemand Weisheiten erfand, die von Fußballerhirnen noch gar nicht erdacht worden waren. Zwang gab es nicht. Hatte keiner einen Spruch parat, wurde nicht gespielt.

Erika verhandelte mit Faulhuber, der sich sichtlich amüsierte. Luginger sah, wie er nickte. Dann kamen sie an ihren Tisch.

»Also«, sagte Faulhuber zu Gernot und Heider, »Hut ab, Jungs. Der Spruch ist von einem österreichischen Rundfunkreporter, Robert Seeger heißt der.«

»Wusst ich's doch«, rief Heider. »So was kriegen nur Österreicher hin.«

»Macht 20 Euro für Monis Aussteuer«, sagte Gernot. »Wenn die nicht bald jemand findet, wird's eng. So viel Blödsinn gibt's über Fußball auch nicht zu sagen.«

Luginger, Heider und Gernot stießen an, während Klose aus 20 Metern beherzt abzog. Montragon hielt, weiterhin 0:0.

»Rein muss er halt«, sagte Erika.

»Wie war noch mal der Max-Merkel-Spruch, Heider?«, fragte Gernot. »Der kam doch von dir?«

Max Merkel, dachte Luginger. Die Trainerlegende seiner Kindheit, unter dessen Regie selbst die Löwen erfolgreich gewesen waren.

Heider holte Luft. »Der Österreicher glaubt mit 18, er sei Pelé.

Mit 20 glaubt er, er sei Beckenbauer. Und mit 24 merkt er, dass er Österreicher ist.«

Faulhuber klatschte sich vor Freude auf die Schenkel, Luginger winkte grinsend ab, und Gernot frohlockte: »Besser geht's nicht, besser geht's einfach nicht.«

In der Halbzeitpause gingen Faulhuber und Luginger in die Küche. Sammy half Moni Gläser einsammeln und spülen.

»Von mir aus können die Kölner heute gewinnen«, sagte Faulhuber. »Dass Sammy wieder da ist, ist schöner als jeder Sieg.«

»Geht mir alles zu glatt«, entgegnete Luginger. »Erst der ganze Aufriss und dann hurra die Waldfee.«

»Barbaras Strafverteidigerin ist eben gut. Die hat da ordentlich Dampf gemacht.«

Vielleicht, dachte Luginger. Vielleicht auch nicht. Wenigstens hatte sie vorhin am Telefon noch mal versichert, dass es keine Anhaltspunkte für Fremdeinwirkung gibt. Besonders entlastend sei die Aussage einer Frau Pospichil gewesen, die regelmäßig bei Flegel geputzt hat. Dass die Haustür offen stand, kam wohl öfter vor.

Dann fiel ihm etwas ein. »Warum soll die Höpfner mich anrufen? Die kennt mich doch gar nicht.«

»Weil Joe sie drum gebeten hat, deshalb«, erwiderte Faulhuber.

»Das funktioniert nicht, Bernie. Das Mädchen wird niemanden anrufen, den sie nicht kennt. Die steckt doch selbst in Schwierigkeiten.«

»Aber hier ist keiner ihrer Bekannten.«

»Doch. Mike.«

»Mike?«

»Ja, Mike. Der war mal verliebt in sie. Oder ist's immer noch.«

»Davon weiß ich ja gar nichts.«

»Geht dich auch nichts an.«

Faulhuber zog seine Stirn in Falten. Dann lief er zur Tür und spähte in das Lokal.

»Der steht da vorn und redet mit Herbert.«

Nervös trommelte Luginger mit einem Löffel gegen einen großen Topf.

»Lass das, Franz«, brummte Faulhuber ärgerlich. »Du machst einen ganzen Stall von Affen verrückt.«

»Wenn ich so denk, wie meine Mutter denkt, wenn sie mir von ihren Krimis erzählt, dann muss die Höpfner eine Idee haben, wo das blöde Versteck ist. Sie ist nur noch nicht draufgekommen, weil sie zu wenig drüber nachgedacht hat. Oder weil's ihr bisher wurscht war. Ihr Axel war ein Prahlhans, einer, der sich für oberschlau hielt. Weißt, der hat immer Andeutungen gemacht, ohne wirklich zu sagen, was läuft. Meine Mutter ist sich sicher, dass es Anhaltspunkte gibt.«

»Deine Mutter in Ehren, Franz, aber Fernsehen ist Fernsehen. Und ob die Britta Höpfner sich wirklich noch für ihre Leuterdinger Vergangenheit interessiert, weiß ja auch keiner. Wirst sehen, der Geiger findet das Versteck, weil es für den am wichtigsten ist.«

Am Ende blieb es beim 0:0. Selbst der viel zitierte Bayerndusel half nicht, das zweite torlose Unentschieden auf eigenem Platz innerhalb einer Woche zu verhindern. Dabei hatte es kurz vor Schluss noch eine Riesenmöglichkeit gegeben. Ribérys Freistoß war aber vom Kölner Keeper genauso bravourös gehalten worden wie Müllers Kopfball im Nachsetzen.

Um halb sechs hatten sich Lugingers Gäste neu sortiert. Die einen kommentierten die übrigen Bundesligaergebnisse, die anderen reagierten sich am Spielautomaten ab, und der Rest war einfach nur froh, dass auch diese Partie vorbei war.

Moni verteilte volle Gläser und machte Striche auf Deckel, Sammy stellte eine Tafel mit dem Angebot »Chili con Carne 4 Euro« aufs Klavier, und Luginger stand rauchend vor seinem Lokal.

Plötzlich sah er, wie Mike sein Handy aus der Hosentasche zog und ein Gespräch entgegennahm. Mit jeder Sekunde, die Mike zuhörte, wurde er unruhiger. Schließlich starrte er auf sein Display, als ob er nicht glauben könnte, was gerade geschehen war. Er blickte sich um, legte Moni einen Schein auf die Theke und kam zum Ausgang.

»Musst los«, bemerkte Luginger.

»Hhm«, kam es zurück.

Luginger nickte, und Mike ging ums Eck, wo er den alten Volvo der Menzingers geparkt hatte.

»Da ist was im Busch«, sagte Luginger zu Faulhuber, der zusah, wie ihm Moni einen Spezi mischte, »ich fahr hinter Mike her. Sag Sammy, ich brauch sein Rad.«

Faulhuber fragte überrascht: »Und ich?«

»Du bleibst hier. Lass dein Handy an.«

* * *

Als der Volvo rückwärts vom Parkplatz fuhr, stieg Luginger aufs Rad und wartete, bis Mike einen kleinen Vorsprung hatte. Dann trat er in die Pedale, fuhr die Dorfstraße lang, bog auf die Tegernseer Landstraße ab und hoffte inständig, dass Mike ihn nicht durch den ganzen Ort hetzte. Zu schnell und zu weit würde Luginger nicht schaffen. Die ersten paar 100 Meter waren schon grenzwertig.

Sein Handy klingelte. Mit einer Hand am Lenkrad hörte er Faulhubers Stimme: »Bist du bescheuert. Der hängt dich doch ab. Sag, wo du bist, ich hol dich ein.«

Mike bremste. Café Knoll, dachte Luginger und rief ins Telefon: »Alles bestens. Ich meld mich gleich wieder.«

Er stieg vom Rad und schob es auf den schmalen Bürgersteig. Mike saß noch im Wagen, als Britta Höpfner auf ihn zulief. Sie redete auf ihn ein und reichte ihm etwas durchs Fenster, das nicht zu erkennen war. Dann drehte sie sich um und ging zurück ins Café.

Mike rollte vom Parkplatz, gab Gas und setzte nach wenigen Metern den Blinker. Der nimmt die Max-Beckmann-Straße, dachte Luginger, und will wieder auf die Dorfstraße. Erneut meldete sich sein Handy. Er ließ es singen und schwang sich auf den Sattel.

Im Fahren fischte er das Telefon aus der Hose und rief nur: »Keine Zeit, Bernie, muss mich sputen.«

»Weibel hier. Ich suche Frau Höpfner, dringend.«

»Café Knoll in der Tegernseer Landstraße.«

»Ist das bei Ihnen?«

»Wo denn sonst.«

Luginger hatte das Gespräch beendet und betete, dass die Ampel an der Kreuzung zur Dorfstraße rot war.

Sie war es. Mikes Volvo stand hinter einem Motorrad. Würde Mike jetzt in den Rückspiegel schauen, wäre er aufgeschmissen. Die Ampel sprang auf Grün, Mike fuhr rechts die Dorfstraße hoch. Luginger schwitzte. Er schaltete einige Gänge höher und ärgerte sich, dass der Sattel so tief lag. Mike bog links ab. Luginger ahnte jetzt, wohin die Reise ging.

Das schaff ich, dachte er. Das schaff ich. Der will zu Geiger.

Und: Das war ein Schlüssel vorhin, die Höpfner hat ihm einen Schlüssel zugesteckt.

Mikes Wagen schlich die Konrad-Adenauer-Straße entlang, und Luginger nutzte eine Garageneinfahrt vor der Hausnummer 11, um sich unsichtbar zu machen. Er lehnte Sammys Rad an ein Heckenstück und spähte ums Eck.

Mike hatte vor Geigers Garage geparkt. Luginger sah das Volvoheck und entschied, einige Sekunden zu warten. Die Straße war menschenleer, noch nicht mal Hunde, die Gassi mussten, waren unterwegs.

Luginger drehte eine Zigarrette. Dann marschierte er los.

Eines der beiden Garagentore stand offen. Luginger beobachtete, wie Mike hastig Kistenberge durchkämmte, die links und rechts von ihm aufgereiht waren und beinahe bis zur Decke reichten. Hinter dem Volvo stehend, steckte er sich seine Kippe an. Mike war viel zu beschäftigt, um ihn zu bemerken. Geiger hat Britta Höpfner angerufen, dachte er, und die hat Mike beauftragt, hier zu suchen, weil sie wusste, Geiger ist nicht zu Hause, wenn er sich mit ihr trifft.

Luginger rauchte und konnte gar nicht mehr mit ansehen, wie sich Mike abrackerte. Mit den blöden Kisten und seinen Gefühlen. Für ein Mädchen namens Britta, bei dem er nie eine Chance haben würde, und seiner überdrehten Genugtuung, weil es ihn ausgewählt hatte, ihr zu helfen.

»Hey«, rief Luginger, der jetzt knapp hinter ihm stand, »ich kann auch suchen, wenn du mir sagst, wonach.«

Vor Schreck fiel Mike eine Kiste aus den Händen. Er drehte sich um und fragte entgeistert: »Wo kommst du denn her?«

»Du zitterst ja schlimmer als Gernots Knie«, knurrte Luginger. »Beruhig dich mal, ja.«

Mike trat wütend gegen einige Kartons. »Irgendwo da drin muss ein Laptop sein. Den brauch ich.«

»Den braucht die Höpfner, Mike. Nicht du.«

Mike zog Rotz Richtung Stirnhöhle. »Ich erklär's dir später, okay?«

Luginger nickte. »Die Garage wird nicht genutzt. Ich mein, hier fährt niemand rein und raus. Hier steht nur Krempel drin«, sagte er, während er nachdachte.

Mike öffnete weiter wahllos Kisten und überprüfte ihren Inhalt. Frustriert stemmte er sie wieder an ihren Platz zurück.

»Wenn du so weitermachst, bist du heut Nacht noch nicht fertig«, bemerkte Luginger, trat seine Zigarette aus und schaute die Kistenberge an. Vierte Reihe, links, ganz oben. Ein Herz. Mit Filzstift aufgemalt.

Luginger hob die Kiste an und stellte sie auf den Boden.

»Na also«, sagte er, als er Mike den Laptop zeigte. »Fragt sich nur, ob der auch Strauss gehört hat.«

Mike öffnete den Deckel. »Hundertprozent. Sony. Da stand der drauf, hat Britta gesagt.«

»Na dann«, sagte Luginger zufrieden. »Hast deine Mission ja erfüllt.«

Mike kramte sein Handy aus einer Jackentasche und rief eine Nummer auf. »Ich hab's. Alles klar. Wo treffen wir uns?«

Mike nickte und nickte. Dann sagte er: »Okay. In zehn Minuten bin ich da.«

Gemeinsam zogen sie das Garagentor zu. Mit dem Laptop unterm Arm ging Mike zum Volvo. Luginger öffnete die Beifahrertür und stieg ein. Mike stutzte.

»Was soll das?«

»Hast schon mal drüber nachgedacht, dass Britta Höpfner

dich nur ausnutzt?«, fragte Luginger und versuchte so entspannt wie möglich zu klingen. »Wie soll's denn weitergehen? Hast eine Idee?«

Mike steckte den Schlüssel ins Zündschloss. Bevor er ihn rumdrehen konnte, griff ihm Luginger in den Arm.

»Kleine Programmänderung«, sagte er. »Wir fahren zu meiner Mutter. Ruf die Höpfner an und sag ihr Bescheid. Drachenweg 5.«

»Bist du bescheuert? Stimmt's bei dir noch?« Mike war kurz davor auszurasten. »Was kümmern dich meine Angelegenheiten?«

Luginger ließ seinen Arm los und blickte geradeaus. »Ich will wissen, was da drauf ist. Ich will wissen, ob es außer den Fotos von Sammy und Frau Fischer auf dem Scheißhandy noch mehr gibt. Kapiert?«

Mike überlegte, während Luginger an seinem Telefon verlangt wurde.

»Weibel hier. Herrgott noch mal, die Höpfner ist nicht mehr im Café Knoll. Die muss vor ein, zwei Minuten hier weg sein.«

»Sitzt der Geiger noch da?«

»Woher wissen Sie das, Herr Luginger?«

»Intuition.«

»Reden Sie keinen Müll. Wo ist Britta Höpfner? Wenn Sie mir etwas verschweigen, reiß ich Ihnen den Kopf ab. Wo sind Sie eigentlich?«

»Auf einer Expedition. Und fragen Sie Herrn Geiger, von wem der Krempel in seiner linken Garagenhälfte ist. Ich ruf Sie an, wenn ich hier mit Ausmisten fertig bin.«

»Wer war das?«, wollte Mike wissen, nachdem Luginger das Gespräch beendet hatte.

»Die Polizei, mein Lieber. Wegen deiner Britta.«

»Scheiße«, entgegnete Mike genervt und suchte auf seinem Handy eine Nummer.

»Hör zu, wir müssen alles anders machen. Komm in den Drachenweg 5, da wohnt Anna Luginger. Das ist gegenüber vom Brettmann. Der Bauwagen ist nicht sicher, Geiger könnte den kennen.«

Mike trommelte noch ein paarmal aufs Lenkrad, dann machte er den Motor an.

* * *

Die Strecke fahr ich heute schon zum vierten Mal, dachte Luginger, nachdem sie Sammys Rad eingepackt hatten. Jahrelang komm ich da nicht hin, und jetzt kenn ich jeden Grashalm am Wegesrand.

»Was weißt du über Geiger?«, fragte er Mike.

»Nichts.«

»Was hat dir die Höpfner vorm Café Knoll eigentlich erzählt? Ich hab euch beobachtet.«

»Halt dich da raus, ja«, brummte Mike und würgte den dritten Gang rein.

»Wenn mein Pick-up wieder läuft, kannst du machen, was du willst. Auch einfahren, wenn dir danach ist.«

Als Mike zurückschaltete und erneut das Getriebe krachte, knurrte Luginger irgendwas von Zwischengas, Reparatur und Leichtsinn.

»Keine Kohle«, murmelte Mike.

Luginger nickte.

»Hast der kleinen Weber Dope verkauft?«

Mike schüttelte den Kopf.

»Dann ist's ja gut. Vertickerst an sonst jemanden?«

»Nein.«

»Hättest ja mal was sagen können wegen der Höpfner. Dass da was ist bei dir.«

»Und dann?«

»Hätt ich besser verstanden, warum du Sammy gesagt hast, er soll dem Axel aufs Maul haun.«

»Und dann?«

»Nix und dann.«

Mike bog in den Drachenweg ab. Britta Höpfner wartete schon neben einem kleinen Audi vor Anna Lugingers Haus. Schwarze Lederjacke, schwarze Jeans, schwarze Schuhe.

Die alte Frau schlief in ihrem Sessel, als Luginger leise ins Wohnzimmer kam. Er machte den Fernseher aus und legte vorsichtig eine Hand auf ihre Schulter.

Seine Mutter öffnete die Augen, erschrak und brummelte dann: »Du hier? Bub, ist was?«

»Passt schon, Mama. Ich hab Besuch mitgebracht.« Dann zeigte er auf die Tür zum Flur, in der die andern standen. »Das sind Frau Höpfner und Herr Menzinger.«

Anna Luginger setzte sich auf und wischte eine graue Haarsträhne aus dem Gesicht. »Herr Menzinger. So ein Quatsch. Du bist doch der Michael.«

Mike nickte.

Luginger rückte Stühle zurecht und stellte den Laptop auf den Esstisch.

»Wir haben was gefunden, das Axel Strauss gehört hat, Mama. Und bevor die Weibel das Ding kassiert, wollten wir mal einen Blick drauf werfen.«

»Aha, und da kommt ihr zu mir?«

»Bei dir sucht uns keiner.«

Anna Luginger öffnete einige Knöpfe ihrer Wolljacke und griff nach einem Wasserglas, das neben ihr stand. Dann nahm sie bunte Tabletten und schluckte sie.

»Was nimmst da, Mama?«

»Hat mir Dr. Drillich gegeben nach meinem Sturz.«

»Wofür denn?«

Die alte Frau stöhnte leise.

»Gibt's da irgendwo eine Packungsbeilage?«

»In der Küche, in der Schublade oben.«

»Hast die gelesen?«

»Nix hab ich gelesen«, erwiderte sie grantig.

Luginger schüttelte genervt den Kopf. »Das machen wir nachher, ja.«

Dann half er seiner Mutter zum Tisch und suchte ein Kissen, damit sie besser sitzen konnte.

Mike startete den Laptop. Kurz darauf verlangte der Rechner ein Kennwort.

»Scheiße«, sagte Mike.

»Was hast du denn gedacht«, sagte Britta Höpfner genervt.

»Ist er kaputt?«, fragte Anna Luginger.

»Nein, Mama«, antwortete Luginger. »Nur geschützt. Ohne Kennwort kannst nicht wissen, was drin ist, verstehst?«

»Verschlüsselt«, sagte die alte Frau.

»So ungefähr«, bemerkte Mike und blickte ratlos auf den Bildschirm.

»Versuch mal *Britta*«, sagte Britta Höpfner zu Mike.

Er tippte ihren Namen ein. *Der Benutzername bzw. das Kennwort ist falsch,* lasen alle.

»Ficken«, sagte Britta Höpfner.

Mike blickte ungläubig auf.

»Was ist?«, fragte Britta Höpfner.

»Was ist?«, fragte Anna Luginger.

Mike schrieb erneut. Nichts.

»Das waren die dümmsten Möglichkeiten«, bemerkte Britta Höpfner. »Ab jetzt wird's schwerer.«

Luginger stand in der Küche und kochte Kaffee. Faulhuber hatte gerade angerufen und wollte wissen, was passiert sei. Alles eingetütet, hatte Luginger geantwortet, und einen Abriss der wesentlichen Ereignisse geliefert.

Neben der Milch stand auch Zucker im Kühlschrank. Statt im Besteckkasten lagen die Kaffeelöffel bei der Marmelade, und da die kleinen Untertassen verschwunden waren, packte Luginger nur Tassen aufs Tablett.

Britta Höpfner kritzelte Buchstabenkombinationen auf ein Blatt Papier, und Mike gab sie nacheinander ein. Nichts.

Luginger füllte Kaffee in die Tassen. »Sollen wir Brettmann rufen?«, fragte er. »Haben nicht Mathematiker Computer erfunden?«

»Schmarrn«, knurrte seine Mutter, und Luginger glaubte sehen zu können, wie ihre grauen Zellen arbeiteten.

»Sie suchen einen Code«, sagte sie zu Britta Höpfner gewandt. »Stimmt's? So ein Geheimwort wie in Spionagefilmen.«

Britta Höpfner nickte ungeduldig. »Axel liebte so was. Er hat sich immer irres Zeug ausgedacht. Nur war sein Gedächtnis grottenschlecht. Also muss er was mit System genommen haben.«

»Der Laptop war in einer Kiste mit aufgemaltem Herz«, sagte Luginger.

»O Gott«, stöhnte Britta Höpfner.

Anna Luginger berührte ihre Hand und sagte leise: »Lassen Sie mich mal, Kindchen.«

Dann trank sie einen Schluck Kaffee und bat Luginger, die Keksdose aus dem Schrank zu holen.

Zuerst schrieb sie *Britta.* Dann reihte sie die Buchstaben des Namens so aneinander, dass sie in der Reihenfolge des Alphabets erschienen.

»Michael, schreib mal *abirtt*«, schlug sie vor.

Mike tippte die Buchstaben ein. *Der Benutzername bzw. das Kennwort ist falsch.*

»Jetzt rückwärts«, sagte sie, und Luginger dachte, wie beim Kreuzworträtsel. Zwei links, zwei rechts, vier fallen lassen. Oder war das beim Stricken?

Mike gab *ttriba* ein. Falsch.

Die alte Frau griff in die Dose und steckte sich einen trockenen Keks in den Mund. Dann schrieb sie auf Britta Höpfners Blatt weitere Kombinationen, die Mike ausprobieren sollte.

Mike tippte wie wild, aber keine Variante brachte sie weiter.

Während Anna Luginger immer neue Buchstabenfolgen ersann, fragte Luginger Britta Höpfner: »Warum sucht Sie eigentlich Frau Weibel?«

Die junge Frau zuckte zusammen. Lugingers Frage hatte sie überrascht. Er sah, wie sie sich auf die Unterlippe biss und so tat, als müsste sie nicht antworten.

»Drin«, rief Mike begeistert. »Wir sind drin. *Csjuub*, gibt's so was. Klasse, Frau Luginger, klasse.«

In Windeseile öffente er unterschiedliche Ordner, während Luginger seine Mutter fasziniert anstarrte.

»Wie hast das denn gemacht?«, fragte er.

»Du nimmst den jeweils folgenden Buchstaben, Bub. Auf b

folgt c auf r s, auf i j usw. Wenn jemand mit System verschlüsselt, verliert er immer.«

»Ja, Mama, was redst denn so gschwollen daher! Mit System verschlüsselt, bist noch unter uns?«

»Frag Dr. Brettmann. Systeme sind endlich und logisch, also werden sie durch Kombinieren geknackt. Das ist allein eine Frage der Rechenkapazität.«

Luginger musste rauchen. Sofort und tief und ausgiebig und alleine.

Während Mike schnell etliche Dateien durchsuchte, schaffte er Tabak in ein Papierchen und klebte es zu. Axel Strauss hatte unterschiedliche Dateiformate unter Namen wie »Bier«, »Mehr Bier« oder »Noch mehr Bier« abgelegt, ohne dass auf einen ersten Blick ersichtlich war, was warum wohin gehörte. Es gab Fotos, Namenlisten, Geldbeträge, Internetadressen und Wegbeschreibungen.

Luginger ging zur Terrasse und öffnete die Tür. Erst jetzt fiel es ihm auf. Britta Höpfner hatte nicht mehr bei ihnen gestanden. Während sie voller Erwartung Mike über die Schulter geschaut hatten, war sie verschwunden. Er rannte zum Gästeklo. Nichts. Dann riss er die Eingangstür auf und sah, dass der kleine Audi weg war.

Seine Mutter und Mike ahnten, was passiert sein musste, als er wieder im Wohnzimmer stand.

»Warum ist sie abgehauen, Mike?«

Mike schüttelte den Kopf.

»Wo kann sie hin sein? Da stimmt doch was nicht, oder?«

Keine weitere Reaktion.

»Herrschaftszeiten, Mike, lass dir was einfallen. Die Weibel sucht sie, und blöd ist die auch nicht.«

»Zum Bauwagen«, murmelte Mike. »Wahrscheinlich ist sie zum Bauwagen gefahren.«

»Und wo steht das Ding?«

»Nicht weit von hier. Alte Bahnhofstraße.«

* * *

Als sie etwa dreißig Meter vor dem leeren Grundstück anhielten, war es fast dunkel. Luginger hatte vorgeschlagen, die letzten Meter zu Fuß zurückzulegen, um Britta Höpfner nicht aufzuscheuchen, falls sie wirklich dort sein sollte.

Ihr Audi war nicht zu sehen. Das Grundstück, auf dem Axels Bauwagen stand, war völlig verwildert. Zwischen Sträuchern und hohem Gras schlängelte sich ein schmaler Weg zu einem frei stehenden Baum, unter dem der Wagen abgestellt worden war.

Licht brannte.

Buntes Teil, dachte Luginger. Rot, blau, schwarz und sogar Rolläden vor den Fenstern.

»Strom?«, fragte Luginger.

»Gasflasche«, antwortete Mike.

»Gehen wir rein?«

Mike nickte.

Luginger öffnete die Tür. Niemand da. Ein Sofa, zwei billige Freischwinger, Couchtisch, Kochplatten, Kühlschrank, Regale. Che-Guevara-Poster über einer kleinen Kommode, halb voller Bierkasten, Wodka- und Colaflasche auf dem Boden, Gläser in einer Plastikwanne.

»Heimelig«, sagte Luginger.

»Scheiße«, brummte Mike.

»War sie hier oder nicht?«, fragte Luginger.

Als er sich näher umsehen wollte, rief Mike von draußen: »Hey, da ist sie. Da vorne steht ihr Auto.«

Luginger sprintete los. Bis Mike begriffen hatte, dass Tempo angesagt war, sprang er schon über krüppelige Büsche, Baumstümpfe und Wurzelenden.

»Los, los«, rief er Mike zu, ohne sich umzudrehen.

Während er keuchte und seine Slipper unebenen Grund umpflügten, sah er Britta Höpfner in ihren Wagen steigen. Sekunden später fuhr sie die Alte Bahnhofstraße zurück Richtung Ortsmitte.

Mit den Händen auf den Knien atmete Luginger heftig ein und aus. Laufen ist was für Junge, dachte er, als neben ihm eine Autotür aufsprang und Sammy aus Frau Weibels Luxusschüssel kletterte.

»Steigen Sie ein«, hörte er die Kommissarin rufen.

Ohne weitere Worte raste sie geradeaus, wendete in einer Garageneinfahrt und bretterte hinter Britta Höpfners Audi her.

»30«, murmelte Luginger und wischte sich Schweißperlen von der Stirn.

»Schön, dass Sie mich unterstützen«, erwiderte Frau Weibel. Dann klemmte sie ihr Blaulicht aufs Dach.

Als sie Britta Höpfner kurz vor der Mommsenstraße fast eingeholt hatten, bog die junge Frau plötzlich links ab.

»Wo will die denn hin?«, fragte Frau Weibel.

Luginger nickte.

»Wenn ich neben Ihnen sitze, wissen Sie nichts. Wenn ich nicht da bin, wissen Sie alles.«

Britta Höpfner fuhr jetzt links in den Donauweg und beschleunigte.

»Warum geht's denn wieder zurück?«, knurrte Clara Weibel.

»Die will nach Döring und von da auf die Rosenheimer Straße«, sagte Luginger.

»Woher wissen Sie das?«

Luginger zog die Augenbrauen hoch. Dann fragte er: »Warum haben Sie mich mitgenommen?«

»Damit ich nicht länger hinter Ihnen herhecheln muss. Café Knoll, Geigers Garage, der Bauwagen, Sie sind immer Erster.« Frau Weibel bremste. »Scheißseitenstraßen.«

»Scheiß links vor rechts«, sagte Luginger.

»Wie bitte?«

»Achtung«, rief Luginger und umklammerte den Haltegriff. »Gleich geht's scharf rum.«

Frau Weibel rauschte in die Kurve. »Jesus, Maria, ist das eng.«

Luginger lockerte seine Schultern.

»Da vorne ist sie wieder«, bemerkte er schließlich, nachdem Leuterding hinter ihnen lag.

»Eine Überlandfahrt kann die nicht wollen, oder«, grummelte Frau Weibel.

Nach dem Wald kamen Felder und Wiesen. Das Getreide war längst abgemäht, nur vereinzelt lagen noch größere Ballen rum. Gleich ist's richtig dunkel, dachte Luginger. Wenn die Höpfner ins Neubaugebiet von Döring reinfährt und sich auskennt, hängt sie uns ab.

Ohne Ansage spritzte der Audi davon. Bis Frau Weibel reagierte, hatte Britta Höpfner gut 300 Meter Vorsprung. Blinkerlos bog sie hinterm Döringer Gewerbegebiet scharf links ab und rauschte einen Schotterweg hoch. Die Kommissarin folgte ihr, doch Luginger ahnte bereits, dass sie verloren hatten. Am Ende des Weges war von Britta Höpfner nichts mehr zu sehen.

»Links oder rechts?«, fragte Frau Weibel.

»Gradaus«, erwiderte Luginger.

Frau Weibel entschied sich für rechts und schlich an rappelneuen Reihenhäusern entlang, die alle direkt an die Straße gebaut worden waren. In einigen brannte Licht, andere waren dunkel.

»Kleine-Leute-Glück«, brummte Frau Weibel.

»Des Deutschen größter Wunsch«, anwortete Luginger.

»Sie können ja Genitiv«, sagte Frau Weibel.

»Die Höpfner ist weg«, erwiderte Luginger.

* * *

Luginger telefonierte mit Sammy und Mike. Mike meinte, Britta könnte noch mal bei Geiger auftauchen.

»Warum?«, wollte Luginger wissen.

»Keine Ahnung«, sagte Mike.

»Auch gut«, antwortete Luginger.

»Irgendwo muss sie ja hin«, sagte Mike.

Da hat er recht, der Gute, dachte Luginger, nachdem er sein Handy wieder eingesteckt hatte, und wenn die Höpfner ahnt, was auf sie zukommt, muss sie sich kleiner als klein machen. Mit öffentlichen Verkehrsmitteln aus Leuterding oder gar München rauszukommen, war jedenfalls viel zu gefährlich. Die Weibel hatte ihm erzählt, was Fahndung bedeutete. Verstärkte Kontrollen und überall wachsame Augen. Die Kommissarin war sich sicher. Britta Höpfner hatte Axel Strauss erstochen. Sie hatte die Flüge der Höpfner gecheckt und dabei nicht nur erfahren, dass sie am Montag von Madrid nach München geflogen war und am Dienstag mit der ersten Maschine zurück, sondern auch, dass sie seit Jahresbeginn noch sechs weitere Male in München gewesen war, obwohl sie stets verneint hatte, Axel Strauss nach ihrem Umzug überhaupt noch einmal gesehen zu haben. Tja, und Jessica Weber hielt es nach einer weiteren Unterhaltung jetzt sogar für möglich, dass es sich bei der flüchtenden Person am Montagabend um Britta Höpfner gehandelt haben könnte.

Auf der Rosenheimer Straße war wenig Verkehr. Frau Weibel blieb wortkarg, und Luginger spürte, wie sie sich ärgerte. Zu oft war sie heute zu spät gekommen, und zu wenig konnte sie tun, um die Höpfner aufzuspüren.

»Die stellt sich«, sagte Luginger.

»Am liebsten würde ich nach Hause fahren«, erwiderte Frau Weibel. »So, wie die Dinge laufen, kann ich auch auf meinem Sofa warten, bis sie irgendwo auftaucht.«

»Woher hatten Sie eigentlich den Tipp mit dem Bauwagen?«, fragte Luginger.

»Sammy«, sagte Frau Weibel. »Ich bin zu Ihnen ins Hammer-Eck gefahren und habe ihn gefragt. Zuerst hatte er keine Idee, dann aber ist ihm eingefallen, dass er Britta mit Axel früher mal an diesem Bauwagen gesehen hat.«

»Wen hat denn die Höpfner noch so getroffen, wenn sie hier war?«, fragte Luginger.

»Das weiß keiner. Nach Aussage ihrer Eltern hat sie in Leuterding keine großen Kontakte mehr. Ihre beste Freundin studiert jetzt in Hamburg. Und dass ihre Tochter ohne ihr Wissen so oft von Madrid nach München geflogen ist, können sie sich überhaupt nicht erklären. Also, was hat sie gemacht, wenn sie hier war? Bei Axel Strauss gewohnt? Wir wissen einfach zu wenig über das Mädchen.«

»Jetzt fahren Sie mal die Dorfstraße runter«, schlug Luginger in kameradschaftlicher Tonlage vor. »Im Ortszentrum hat ein

Spanier aufgemacht. Faulhuber sagt, der hätte exzellente Weine.«

Frau Weibel lächelte. »Sie meinen, ich soll mir ein Gläschen gönnen und dann betrunken heimdüsen.«

»Der Abend ist gelaufen«, sagte Luginger. »Und während Sie trinken, ruf ich meine Mutter an. Keine Ahnung, was die grad macht.«

»Wissen Sie überhaupt, dass Sie gar nicht in Herrn Geigers Garage waren? Die linke ist seine, die rechte nutzt weiterhin Dr. Degenhardt, der Schönheitschirurg, um irgendwelchen Krempel unterzustellen. Wie der Strauss hier an einen Schlüssel gekommen ist, würde mich auch mal interessieren.«

»Mich nicht«, knurrte Luginger.

Als sie die S-Bahn-Unterführung passiert hatten, suchte Frau Weibel einen Parkplatz.

»Hinterm Kiosk, links«, sagte Luginger. »Der Spanier ist gleich hier die Treppe rauf.«

Dabei zeigte er auf viele Stufen, die auf einem Platz endeten, der abends manchmal so verlassen wirkte wie eine Westernstadt kurz vorm Showdown.

* * *

»Komische Idylle«, sagte Frau Weibel.

Luginger nickte.

»Ein Wasserspielplatz, der so aussehen soll, als wäre er gar kein Spielplatz.«

»Ist ja auch ein Wasserpark«, erwiderte Luginger

»Aha! Da gibt's nicht einfach Schaukeln und eine Torwand und so Drehdinger, die einen schwindelig machen?«

Luginger starrte auf ein küssendes Pärchen nicht weit von ihnen, wobei der Junge von dem Hintern des Mädchens gar nicht genug kriegen konnte.

»Wenn der Kerl so weitergrapscht, kriegt sie blaue Flecken«, sagte Frau Weibel.

Luginger nickte.

»Ich meine, warum begreifen die Burschen nicht, dass das zu grob oder zu aufdringlich daherkommt?«

Das Mädchen hatte jetzt offenbar genug. Kichernd schob sie den Jungen auf Distanz.

»Und gerade am Anfang, herrje.«

Sie saßen schon eine ganze Weile auf einer Bank neben Schilfbüschen und großen Steinen. Im Rücken die S-Bahn und vorne das moderne Leuterding. Schick, schick, hatte Frau Weibel gesagt, als Luginger ihr gezeigt hatte, wie Vorortarchitektur heute so daherkam. Und: Viel besser als alles, was zu meiner Jugend gebaut wurde. Damals zählte nur billig, nur einfach, nur hoch, nur geschmacklos. Jetzt haben sie Farbe und ein Konzept und Licht. Es ist aber dunkel, hatte Luginger sie unterbrochen, worauf die Kommissarin mit einer lässigen Handbewegung angedeutet hatte, dass sie auf seine Meinung in Sachen Baukunst keinen Wert mehr legte.

Mittlerweile war es neun Uhr durch, und Luginger fröstelte leicht. Eine Verfolgungsjagd, die so jämmerlich auf einer Bank endet, war ja auch nicht vorgesehen, dachte er und zupfte an den kurzen Ärmeln seines T-Shirts. Und dass der Spanier ausgerechnet heute wegen eines Trauerfalls geschlossen hatte, auch nicht.

Das junge Liebespaar kicherte jetzt gemeinsam. Sie posierte, und er schoss ein Handyfoto. Dann bestaunten beide das Ergebnis. Noch mehr Gekicher.

Luginger rief erneut seine Mutter an.

Nichts.

»Vielleicht ist sie bei Brettmann«, sagte er.

»Dann los«, forderte Frau Weibel.

»Hab keine Nummer.«

»Für was haben Sie denn ein Telefonbuch im Handy?«

»Weiß ich auch nicht.«

Frau Weibel fischte ein kleines silbernes Nichts aus ihrer Handtasche und suchte Brettmanns Nummer. Dann ließ sie es wählen.

Sekunden später hob sie hilflos die Schultern.

»Nicht gut«, sagte Luginger.

»Kommen Sie. Ihre Mutter wird eingeschlafen sein. Es ist spät, es war ein langer Tag.«

»Stimmt«, brummte Luginger und dachte an heute Morgen und sein verunglücktes Frühstück mit Barbara. Da muss ich was klarstellen. Später fahr ich vorbei. Samstagabend, und sie hockt schlecht gelaunt in ihrer Hütte. Wegen mir. Weil ich sie zu meiner Mutter schleppen will, um Helmut Fischer zu gucken.

»Sagen Sie mal, Sie sind ja gar nicht bei der Sache«, bemerkte Frau Weibel.

Das junge Paar küsste wieder. Diesmal nestelten die Finger des Jungen am Mädchenrücken.

Lugingers Handy meldete sich. Eine SMS.

Ihre Mutter wird Sie anrufen. Nicht auflegen, auch wenn Sie sich wundern. Dr. Brettmann.

Was sollte das denn? Mama und Brettmann! Heilandszeiten, wusst ich's doch. Die Spinner haben sich zusammengetan.

»Was ist?«, fragte Clara Weibel.

Brettmanns Handy, dachte Luginger. Die Nummer kenn ich nicht, und Mama hat keins.

»Also, was war das eben?«, fragte Frau Weibel erneut.

Warum kündigt Brettmann ein Telefonat an? Wenn die mich anrufen wollen, sollen sie's machen.

»Ich habe keine Lust mehr auf Geheimnisse, Herr Luginger.«

Wie will mich Mama mit einem Handy anrufen? Sie hat noch nie eins benutzt.

»Träumen Sie?«

»Nein«, antwortete Luginger.

»Also was?«

»Lassen Sie sich überraschen.«

Frau Weibel atmete tief ein und aus. Dann zog sie ihren Sommermantel über der Brust zusammen, schlug die Beine übereinander und blickte in einen Himmel, der Wolken erkennen ließ.

»Wird regnen«, sagte sie.

Luginger nickte.

»Versuchen Sie, noch mal Mike Menzinger zu erreichen.«

Luginger drückte erneut die grüne Taste. Freizeichen und Ende. Danach legte er sein Handy zwischen sich und die Kommissarin auf die Bank.

»Sie meinen, das hilft?«, fragte sie.

Luginger nickte.

»Warum gibt's hier eigentlich nur eine Bank?«

»War eine Spende.«

»Aha! Und für zwei Bänke hat's nicht gereicht?«

»Genau.«

Plötzlich klingelte es.

Nichts außer Rauschen und das schwere Atmen eines Menschen.

Frau Weibel wollte etwas sagen, doch Luginger hielt entschieden seinen Zeigefinger vor die Lippen und stellte den Lautsprecher ein.

Jetzt war eine Tür ins Schloss gefallen.

»Sie hier? Was machen Sie hier?«

Luginger erkannte die Stimme sofort.

»Ich warte auf Sie, Kindchen.«

»Ihre Mutter«, flüsterte Frau Weibel überrascht.

»Ich bin nicht Ihr Kindchen.«

»Machen Sie das Licht wieder aus. Auf die Idee, dass Sie hier auftauchen, können auch andere kommen.«

»Was wollen Sie, Frau Luginger?«

»Als Sie vorhin weggerannt sind, wussten Sie noch gar nicht, was Ihr Freund Axel alles auf seinem Computer gespeichert hat.«

»Und Sie wissen das jetzt, ja?«

»Ja.«

Kurze Pause.

»Wo sind die?«, fragte Frau Weibel leiser als leise.

Luginger hob die Schultern und zeigte erneut auf seine verschlossenen Lippen.

Frau Weibels Augen glühten zornig.

»Er hat euch alle erpresst. Ihr wart zu viert. Er hat Bilder von euch gemacht, ganz viele, hundert oder mehr sogar. Sie hat er besonders oft gezeigt. Dr. Brettmann hat mir erklärt, wie das geht. Am Computer fremde nackte Körper mit bekannten Köpfen zusammenbringen. Ihr Freund Axel konnte das.«

»Wo sind die Bilder jetzt?«, hörte Luginger Britta Höpfner fragen.

»Ich bin am Computer nicht so geschickt. Ich glaub, ich hab sie alle gelöscht.«

Luginger hörte ein Kratzen, als ob Streichhölzer angezündet wurden. Frau Weibel griff sich ins graue Haar.

»So, Kindchen. Mach jetzt das Licht aus. Die Kerze reicht.«

»Was ist mit den Namen?«, fragte Britta Höpfner.

»Die wird nie jemand erfahren. Alles weg, den Jordan runter.«

Luginger hörte Schluchzen.

»Du warst ein paarmal hier. Stimmt's? Von Madrid nach München mit dem Flugzeug. Axel hat dich gezwungen zu kommen. Er hat das aufgelistet. Die Tage und alles. Du warst auch am Montag da.«

Keine Antwort.

»Wo willst du denn jetzt hin?«, fragte Anna Luginger.

Keine Antwort. Schweigen.

»Der Mord an Axel, meinst da nicht, dass die Polizei das rauskriegt?«

Schweigen.

»Du weißt doch, wie das ist heute. Mit der ganzen Technik. Die finden irgendwas von dir. Wenn die erst mal wissen, dass du am Montag am Gerolsee warst, haben sie dich.«

»Woher wussten Sie von der Werkstatt?«, fragte Britta Höpfner.

Frau Weibel war aufgesprungen. Luginger sah, wie ihre Lippen ein gehauchtes »Wo« formten.

Er nickte.

»Axel hat viele Orte gekannt. Das ist auf seinem Computer. Herrn Geigers Garage, ein Bauwagen, eine Garage in Pötzel und die Werkstatt von Michael.«

Frau Weibel riss der Geduldsfaden. Gleich explodiert sie, dachte Luginger, als er bemerkte, wie sie mit ihren Füßen lautlos auf den Boden stampfte.

»Warum bist du eigentlich nach Madrid?«, fragte Anna Luginger.

Kurze Pause.

»Ich musste weg. Axel hat mich wahnsinnig gemacht, und meine Eltern wollten einen Schlussstrich. Aber er hat mich nicht in Ruhe gelassen. Samstagnacht war es besonders schlimm. Er war betrunken, hat irgendeinen Scheiß erzählt. Von viel Geld, einem kurzen Leben und dass er mich unbedingt sehen muss. Er zahlt alles, hat er gesagt. Ich wollte nicht, dann hat er gebettelt und gefleht, er hätte Scheiße gebaut, richtige Scheiße, später hat er dann gedroht und sein schmutziges Gewäsch abgelassen. Ich wusste, so wie der drauf war, hätte er uns alle in Facebook auf seine Seite gestellt und als Frischfleisch angeboten.«

Frau Weibel hatte sich beruhigt und flüsterte jetzt: »Mike Menzinger. Hat der eine Werkstatt?«

Luginger nickte.

»Und dann haben Sie ihn am Gerolsee getroffen«, sagte seine Mutter.

»Ja. Er war völlig durchgeknallt. Er hat extra einen Grill aufgebaut und wieder davon angefangen, dass ich doch zu ihm gehöre und Madrid scheiße ist. Ich habe ihm gesagt, dass das das letzte Mal ist, dass ich mich von ihm rumkommandieren lasse, dass ich zur Polizei gehe.«

Luginger hatte sich eine Zigarrette angezündet. Er flüsterte in Frau Weibels Ohr: »In vier Minuten sind wir da.«

Sie nickte.

»Aber jemanden erstechen?«, fragte die alte Frau leise. »Ist das nicht ganz schwer? Die Kraft, das Blut.«

Schweigen. Anna Lugingers Atmen.

Dann die Stimme von Britta Höpfner: »Wie er mit dem Messer hinter diese blöden Büsche gestolpert ist und seine Hose runtergezogen hat. Der war so daneben, ich sollte …«

Plötzlich wurde eine Tür aufgerissen. Irgendwas fiel zu Boden.

Luginger und Frau Weibel blickten sich an und rannten los.

»Hier bist du«, hörte Luginger Mike noch sagen, während er zum Auto hetzte. Und Sekunden später eine zweite Stimme: »Frau Luginger!«

»Sammy«, rief er Frau Weibel zu und schaltete das Gespräch weg.

Frau Weibel brauste von der Mommsenstraße in den Drachenweg. Luginger registrierte 90 Stundenkilometer. Vollbremsung an der Kreuzung zur Dorfstraße und Vollgas hinüber zur Rosskopfstraße. Fahrradladen, Muckibude und Seniorenstift schossen an ihnen vorbei. Ebenso ein Radlfahrer, der wütend die Hände in den Himmel stieß.

»Kein Licht«, sagte Frau Weibel.

»Doch«, sagte Luginger.

»Viel zu schwach«, sagte Frau Weibel.

»Da vorne links«, sagte Luginger.

Die Reifen quietschten, ab ums Eck und dann wieder voll aufs Gas.

»Stopp«, sagte Luginger.

Frau Weibel trat in die Eisen.

Mikes Werkstatt war hell erleuchtet, und Luginger sah als Ersten Brettmann an der Tür stehen.

Mike redete mit Britta Höpfner und Sammy mit seiner Mutter. In der Werkstatt wurde es eng, als Clara Weibel auch noch hineinging, um ihren Fall zu Ende zu bringen.

Luginger stand draußen und spähte durch die Tür.

»Haben Sie vorhin alles gehört?«, fragte Brettmann und knetete seine Finger.

Luginger nickte.

»Ich auch. Ich hatte noch ein zweites Handy eingeschaltet, bevor ich Ihre Mutter allein ließ. Ich meine, ich konnte sie ja nicht schutzlos da sitzen lassen. Man weiß ja nie, ob es in einem Netz nicht doch Funkstörungen gibt.«

Luginger nickte.

»Ihre Mutter wollte das unbedingt. Sie war fest davon überzeugt, dass Britta in Menzingers Werkstatt auftauchen würde.«

Luginger nickte.

»Britta hoffte wahrscheinlich, dass er ihr helfen könnte.«

Markus Polterer kam jetzt mit riesigen Schritten auf sie zu, nachdem er aus einem Streifenwagen gestiegen war.

»Alles klar?«

»Alles klar«, erwiderte Brettmann.

Polterer ging zur Tür und wich Frau Weibel und Britta Höpfner aus, die gerade aus der Werkstatt kamen.

»Schön, dass Sie da sind«, sagte die Kommissarin. »Begleiten Sie doch bitte Frau Höpfner zu uns. Und rufen Sie ihre Eltern an. Sie mögen sich um einen Anwalt kümmern, ja.«

Luginger sah, wie Polterer noch etwas fragen wollte, doch Frau Weibel war schon wieder in der Werkstatt verschwunden.

»Ich habe die ganze Zeit hier gestanden und hätte sofort eingreifen können, wenn Ihre Mutter in Gefahr gewesen wäre«, erklärte Brettmann.

Luginger rauchte und versuchte sich vorzustellen, was der zottelige Brettmann mit seinen arthritischen Fingern wohl gemacht hätte, wenn Zupacken notwendig geworden wäre.

»Danke«, sagte er schließlich und blies kleine Wölkchen in die Luft.

»Ich bin froh, dass das alles vorbei ist«, sagte Brettmann. »Rumspionieren liegt mir nicht.«

Luginger nickte.

»Na ja, auf dem Laptop war nicht so viel drauf, wie Ihre Mutter vorhin gesagt hat. Schon ein paar Bilder, auch schmutzige, aber nicht so, wie man meinen könnte.« Brettmann flüsterte jetzt. »Ihre Mutter wollte das ein wenig aufmotzen, um Britta zu entlasten. Ist ja auch egal, die Bilder sind weg.«

»Dass Mama die Bilder gelöscht hat, wird Frau Weibel nicht glauben«, bemerkte Luginger, während Polterer den Streifenwagen wendete und den Finkenweg zurückfuhr.

Brettmann schnäuzte sich. »Ihre Mutter verzapft mehr Unsinn, als sich so ein Polizistenhirn vorstellen kann«, grummelte er schließlich.

Luginger nickte.

Frau Weibel und Mike kamen nach draußen.

»Ich habe Herrn Menzinger mitgeteilt, dass er in den kommenden Tagen Leuterding nicht verlassen darf«, sagte sie zu Luginger. »Wenn er Ihr Auto wieder flottmacht, wird er eh genug zu tun haben. Noch eins. Ich fahre jetzt zusammen mit Dr. Brettmann zu Ihrer Mutter und nehme den Laptop mit. Viel wird ja nicht mehr drauf sein, nachdem die alte Dame ein ums andere Mal die falschen Tasten gedrückt hat.«

Dann sah sie Brettmann tiefer als tief in die Augen, schüttelte den Kopf und stapfte davon.

Moni schmiss den Laden. Völlig unbeeindruckt von Lugingers Rückkehr herrschte sie übers Hammer-Eck. Während Faulhuber hinterm Tresen stand und aushalf, reichte sie volle Gläser rum, rückte Stühle zurecht, räumte Tische ab, kassierte und brachte Luginger auch noch seinen zweiten Whisky.

Luginger saß genau dort, wo er am Nachmittag mit Gernot und Heider das Spiel angeschaut hatte. Als er vor etwa 20 Minuten reingekommen war, hatte er gar nicht gewusst, wo anfangen mit dem Erzählen. Die Rumgurkerei durch den Ort, seine Mutter mit ihren Eingebungen oder Brettmanns Handyidee, die die Weibel im Nachhinein regelrecht verzückt hatte. Sehr aufmerksam, hatte sie ihn genannt, aufmerksam und umsichtig und fürsorglich und wachsam, weil er hinter Mikes Werkstatt stehend das Geschehen immer im Auge behalten habe.

Bernie hat's wirklich geahnt, dachte er jetzt und blickte auf Dexter, der sich vor seinen Füßen niedergelassen hatte, die Höpfner und der Geiger. Als die beiden sich bewegt hatten, war's losgegangen. Plötzlich hatte die Höpfner gewusst, wo suchen, und Geiger war eben nicht cool genug gewesen, um stillzuhalten. Zu viel Bewegung zur falschen Zeit. Die hatten nachgedacht und Fehler gemacht. Wäre jeder nur sitzen geblieben, hätte die Weibel außer dem Flug der Höpfner vom Montag nichts zu bieten gehabt.

Freistoß aus relativ nicht schlechter Distanz! Luginger schielte auf sein Glas. »Dexter, mein Bester«, flüsterte er Richtung Boden. »Dein Herrchen ist immer wieder für Überraschungen gut. Hätt ich ihm nicht zugetraut. Ehrlich, Bernie war heut richtig gut drauf.«

Dann ging auch der zweite Whisky runter wie nichts.

Was für eine Woche! Welch eine gequirlte Scheiße. Und wozu das Ganze? Weil der Strauss den Bogen überspannt hat und die Höpfner es nicht mehr packte. Klarer Fall. Nimmt ihm das Messer ab, stößt zu, Ende. Nur Sekunden und Feierabend. Hat viel trainiert, das Mädchen, kräftige Oberarme, und dann die Wut und die dauernde Demütigung. Krankes Arschloch, der Strauss.

»Hey«, sagte Sammy.

Luginger nickte müde.

»Ist da Platz?«

»Klar.«

Moni brachte eine große Cola und ein Glas Wasser.

»Vor einer Woche ging's noch um Politik«, murmelte Luginger, »die Häuser, die BI, der Fischer. Heut geht's um Schwänze. Der Strauss hätt seinen Dödel doch nur drinlassen müssen, aber nein, raus damit, a bisserl wedeln und aus die Maus.« Dann blickte er Richtung Theke. »Bernie, ein Weißbier, bitt schön.«

»Ist doch immer so«, sagte Sammy.

»Wie meinst das?«

»Mit den Ärschen. Und der Aufregung und dem ganzen Schlamassel.«

»Bringst die Helga mal mit?«

Verlegen fuhr sich Sammy über den Kopf. »Vielleicht, irgendwann.«

»Hast die Bilder bei der schon mal gesehen? Im Wohnzimmer, mein ich«, fragte Luginger.

Sammy nickte.

»Und?«

»Sie hängt sie ab, hat sie gesagt.«

»Zu bunt, oder?«

»Auf alle Fälle.«

Sammy nippte an seiner Cola.

»Wo warst denn so lang mit dem Mike?«, fragte Luginger.

»In Pötzel, bei dem Peter Schick.«

Faulhuber brachte das Bier und lächelte zufrieden. Dann bückte er sich zu Dexter, kraulte ihn zwischen den Ohren und gab ihm einen Klaps.

»Ein Ablenkungsmanöver, oder?«, fragte Luginger.

Sammy nickte. »Mike wusste alles, auch dass Britta Höpfner am Gerolsee war. Er hat sie gesehen, als er mit seiner Jessica da rumknutschte.«

Luginger nickte.

»Hat ihn voll umgehauen. Deshalb hat er auch einen Riesenjoint durchgezogen. Für Jessica war's das erste Mal. Die war breiter als breit hinterher, hat er gesagt.«

Luginger nippte an seinem Weißbier. »Der Strauss hat den Fischer überfahrn, stimmt's?«

»Ja. Er hat's Britta erzählt. Und von ihr weiß es Mike. Das war ein Arschloch, Mann. Hat ihr gesagt, dass er dem ein bisschen Angst einjagen wollte. Wegen der Schule, und weil er ein eingebildeter Wichser ist. Dann ist die Aktion Freitagnacht außer Kontrolle geraten. Er hat ihn erwischt und ist drübergefahrn. Einfach so, fand er gut. Dann hat er Britta seinen Schwanz hingehalten, und sie sollte ihm einen blasen. Um runterzukommen, hat er gesagt.«

»Hat ja prima geklappt, das Runterkommen«, brummte Luginger.

Beide prusteten los. Dann schauten sie sich an, und Luginger prostete Sammy zu.

Es dauerte, bis Luginger sagte: »Jemand ein Messer in die Rippen rammen, schon brutal, oder?«

Sammy nickte. »Sie muss so wütend gewesen sein, völlig neben sich. Das Messer hat sie mitgenommen und später weggeworfen.«

»Wegen so einer Scheiße fährt die jetzt ein«, bemerkte Luginger.

»Die ist bis nach München gelatscht an dem Abend«, sagte Sammy. »Stell dir das mal vor. Vom Gerolsee nach München.«

»Also ist der Geiger aus dem Schneider«, meinte Luginger.

Sammy gluckste vor sich hin. »Das reimt sich, Mann. Geiger und Schneider.«

Luginger trank einen großen Schluck. »Die Weibel wird sich ärgern«, sagte er schließlich. »Die restlichen 6000 Piepen, die hätten zu Geiger gepasst.«

Sammy nickte. Dann stöhnte er vor sich hin.

»So viel wie in den letzten Tagen hast in zehn Jahren bei mir nicht gestöhnt«, bemerkte Luginger.

»Wegen Mike. Das mit Britta ist wirklich was Besonderes für ihn.«

Plötzlich stand Moni hinter ihnen und blickte entschlossen. »So, ihr habt noch fünf Minuten, und dann macht euch nützlich, ja.«

»Männergespräche, Moni«, sagte Luginger.

»Dexter, komm!«, rief Moni und klopfte sich auf die Schenkel. »Komm, geh her zu mir. Wenn du noch länger beim Franz liegst, wirst genauso bescheuert.«

Langsam fuhr der Hund seine Zunge aus, ehe er auf die Beine kam und sich schüttelte.

»Brav. So ist's recht«, flötete Moni. Dann sah sie Luginger und Sammy streng an. »Weiterschwafeln könnt ihr auch morgen.«

Luginger schaute zur Uhr. »Ist ja schon gleich elf. Feierabend, oder?«

»Das kannst vergessen, Franz. Du hast jetzt eine ganze Woche Detektiv gespielt, und niemand weiß was Richtiges, weil du nichts gescheit zu Ende erzählst. Außerdem kommt Frau Weibel noch vorbei. Und Barbara. Faulhuber hat die beiden zu einem Wein eingeladen. Na ja, und weil es sich nicht vermeiden lässt, wird Polterer auch Durst haben.«

»Heilandszeiten«, knurrte Luginger. »Und ich müsst noch mal zu meiner Mutter.«

»Warum denn das?«

»Die wird nicht schlafen können. Ohne sie wär da gar nix gelaufen heut Abend.«

»Macht doch nichts«, sagte Sammy. »Ich bring Anna her. Da hat sie Gesellschaft.«

Luginger grummelte irgendwas von »Spitzenidee« und beobachtete, wie Faulhuber Gernot begrüßte. Bundfaltenhose, gebügeltes Hemd, strenge Scheitellinie.

»Der hat ja schon sein Sonntagsausgehtäschchen dabei«, sagte Luginger, und sein Gesichtsausdruck verriet, wie begeistert er war. »Moni, was soll das? Geht das die ganze Nacht durch?«

* * *

Um halb drei war es endlich so weit. Luginger sah, wie sich Barbara mit einem Glas Wein an den Tisch zu seiner Mutter setzte.

»Die Nacht der Nächte«, sagte Heider, und Luginger ahnte, wie sehr auch ihm gefiel, was sich da anbahnte.

»Vielleicht.« Dann zeigte Luginger mit einem Bier in der Hand auf Moni und einen reifen Herrn in Schlips und Kragen.

»Hab schon gesehen«, meinte Heider. »Schicker Stecher. Kam

vorhin von der Wiesn. Außendienst oder so. Musste Kunden beim Saufen helfen.«

Noch so einer, dachte Luginger. Die Scheißwiesn. Warum da alle Welt hinrennt. 8,80 die Mass und fast einen Zehner fürs Hendl. Wahnsinn! Barbara hatte da auch hinmüssen. Mit ihren Trommlern, die Europa erobern wollen. Nur vertrugen die nix. Um elf waren sie untergegangen, und Barbara hatte sie mit einem Umweg über Leuterding ins Taxi gesetzt. Der Taxler war begeistert gewesen, hatte sie vorhin erzählt. Schon beim Einsteigen hatte einer der Japaner zwei Hunderter aus seinem Jackett gekramt und in schönem Englisch geplärrt, *»we are happy, you are happy, go ahead.«*

Heider stupste Luginger in die Rippen. »Außendienst stopft Innendienst Zunge in den Hals«, sagte er.

Luginger schüttelte den Kopf. »Heider, was wär ich bloß ohne dich.«

»Hast noch genügend Gummis auf'm Klo?«

»Aus, Heider«, rief Faulhuber, und Luginger wusste sofort, dass Bernie nicht entgangen war, wo Heider seine Augen hatte.

Gernot trank immer noch Wasser. Zusammen mit Erika stand er seit Mitternacht hinter der Theke, brachte regelmäßig seinen Scheitel in Ordnung und machte Striche auf unzählige Deckel, die neben der Spüle lagen.

»Hast's im Griff?«, fragte Luginger.

»Alles bestens, Franz.«

»Soll ich dich mal ablösen?«

»Passt schon.«

»Der Polterer will bei unserem Fußballrätselraten mitmachen. Meinst, das geht in Ordnung?«

»Erika«, rief Gernot durchs Lokal. »Hol den Polterer mal her.«

Markus Polterer stand neben Clara Weibel und redete mit Händen und Füßen auf sie ein.

Beide bewegten sich beschwingt Richtung Zapfhahn.

»Verstehen Sie was von Fußball?«, hörte Luginger Gernot Frau Weibel fragen.

»Nicht die Bohne«, kam es zurück.

»Und du?«

Polterer zuckte die Achseln. Dann sagte er: »Etwas.«

»Wie alt?«, fragte Gernot.

»Einunddreißig«, sagte Polterer.

»Also erwachsen«, sagte Gernot. »Willst helfen, Monis Hochzeit zu versüßen. Richtig?«

Polterer nickte.

»Wie?« Frau Weibel blickte erstaunt. »Die Dame will heiraten?«

»Na, schau'n Sie doch hin! Da drüben, der Gelackte. Vielleicht passt's ja.«

Luginger holte einen alten Zigarrenkasten aus der Schublade unter der Kaffeemaschine und legte drei Zettel auf den Tresen. Dann sagte er: »Hier sind drei Fragen, Herr Polterer, die bei uns schon durch sind. Wenn Sie eine davon beantworten können, dürfen Sie meine Mutter nachher heimbringen.«

Frau Weibel lachte, Gernot schnitt Grimassen, und Markus Polterer zog die Stirn in Falten.

Gernot las vor. »Wenn nicht Meister wird die Tennis, hack ich ab mir meinen Penis.«

Alle grölten. Frau Weibel donnerte Polterer ihre Faust in die Seite.

Polterer druckste rum.

»Keine Ahnung«, sagte er dann.

»Schlachtgesang der Fans von Tennis Borussia Berlin«, rief Heider lauter als laut.

Aha, dachte Luginger, das lässt er sich nicht entgehen, unser Heider.

»Na ja, war vielleicht nicht ganz fair«, bemerkte Gernot. »Tennis Borussia Berlin. Da waren Sie ja noch gar nicht geboren, als die eine große Mannschaft hatten.«

»Also weiter«, forderte Heider, und Gernot las: »Sprung in der Schüssel, Loch im Dach – das ist Kickers Offenbach!«

Erneutes Gejuchze, Heiterkeit und ein ratloser Ortspolizist.

»Na, was ist?«, fragte Heider.

»Offenbach, Offenbach.« Luginger sah, wie Polterer nachdachte.

Plötzlich sagte Frau Weibel. »Nur Frankfurter können sich so was ausdenken. Das war doch eine alte Rivaliät früher. Die Frankfurter und die Offenbacher.«

»Mensch«, sagte Heider erstaunt. »Sie sind ja eine Nummer. Bravo, Mädchen.«

Polterer rümpfte die Nase. »Einen Versuch hab ich noch, oder?«

Gernot nickte. Dann schaute er auf den dritten Zettel und gackerte los.

»Komm schon«, sagte Luginger.

»Sis are different exercises. Not only bumm«, blökte Gernot.

Polterer raufte sich die Haare. »Schlechtes Englisch, aber Englisch. Warum spricht jemand Englisch, wenn er's nicht kann? Weil er muss, weil er etwas sagen möchte.«

»Sehr gut«, rühmte Heider. »Bist auf dem richtigen Weg.«

Dann sahen alle, wie Frau Weibel Polterer was ins Ohr flüsterte. Polterer wiegte sein Haupt.

»Lothar Matthäus«, sagte er schließlich.

Luginger beobachtete, wie die Kommissarin still lächelte und Gernot Polterer auf die Schulter schlug, während er mehrmals »Loddar, Loddar, Loddar« rief.

»Sauber«, kommentierte Heider dann. »Zwei von drei. Erika mach mal zwei Persiko.«

Luginger schlenderte zum Tisch seiner Mutter und hörte Barbara sagen: »Das lief vorhin im Bayerischen Fernsehen, Frau Luginger. *A g'mahde Wiesn,* ist wirklich ein lustiger Tatort. Den kennen Sie aber bestimmt, war ja nur eine Wiederholung heute Abend.«

Er setzte sich und fuhr Barbara zärtlich über den Arm.

»Ja, Bub, schön, dass du mal zu uns kommst.«

»Willst noch ein Bier, Mama?«

»Gerne.«

Luginger gab Gernot ein Zeichen. Dann nahm er Barbaras Hand und sagte leise: »Heute Morgen, das tut mir leid.«

Barbara hauchte lächelnd: »Lass gut sein, Franz. Ist schon vergessen.« Dann wandte sie sich wieder seiner Mutter zu. »Ich habe mit Anna gerade über die Wiesn und die Geschäftemacher geredet. Da geht's wieder zu.«

»Gab's mal einen Tatort über die Wiesn?«, fragte Luginger und tat so, als ob ihn das wirklich interessierte.

»Freilich«, antwortete seine Mutter. »Da ist einer umgebracht worden, ein Stadtrat, der bei der Vergabe um die Wiesnplätze mitgemischt hat. Wie da geschachert wird, weil's ums große Geld geht, das glaubst nicht. Die Wirte da, die verdienen noch was, anders als hier draußen, wo wenig los ist.«

»Aha«, sagte Luginger, während er eine Zigarette drehte. »Magst?«, fragte er dann.

»Darf man nimmer«, sagte seine Mutter. »Ist doch schon lang verboten.«

»Ah geh, Mama. Du darfst überall rauchen.«

»Wie Helmut Schmidt«, ergänzte Barbara. »Raucherlaubnis nur für Mitmenschen über 80.«

»Der ist doch schon 90«, stellte seine Mutter klar.

Luginger zündete die Zigarette an. Dann rief er durchs Lokal: »Frau Weibel, sind Sie doch so gut und bringen Sie mir einen Aschenbecher, bitt schön.«

Barbara lächelte, wie Anna Luginger lächelte.

»Die junge Höpfner braucht einen guten Anwalt, Bub. Da musst dich drum kümmern.«

»Soll das nicht der Sammy machen, Mama? Die Neger kennen sich doch aus mit Anwälten. So oft, wie die mit der Gendarmerie Ärger haben.«

Seine Mutter pustete ihm eine Qualmwolke ins Gesicht. »Jetzt hörst aber auf, ja.« Dann fragte sie Barbara: »Kann das nicht die Anwältin machen, die Sammy geholfen hat. Die hat doch was taugt.«

Barbara nickte. »Ich frag die Frau Hilgard, Frau Luginger. Schließlich ist das ihr Beruf.«

Faulhuber brachte Bier und Aschenbecher

»Magst noch was von meinem Wein?«, säuselte er Richtung Barbara.

»Danke, danke. Ich bin eh schon so besoffen, dass ich dem Franz alles verzeih.«

»Habt ihr euch gestritten?«, wollte Lugingers Mutter wissen, und ihr Blick verriet grenzenlose Neugier.

»Ah, Mama, das geht dich nix an«, brummte Luginger. »Musst in alles deine Nase reinstecken?«

»Gestritten ist viel zu viel gesagt, Frau Luginger«, wehrte Barbara ab. »Der Franz sollte halt mal einkaufen, wenn er mich zum Frühstück einlädt. Außerdem glaubt er, wir Frauen seien zu blöd, um DVDs anzuschauen, ohne dass sich die Männer um die Technik kümmern.«

»Mir hilft der Dr. Brettmann«, sagte Frau Luginger trocken.

Faulhuber grinste und steckte sich auch eine an. Dann flötete er: »Na dann, die Herrschaften.«

Sammy drehte den Lautstärkeregler hoch, und AC/DC donnerte *Whole Lotta Rosie* ins Lokal. Luginger spielte einige Riffs auf seiner Luftgitarre, Markus Polterer schleuderte seinen Kopf Richtung Monis Brüste, und Faulhuber zeigte beim Mitsingen schneeweiße Zahnarztzähne. Gernot machte Russn und Neger fertig, während Erika Joe um den Hals fiel, der gerade zusammen mit Clara Weibels Sohn zur Tür reingestolpert war.

»Ihr Abholkommando«, sagte Luginger zur Kommissarin.

»Irgendwann muss Schluss sein, Herr Luginger.«

»Hat's Ihnen gefallen?«

Frau Weibel fuhr sich durchs Haar. »Schon. Ja. Was bin ich denn schuldig?«

Luginger fragte Gernot nach Frau Weibels Deckel.

»Faulhuber übernimmt das«, rief Gernot über die Theke.

»Das ist mir unangenehm«, sagte Frau Weibel zu Luginger. »Als Polizistin darf ich mich nicht einladen lassen. Könnten Sie das mit Herrn Faulhuber klären?«

Luginger nickte, griff sich den Deckel und zählte alles zusammen.

»Zwei fünfzig gradaus«, sagte er schließlich. »Wenn Sie's passend hätten, wär's gut.«

Frau Weibel winkte ab und suchte ihre Handtasche. Luginger sah, wie Faulhuber den Rest Wein in ihr Glas schenkte.

»Sagen Sie, will Ihre Bedienung wirklich heiraten?«, fragte sie Luginger, nachdem sie mit Faulhuber im Schlepptau zurückgekommen war.

»Unbedingt«, preschte Faulhuber vor. »Sie möchte Kinder, Haus, Garten, Hunde und Katzen, alles, was dazugehört eben.«

Frau Weibel blickte zu Moni. »Der Herr passt aber nicht so recht hierher.«

Luginger zog einen Hocker herbei und setzte sich. »Quatsch. Bernie ist in vielen Dingen a bisserl optimistisch. Moni hat schon viele angeschleppt und nix war.«

»Mit Sammy hat sie es auch mal probiert, stimmt's?«

Luginger lächelte. »Hab mir schon gedacht, dass Sie das spitzgekriegt haben.«

»Ist ja auch ein prachtvoller Junge. Warum sollte eine ungebundene junge Frau den von der Bettkante schubsen?«

Faulhuber rieb über seinen Bauch und verzog das Gesicht. Dann fragte er wie aus heiterem Himmel: »Ehe Sie verduften, gnädige Frau, der Geiger, was wird aus dem?«

Frau Weibel lächelte breit. »Was uns Frau Höpfner nicht sagen konnte, lieber Herr Faulhuber, offenbart uns Strauss' Laptop.« In ihrer Stimme schwang für Lugingers Ohren tiefe Zufriedenheit mit. »Der junge Mann hat akkurat Buch geführt. Einnahmen, Ausgaben, von wem, wofür. Und weil es der Herrgott gut mit uns meint, stehen da auch 6000 Euro, gezahlt von Arno Geiger am 2. September. Mein Kollege Fröhlich kümmert sich drum.«

Dann reichte sie Faulhuber die Hand. »Haben Sie meinen Sohn gesehen?«

»Steht da drüben. Bei Moni«, sagte Luginger und traute seinen Augen nicht, als er genauer hinsah. Der Typ fuchtelte mit einem Vibrator vor Monis Nase rum, und Moni kicherte wie eine Sechzehnjährige. Edi stand staunend daneben, Heider schien Länge und Dicke zu kommentieren, und Erika fischte Batterien aus irgendeiner Tasche.

Frau Weibel hatte längst die Hände vors Gesicht geschlagen und sich an Faulhubers Schulter gelehnt. »Das geht seit Tagen so«, sagte sie, ohne hinzuschauen. »Überall zeigt er dieses Ding rum. Das gehört zu einem neuen Stück, für das er probt. Er ist doch Schauspieler, erwähnte ich das nicht vergangenen Samstag? Er möchte wissen, wie die Leute reagieren.«

»Bei uns reagieren sie normal«, bemerkte Luginger.

»Ein Zapfhahn ist aber ursprünglicher«, sagte Faulhuber.

»Bayerischer«, fügte Luginger hinzu.

»Und handlicher«, meinte Faulhuber

Um fünf waren fast alle weg. Gernot saß noch am Tresen und trank einen Espresso nach dem anderen, während sein Knie zitterte und er sein Herrenhandtäschchen pausenlos öffnete und wieder schloss, ohne dass Luginger verstanden hätte, warum. Vor einer Stunde war Barbara nach oben gegangen. Sie hatte ihn so herzlich umarmt wie seit Wochen nicht und geflüstert, der Schauspieler mit dem Vibrator ist um Klassen besser als die Japaner. So was haut richtig rein, Franz. Er hatte gelacht, und sie hatte ein paar Sekunden gebraucht, bis sie verstanden hatte, warum. Zuvor hatte Sammy einen Sessel aus seiner Wohnung nach unten getragen und seine Mutter mit einer dicken Decke hineingesetzt. Die alte Frau schlief jetzt. Ab und an hörte Luginger ein Röcheln. Nur Markus Polterer war noch aktiv. Während er Aschenbecher ausleerte und Gläser wegräumte, biss er immer wieder in eine kalte Schnitzelsemmel. Luginger sah, wie er kaute, grinste und irgendein Lied vor sich hin zwitscherte, das er nicht kannte.

Dann kam Sammy noch mal ins Lokal. Geduscht und mit frischen Klamotten. Sieht gut aus, dachte Luginger.

»Wohin?«, fragte er.

»Zu Helga.«

»Um die Zeit?«

Sammy nickte. Dann ging er auf Luginger zu und fiel ihm um den Hals.

»Was für eine Woche, Mann«, hörte ihn Luginger mit stockender Stimme flüstern.

»Stimmt«, brummte Luginger. »War richtig was los.«

Sammy schlenderte zum Ausgang.

»Wann bist zurück?«, rief Gernot, ohne sich umzudrehen. »Heut spielt Nürnberg in Leverkusen.«

Dank

Schön, dass es was geworden ist!
Dank an Friederike, Peter,
Susanne und Wolfgang.